미완성이

아름다운

것은

# 미완성이 아름다운 것은

1판 1쇄 발행 | 2018년 4월 25일

지은이 | 유혜자
발행인 | 이선우
펴낸곳 | 도서출판 선우미디어
    등록 | 1997. 8. 7 제305-2014-000020
    02643 서울시 동대문구 장한로12길 40, 101동 203호
    ☎ 2272-3351, 3352 팩스: 2272-5540
    sunwoome@hanmail.net
    Printed in Korea ⓒ 2018. 유혜자

값 12,000원

이 도서의 국립중앙도서관 출판예정도서목록(CIP)은 서지정보유통지원시스템
홈페이지(http://seoji.nl.go.kr)와 가자료공동목록시스템(http://www.nl.go.kr/kolisnet)에서
이용하실 수 있습니다.(CIP제어번호: CIP2018011047)

ISBN 89-5658-566-6 03810
ISBN 89-5658-567-3 05810(E-PUB)

# 미완성이
# 아름다운 것은

**유혜자 수필집**

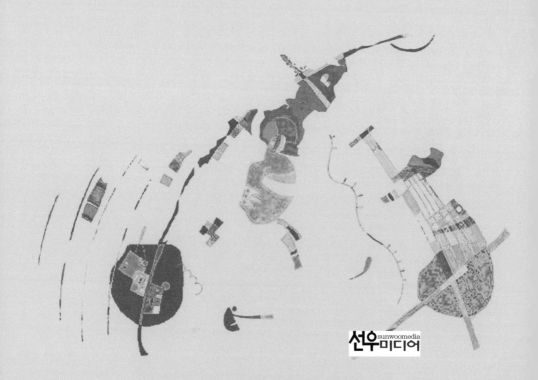

선우미디어 sunwoomedia

# 기우는 곰처럼

오래전에 괴테하우스에서 본 천문시계가 잊히지 않는다. 1832년에 돌아간 괴테, 그 시계는 주인이 세상 떠난 후에도 열심히 돌아가고 있었다. 그것은 미래에도 여전히 괴테의 문학이 사랑받을 것을 확신한다고 똑딱 똑딱 소리를 내고 있는 듯 했다.

이번 수필집 ≪미완성이 아름다운 것은≫이 필자의 15번째 책이다. 몇 년 전, 후배가 "웬 글을 그렇게 많이 쓰세요. 책도 많이 내셨으니 그만 쓰세요."하는 말에 당황한 일이 있다. 이슥해진 나이에도 격조 높은 정신적인 삶이나 인생의 깊은 담론도 없이 주어진 환경에서 분수에 맞게 살려는 평범한 모습이나 비친 글들인 게 마음에 걸린다.

그 동안은 함량미달의 글이지만 잡지청탁원고의 마감시간을 지키려고 애쓴 덕분에 책을 여러 권 출판했다.

우리 수명이 늘어나서 아직 몇 년은 더 글을 써야 하는데, 더 좋은 글을 쓸 수 없다고 60, 70세에 절필하신 분들이 부럽기도 하다. 그러나 아직도 이렇다 할 작품이 없어서 계속 쓰면 한두 개라도 좋은 작품을 건질 수 있을까 하고 고집하는 내게 연민이 일기도 한다.

수록된 글들 중에는 5, 6년 된 글들도 몇 편 있다. 2016년에 다섯 번째 음악에세이 ≪음악의 알레그레토≫를 출간했고 2017년에 ≪아침에 떠나는 문화재산책≫을 내느라 순수수필집 출간이 미뤄졌다. 60여 편의 글을 6부로 나눴는데 이렇다 할 분류근거는 없으나 3부는 작고하신 스승, 선배님, 동료에 대한 추모의 글이다.

괴테하우스의 시계가 주인이 세상 떠난 후에도 멈추지 않는 것은 시계 아랫부분에 있는 태엽감기 장치 덕이었다. 귀여운 곰 한 마리가 수상스키를 타듯 가는 줄을 잡고 서 있는데 줄이 느슨해져 어느 정도 곰이 기울면 태엽을 감아달라는 일종의 신호라고 한다. 내가 느슨해지면 기울어지는 곰처럼 태엽을 감으라고 신호를 보내오는 것이라도 있으면 좋겠다.

2018년 4월

芝石 柳惠子

부딪쳐야 빛난다

# 기다림의 미학

스마트폰을 장시간 들여다보는 사람들의 목뼈가 휘어진 이들이 많다고 보도되었다. 책이나 신문을 읽는 젊은이가 오히려 이상해 보이는 지하철 안. 스마트폰에 몰두했다가 내려야 할 역을 지나쳐 버려 애태우는 여대생을 보며 생각이 났다. 목적지가 다가오기 전, 정류장 이름이 방송되면 그 역에서 가까운 대학에서의 풋풋한 꿈이 떠오르고 또, 어느 역은 덕수궁 석조전에서 첫눈 오는 날 만나자고 했던 친구와의 약속을 생각하게 되고. 이렇게 목적지에 도착하기까지의 소중한 추억과 상상의 시간을 누릴 수 있었다.

굴 따러 간 엄마를 기다리는 '섬 집 아기'가 아니더라도 시장에 간 어머니를 기다리고, 소풍 갈 날이 며칠 남았는지 꼽아보며, 가고 싶던 여행지로 향할 때 목적지에 빨리 도착하기를 바랐다. 어렸을 때 내가 심은 봉숭아꽃 피기를 기다리고, 외가에 갔을 때 암탉이 달걀을 품고 있는 둥우리에서 병아리가 깨어 나올 날을 기다리고, 음악회에 가면 튜닝 소리를 들으며 연주를 기다리는 마음이 몹시 설렜고, 문제가 일어나면 해결되기를 기다렸다. 그런 기다림에는 기대와 희망이 있었다. 자신의 성장과 변화, 자연의 순환, 인간이 만들어내는 상황까지 모두 기다림의 연속 속에 세월을 보냈다.

그러나 모든 기다림 끝에는 성공의 기쁨만이 있는 것이 아니라는 것도 깨달을 수 있었다. 기다림에는 반드시 기대감이 있는데 기대에 어그러져 실망에 젖은 날도 많았다. 우리 세대는 기다림 끝에 상처 받고 실망하면서도 기다리는 마음이 없다면 얼마나 허전할 것인가 하고 기다리는 것을 좋아한다.

벌써 몇 십 년 전에 미국의 수필가, 시인이며 비행사였던 린드버그 여사는 저서 ≪바다의 선물≫에서 '우리에게 필요한 것은 고독'이라고 하고 "홀로 있는 시간이 믿기 어려울 정도로 귀하고 소중한 것임을 깨닫게 된다. 그제야 인생은 보다 풍요롭고, 보다 생생하고, 보다 충실한 무엇이 된다."고 고독의 필요성을 절실하게 표현하고 있다. 그런데 현대인들은 잠시라도 혼자이기를 싫어하고 몇 분의 공백이라도 허용하지 않고 스마트폰에 빠진다.

인생의 후반부를 훨씬 넘긴 처지에서 어떤 내일을 기다리면서 살 것인가 고민하던 중 스위스 작가 다비드칼라가 쓴 ≪나는 기다립니다≫란 책 소개를 보고 동네 책방에 주문하였다. 이틀 후에 받아 보기까지 기다리는 시간 내내 행복한 설렘을 맛보았다. 그

책에선 나의 그럴 듯한 미래의 청사진이라도 제시해 줄 것 같은 예감이었다.

　그렇게 기다리다 받은 책은 너무나 간단했다. 규격 편지봉투보다 조금 긴 사이즈의 얇은 책은 첫 페이지부터 시작된 빨간 실이 다음 페이지까지 늘여진 것을 힘들게 잡아 늘이는 듯한 남자 그림이 있고, 한 쪽에 '나는 기다립니다. 어서 키가 크기를'만 쓰여 있다. 그 장을 다시 넘기니 '잠들기 전 나에게 와서 뽀뽀해 주기를', 또 다음 장에는 '케이크가 다 구워지기를, 크리스마스가 오기를, 나는 기다립니다. 사랑을'로 이어졌다. 전쟁이 끝나기를, 한 통의 편지를, '좋아요'라는 그 사람의 대답을 기다리고, '나는 기다립니다. 우리 아기를'에 이르기까지 그림책을 넘기다보니 나도 모르게 다음 장에는 또 무엇을 기다리는지 작가의 마음을 따라가게 되었다. … 다시 봄이 오기를 기다리고 손자를 만나기까지. 삶 속에서 '기다림'으로 맞이하는 순간들이 빨간 털실로 이어지면서 기다림이 갖고 있는 크고 작은 희망과 행복을 이야기한다. 책장을 이어주고 있는 빨간 실을 따라가다 보니 기다릴 수 있다는 것이 얼마나 행복한 것인지 깨닫게 되었다.

　속도가 경쟁의 척도가 되어 있는 세태에서 기다림의 미학을 얘기하는 것이 어쩌면 뒤떨어진 생각일지 모른다. 요즈음 환자들은 의사에게 성급하게 환부를 떼어내 달라고 부탁하고, 의사도 치료하며 낫기를 기다리지 않고 속결로 제거하지 않아도 될 부분을 수술하기도 한다고 한다. 고열로 찾은 환자에게 단위 높은 독한 약 처방 대신, 열이 서서히 내리는 처방만 해주고 기다려보자고 한 의사가 생각난다.

기다림은 화려한 상상을 넘어 창조의 세계를 펼치게도 한다는 것을 잊을 뻔 했다.

(2015.)

# 마음을 울려주는 종소리

## - 사진 속의 나의 문학

철의 장막 속의 러시아가 개방되었던 이듬해에 방송작가들의 러시아·동유럽기행에 동참하였다. 출발 이전부터 삶의 아름다움과 위대한 정신을 일깨워준 톨스토이, 도스토예프스키, 푸시킨 등의 숨결이 남아 있고, 명작의 주인공들을 만날 수 있을 것 같이 가슴이 설렜다. 아름답고 영원한 선율을 작곡한 차이콥스키, 보로딘, 림스키 코르사코프 등의 예술광맥도 이어질 것 같아 꿈속 같은 여행이 기대되었다.

더욱이 처음 행선지인 크렘린 궁에 갈 때는 가슴이 두근거렸다. "종소리처럼 남의 가슴을 울려주는 사람이 되라."던 초등학교 선생님의 말씀대로 감히 작가가 될 꿈을 지녔던 터라, 우리 보신각 종보다 거의 두 배나 크다는 세계 최대의 '황제의 종'에 대한 호기심 때문이었다.

크렘린 궁, 사원마당에 놓여 있는 황제의 종은 관광객들이 둘러싸고 있어서 잘 보기가 어려웠다. 사람들 사이를 비집고 본 종은 한눈으로는 올려다 볼 수 없는 큰 규모였다. 높이가 614cm나 되고 무게가 2백 톤인데 직경이 660cm나 된다기에 찬찬히 둘러보던 나는 가슴이 덜컥 하고 말았다. 그 단단한 종의 밑 부분 일부가 깨어져서 조각이 떨어져 나간 것이다.

종의 임무가 크게 울려서 사람을 모이게 하고 종교적인 깨달음과 몽매함을 깨우칠 수 있는 것이리라. 우리네 성덕신종(일명 에밀레종)은 1천 2백 년 전에 만든 금속예술품으로 아직도 신비하고 아름다운 소리를 낼 수 있어서 자랑인데, 그 깨어진 종이 울려본 일이 있었을까 의문이 들었다.

황제의 종 앞에서(좌로부터 박정란, 김수현, 고은정, 유혜자)

'황제의 종'은 18세기 러시아 주조기술의 정수로 이름 높은 장인이 만들었다. 이반 마트린과 미하일 부자가 1733년부터 만들던 중 아버지가 돌아가자 아들 미하일이 아버지가 이루지 못한 대업을 이루기 위해 주조 작업에 전념하여 성공을 앞둔(1735) 순간 큰 화재가 났다. 쇳물이 흘러나와 불이 붙은 종에 누군가 찬물을 끼얹었는데 종의 일부분으로 물이 들어가 깨졌다는 것이다.

불행하게 실패한 '황제의 종'은 좋은 소리로 울려야 하는 종의 구실을 못해보고 커다란 쇳덩어리로 단순한 구경거리에 불과했다. 그런데 그 주변을 둘러보던 관광객들이 대부분 종을 한 번씩 만지고 쓰다듬으면서 지나갔다. 그 종을 만지면 소원이 이뤄지고 행운이 온다고 알려져서 제법 진지한 표정과 엄숙한 자세로 쓰다듬는 그 손짓을 보며, 우리 일행은 한 번 울리지도 못하고 깨진 종에 소원을 비는 것이 아이러니라고 웃으며 사진만 찍고 서둘러 다음 행선지로 발길을 돌렸다.

다행히도 동유럽 체코의 프라하에서 오묘한 종소리를 내는 구(舊)시청사의 시계를 보았다. 크기로 시각적인 감탄을 주는 대신 허탈감을 안겨주던 모스크바의 종. 그런데 프라하의 시계는 바깥에서 종의 형태는 보이지 않지만 정시가 되면 '땡땡땡'하고 낭랑하게 울리면서 예수님의 12제자가 차례로 지나가는 절묘함 때문에 종소리가 끝나고도 감동한 사람들이 발길을 바로 돌리지 않았다.

나도 그 감명 때문에 여행을 마치고 나서 그 유래를 알아보고 모스크바의 종과 비교하여 작품 〈두 개의 종〉을 쓸 수 있었다. 아직도 제작 비밀을 알아내지 못했다는 프라하의 오묘한 시계의 종, 그 종은 낭랑하게 울리는 밝은 소리와는 다르게 처절한 비화가 있었다. 15세기경 하스주라는 대학교수가 놀라운 아이디어로 종이 울리면서 12제자가 나오는 걸작품을 완성시키자, 다른 나라에서도 주문이 몰려왔다고 한다. 그러자 독특한 아름다운 시계를 자기네만 자랑거리로 갖고 싶은 위정자가 다시는 하스주가 시계를 만들지 못하도록 장님으로 만들어버렸다는 전설이 전해온다.

사람이 가질 수 있는 무모한 욕망과 이뤄낼 수 있는 욕심의 한계, 장인과 예술가의 고통과 고독이 두 개의 종에서 느낄 수 있는 공통점이리라. 무모하고 처절한 욕심이 실패한 모습의 결과를 보여주는 모스크바의 종, 성공적인 것으로 보여주고 들려준 프라하 시계의 종, 그 소리는 두고두고 여운을 남긴다.

세상에서 고통 받는 이들을 위하여 이적을 행하고도 십자가에 못 박히신 예수와, 혼신의 노력으로 절묘한 예술품을 만들고도 상 대신 장님이 되어야 했던 하스주.

나는 이 사진을 보면서 예술가나 작가가 혼신을 다할 때, 마음을 울려주는 종소리가 될 수 있음을 새삼 확인한다.

(2013.)

# 낙타에게 부탁해

실크로드 여행 때 있었던 일이다. 돈황(敦煌)에서 주천(酒泉)을 향해 감신공로(甘新公路)를 달려가던 고물버스가 더운 길 위에서 멈추더니 꼼짝을 안 했다. 목적지는 1시간을 더 가야 한다는데. 다행히도 기사의 연락을 받고 여행사 대표가 다른 버스를 갖고 오는 두 시간동안 사막지대에서 못 보았던 들풀이 목마름을 축여 주었고 더욱이 보랏빛 각시붓꽃이 지친 여독을 풀어 주었다.

여행사 대표는 고개를 조아리고 미안하다면서 봉투에 갖고 온 봉제 낙타를 한 마리씩 나눠주었다. 앉은 자세의 낙타봉제품을 안고 차에 오르며, 전날 돈황의 명사산(鳴沙山)에서 탔던 여윈 낙타를 떠올렸다. 모래바람에 먼 사막을 달리던 젊은 시절이 그리워서인가. 눈썹 아래 이방인을 보는 눈이 애수에 젖어 있는 듯 했다. 나는 관광객을 태우고 가까운 곳만 반복 왕래하는 낙타의 작고 여윈 모습에 선뜻 오를 수가 없었다. 앙상한 등뼈지만 따뜻한 체

온의 느낌을 참아내며 걸은 길을 뒤돌아보니 먼 거리도 아니었다. 지금 돌이켜보면 낙타에게도 느낌이 있어서 고독한 삶의 길을 헤쳐 나가야 하는 나그네의 지친 모습이 가여워서 우수 띤 눈매를 보여줬을지도 모르겠다는 생각이 든다.

이번 메르스(중동호흡기증후군) 확산 소동으로 우리나라에서는 동물원에서나 볼 수 있는 낙타가 화제에 오르기도 하였다. 낙타가 메르스 매개 동물이어서 예방법으로 '낙타고기와 낙타의 젖 섭취를 피하라'는 현실성이 없는 내용이 포함되어 비난을 받았다. 우리나라에는 아직 낙타고기와 낙타 젖이 한 번도 수입되지 않았기에 인터넷에선 화제의 영화 ≪님아 그 강을 건너지 마오≫를 패러디하여 '님아 그 낙타를 타지 마오', ≪맥스 매드≫를 '맥스 낙타' 등으로 유포하여 비웃음의 대상으로 삼기도 했다. 당국의 경고는 세계보건기구에서 작년 6월부터 메르스 예방 수칙 중 하나로 '가공되지 않은 낙타 젖과 낙타 소변을 마시지 말라'는 권고 사항을 발표해 온 것을 따른 것이었다.

그런데 이슬람이 강한 중동 지역에서는 민간요법으로 낙타의 젖과 소변도 마셔 왔고, 4년 전부터 아랍에미리트의 아랍과학기술재단 연구팀이 낙타의 젖과 소변에서 추출한 성분으로 암 치료제 개발에 나섰다는 발표를 보면 무언가 낙타에게는 불가사의한 성분이 있기는 한 모양이다.

실크로드 여행 과정에는 일부 기차여행도 있었지만 길도 없는 사막과 벌판의 먼 길을 낡은 버스로 이동하기 때문에 사고를 예상할 수도 있었다. 도중에 휴게소나 동네가 보이지 않는 아득한 길을 자동차로 달리는 코스가 많았다. 낙타가 피를 흘리면서도 먹는다는 가시투성이인 낙타초(蘇蘇草)만 드문드문 보이는 사막지대, 그런 곳에서도 자동차는 얼마든지 고장 날 수 있었다.

모래 바람만 이는 열사(熱沙)의 사막 같은 데서 자동차가 멈췄더라면 어땠을까. 중동에서는 사막에서 달리던 차가 멈추면 차체가 뜨거워져서 밀지도 못하고 차는 두고 사람만 다른 차를 타고 그곳에서 떠나야 한다고 들었다.

낙타는 기억력이 높아서 유목민들이 초원에 버렸던 부모의 위치를 확인하는데 이용했다는 말은 알려져 있다. 부모의 시신을 버릴 때 데리고 간 낙타 새끼 한 마리를 죽이면, 이를 본 낙타가 그 자리를 기억해서 몇 년 후라도 그 자리를 지날 때마다 슬피 운다는 것이다. 우리나라에서는 중국에서 발생한 사스가 8백 명 가까운 사망자를 냈을 때나, 신종 플루 때도 서둘러 방역을 했었다. 세계가 공포에 떨던 에볼라 바이러스도 기억해서 애초에 만전을 기했더라면 피해를 줄일 수 있었으리라. 위기가 닥치면 사람들의 장단점이 드러나듯이 어려운 일을 당해서 당황한 모습에 국민들이 실망도 했다.

오래 지나도 잊히지 않는 것은 자동차가 고장 나서 머물렀던 곳에서 본 뜻밖의 들꽃이나 예쁜 각시붓꽃이 반가웠던 것만이 아니다. 문제가 일어났다는 보고에 땀 흘리며 먼 길 달려와서 진심으로 사과하고, 편의를 봐주려던 성의 있던 여 사장의 태도였다. 어쩌면 그는 유목민의 자손으로서 평소에 생존을 위협하는 사막에서 조상들이 살아갈 수 있도록 도움을 준 낙타의 고마움을 잊지 않고 있었는지 모른다.

지방을 가득 넣고 있는 낙타 등위의 봉우리가 사막의 겨울을 이겨내는 것처럼 극복능력과, 열사의 위협을 무릅쓰고 중국에서 서역까지 비단을 실어 나르던 낙타의 강인함을 닮고 싶다.

낙타의 삶을 통해서 질기고 고통스러운 삶에서 헤어날 수 있는 방법을 생각해 보는 계기가 되었다고나 할까.

(2015.)

# 미완성이 아름다운 것은

    초등학교 3학년 국어책에서 배운 〈부벽루와 김황원〉에 대한 내용은 오랜 세월이 지나도 잊히지 않는다.

    고려 때 해동 제일의 문장으로 칭송받던 김황원(金黃元, 1045-1117)이 평양의 모란봉과 대동강 가에 있는 부벽루(浮碧樓)에 올랐다. 그는 눈앞에 펼쳐진 절경을 내려다보다가 정자 기둥에 붙어 있는 글들을 읽어보니 하나도 마음에 드는 것이 없었다. 하인에게 그것을 모두 떼어버리게 한 김황원은 자신이 멋진 시를 써서 붙이려고 붓을 들었다.

    長城一面溶溶水 긴 성을 끼고 흐르는 물 넓기도 해라

    大野東頭點點山 저 멀리 동편 들머리엔 점 같은 산 산 산

    그런데 일필휘지(一筆揮之)로 두 구절을 쓰고 나니 더 이상 아름

다운 경치를 표현할 문구가 떠오르지 않아 김황원은 당황했다. 아무리 머리를 쥐어짜도 한 줄도 생각이 나지 않아 서성거리다가 정자 기둥에 기대어 노력해 보았으나, 대동강에 아름다운 노을이 물들기까지도 새로운 문구가 떠오르지 않았다. 절묘한 시를 써보려던 애초의 호기는 사라지고 글쓰기의 어려움을 절감한 그는 좌절하여 기둥을 붙잡고 큰 소리로 울다가 어둠 속으로 사라졌다는 내용이다.

지금 생각해봐도 당시엔 교과서에 교훈적인 내용이 많았던지라 남을 무시하지 말라는 겸손을 강조한 건지, 아니면 그 두 줄 문장이 문학적인 절창이어서 교과서에 소개했는지 모르겠다. 수록 취지가 어찌했든 몇 십 년이 지나도록 잊히지 않는 것은 문장가로서 느꼈던 김황원의 절망감과 낙담이 너무도 안타깝게 여겨졌기 때문이다. 종일토록 한 구절도 떠오르지 않았을 때 얼마나 황당했을까. 지금도 이 시(詩) 자체의 완성도를 평가할 실력은 없지만, 아이디어가 떠오르지 않아 붓방아를 찧는 처지에서 김황원의 좌절감에 공감하면서 더욱 잊어버릴 수가 없게 되었다.

그런데 작곡가 슈베르트의 많은 작품들 중에서 〈미완성 교향곡〉이 사랑받는 것처럼 김황원의 이 시는 잊어버리지 않게 하는 매력이 있다. 〈미완성 교향곡〉이 형식적으로는 2악장뿐이지만, 충실한 내용과 아름다운 선율이 사람의 영혼을 휘어잡는 데다 온화하고 친근하게 속삭이는 듯한 매력이 있는 것처럼, 이 시도 단

두 줄만의 매력을 품고 있다. 원경(遠景)을 간결하고 깔끔하게 함축, 묘사한 절묘한 칠언절구(七言絕句)로 운율도 살아 있다.

음악사상 만년에 작곡을 시작하여 작품을 완성하지 못하고 숨진 작곡가의 작품들이 있다. 모차르트는 '레퀴엠'을 병중에 작곡하다가 끝을 못 내고 돌아가자, 제자 쥐스마이어가 완성을 했다. 일반적으로는 레퀴엠 전체를 연주하지만, 깐깐하게 따지는 사람은 모차르트의 작곡 부분까지만 연주한다고 한다. 브루크너의 마지막 교향곡 제9번도 작곡가가 건강 때문에 3악장까지만 끝내고 4악장을 도저히 완성할 수 없다는 것을 깨닫자, 이 곡을 연주할 때는 자신의 〈테 데움〉이라는 작품을 3악장에 이어서 연주해 달라고 부탁했다는 것이다.

영국의 사회비평가 존 러스킨(1819-1900)은 "우리들은 여러 가지 물건이 미완성이기 때문에 사랑하는 것이다. 미완성이란 인간 생활 법칙으로서 노력이 필요하며 그리고 인간의 정의의 법칙으로서 자애가 필요하기 때문에 신에 의하여 정해진 것이다. 다만 신에게만 완성이라는 것이 존재한다. 그리고 인간의 지혜는 완성이 되면 될수록 더욱 신과 인간과의 사이에 한이 없는 차이가 있음을 느끼는 것이다."라고 했다.

인간 자체가 신을 따를 수 없는 불완전한 존재, 미완성이리라. 그러나 예술작품에서 미완성 작품이 그와 같다고 할 수는 없으나 완성이 아닌 것은 확실하다.

김황원의 두 줄의 시가 아름답고, 슈베르트의 〈미완성 교향곡〉이 아름다운 것은, 그들 작품이 짧은 미완성이어서가 아니다. 시는 짧아도 여러 줄의 표현보다 나은 감칠맛이 있고, 음악은 온화하고 다정하며 사람의 영혼을 휘어잡는 매력이 있다. 하지만 두 사람은 이미 이 작품이 아닌 많은 작품들에서 진가를 발휘하여 그야말로 검증된 인물이기 때문이라는 생각도 가능하다.

완성이라는 것이 사람들이 지정해놓은 기준에 맞춰서 이루려하고 평가하는 것이리라. 물론 예술에 있어서 완성도가 약한 것이 미완성이란 것과는 다른 의미이지만, 신의 눈으로 볼 때는 인간이 완성해 놓은 것도 턱 없이 모자란 미완성일 것이다. 생텍쥐페리 같은 작가도 "완전이란 것은 아무 것도 덧붙일 것이 없을 적이 아니라, 아무 것도 떼어 낼 것이 없을 적에 달성되는 것 같다."고 ≪어린 왕자≫에서 말했다.

미완성이 아름다운 것은 자신이 부족함을 알고 계속 노력하여 채워나가려는 의욕이 있기 때문이다. 새롭게 변화를 꿈꾸며 새로운 자아를 실현하려는 성실한 자세, 시류에 휩쓸리지 않고 자아형성이 가능할 때 미완성은 빛나는 출발지점이 될 것이다. 그러니까 미완성은 종결이 아니라 또 다시 출발점을 삼을 수 있기에 아름다운 것이 아닐까.

(2014.)

# 단비를 기다리며

비가 내린 지 오래이다. 비가 오면 타들어가는 대지에 단물이 스미고, 목말라하던 잎사귀들이 목을 축인 나무에서 아침이면 새들도 환희의 합창을 울릴 것이다. 그뿐인가. 비온 뒤의 무지개도 볼 수 있지 않을까.

방송사에 근무할 때, 아침마다 방송사 정문 앞에서 쉰 목소리로 노래하던 청년이 있었다. 자신의 노래를 듣고 누군가 픽업해주기를 바라는 가수의 꿈을 가진 청년이었다. 직원들 출근시간에 나와서 노래하는 청년을 보면 남들은 외면했지만 나는 안타까웠고 한때 꿈꾸던 일이 생각났었다.

나의 꿈은 반듯한 피아니스트나 우아한 미성의 성악가도 아니었다. 피아노와 오르간이 학교에나 두어 대 있을 정도인 읍내에 살았고, 합창부에서 작은 소리를 담당할 정도일 뿐 음악적 재능도 없었다. 그런데도 피아노를 치며 "달빛 밝은 고요한 바다로 오세요.”로 시작되는 〈은파〉를 노래하는 선배가 무척 부러웠다. 허망한 갈망을 품고 주변에 악기가 보이면 선뜻 앉아서 건반을 두드려 보고 남몰래 목소리를 가다듬어 보았으나 음악 지도 선생님을 찾을 처지는 못 되었다. 친구와 겨울 새벽, 피아노를 쳐볼 수 있는 학교 강당에 함께 가는 시도는 해보았다. 차가운 건반은 내게 어림도 없는 일이란 듯 냉담했어도 며칠 동안 계속했었다. 빈 강당에서 교재나 지도도 없이 피아노도 두들겨 보고 노래도 불러보고 했다. 노래하던 청년과 나는 될성부른 떡잎도 아니면서 키워줄 단비를 아쉬워했다. 소질 없음과 열악한 여건과 환경을 탓했던 혼자만의 비밀이다.

후일, 한쪽 눈은 실명하고 다른 눈도 깊은 상처로 장님에 가까웠던 B. 다알 교수의 인간승리 사연을 읽었다. (≪좋은 만남≫ 참조) 왼쪽 눈도 깊은 상처 때문에 눈 끝의 작은 틈으로 사물을 볼 수 있는 다알 교수. 그녀는 ≪나는 보고 싶었다≫라는 책에서 이런 내용을 밝혔다. 어렸을 때 동무들과 돌차기 놀이를 좋아했으나 땅에 쳐진 금이 보이지 않아 동무들이 집으로 돌아간 저녁에 땅바닥을 기다시피하면서 금을 찾아 머릿속으로 기억했다. 책도 눈썹에 닿을 정도로 가까이에서나 읽을 수 있었지만 미네소타대학의 문학사와 콜롬비아대학의 문학석사 학위를 받아 대학교수도 했고 라디오방송의 고정 멤버로 12년 동안이나 일할 수 있었다. 그런데 52세의 그녀에게 기적이 일어났다. ‘마요진료소’에서의 수술로

40배의 시력을 얻을 수 있게 된 것이다. 새로운 세계를 살게 된 뒤에는 접시 닦는 일까지도 기쁨이었다.

"나는 접시 위에 부드러운 하얀 거품과 장난친다. 그 속에 손을 넣고 비누거품을 떠올리는 것이다. 그것을 떠올려 햇빛에 비치면 그 하나하나 속에 작은 무지개색의 빛나는 색채를 볼 수 있다."라고 썼다. 그 책의 마지막 페이지에 있는 내용은 감사이다.

"사랑의 신 하느님이시여, 하늘에 계신 우리들의 아버지시여, 나는 당신에게 감사드립니다."

서울로 진학했던 나는 이웃동네인 가회동을 지날 때는 멋진 양옥에서 피아노를 치며 발성 연습하는 음대생의 집 근처에서 청아한 목소리에 작은 근심들을 씻어낼 수 있었다. 일부러 그 집 앞을 지나면서 내가 동경하던 목소리를 멀지 않은 곳에서 듣는 것만으로도 행복하기만 했고 감사했다. 소질이 있고 전공을 한다 해도 뼈를 깎는 아픔과 인고의 세월을 거쳐야 하는 예술가의 길을 조금은 짐작했기에, 방송사에서 수준 높은 음악을 자주 들을 수 있는 처지인 것만으로도 감사했다.

세차게 내리는 빗줄기의 리듬을 들으면 미음이 후련해질 것 같다. 메마른 세태에서 삶의 의미, 질적인 삶의 향상을 위한 목마름으로 삶의 시위를 팽팽하게 당기려했던 날들. 꿈은 이루려고 노력할 때 의미가 있지만, 불가능할 때 포기하는 것도 아름답지 않을까. 방송사 앞에서 노래하던 청년도 지난날의 만용을 접고 새 길을 열어갔을까. 접시 위의 하얀 거품에 햇빛이 비쳐들어 그 하나하나 속에 작은 무지개색의 빛나는 색채를 보고 기쁨을 느낀 다알 교수처럼 매사에 감사하며 살고 있으면 좋겠다.

세월은 화살 같지만, 해결되지 않은 일이 풀리기를 기다리고, 시난고난 어려운 일을 성취하려는 이들에게 가뭄은 길기만 한 것 아닐까.

(2017.)

# 행복의 비결

작년가을엔 중국 스촨성(四川省)의 어메이산(阿媚山)에 가보고 싶었다. 어느 해보다 뜨겁고 긴장된 여름을 보냈었기 때문이었다. 불교의 명승지인 어메이산은 "아름다운 구름이 비취와 같고, 검푸른 귀밑머리와 같으니 진정 미인의 아미와도 같아 가늘고 길며, 아름답고 아득하여 '어메이산'이라 칭한다."고 한다. 1996년에는 문화, 환경 모두를 고려하여 유네스코 세계복합유산으로 등록된 곳이다.

영국 철학자 버트런드 러셀(1872~1970)이 90여 년 전, 어메이산의 명성을 듣고 구경차 찾았을 때는 여름이었다. 일행들이 각각 가마를 타고 산에 올라갔는데, 자신이 탄 가마를 메고 땀 흘리며 가파른 산을 올라가는 가마꾼을 보니 러셀은 마음이 편치 않았다. "저들은 가마를 탄 내가 얼마나 미울까. 자신을 불행하다고 여길 거야." 이렇게 생각한 러셀은 산허리의 전망대에서 쉬어 가자고 했다. 그는 일행을 태웠던 가마꾼들이 담배를 피우고 유쾌하게 농담을 나누며 러셀에게 나라 밖 사정을 묻기도 하고 시종 웃음을 그치지 않는 것을 보았다. 가마꾼의 고달픈 처지를 한탄할 줄 알았는데 그들의 명랑한 모습이 의아스러웠다. 석학답게 자신의 이해와 관점, 해석이 잘못되었다는 것을 깨달았고, 후일 '자신의 기준으로 다른 사람의 행복을 판단하는 것은 큰 잘못'이라는 생각을 갖게 되었다고 고백했다.(≪중국인의 성격≫ 중에서)

사람들은 자신의 관점에서 세상이나 사람을 바라보고 해석하는 경향이 있다. 요즈음 사람들이라면, 가마꾼들이 손님이 덜한 여름에 귀한 손님을 만나서 요행이라고 생각했으리라는 짐작을 할 것이다.

현대를 살아가는 우리들은 올림픽에 참가한 선수들이 아닌데도 주위와 소통하기보다는 어느 분야에서든 협력하지 않고 경쟁상대로 삼아 이기려고 한다. 남보다 먼저 차지하여 좋은 위치에 있고 싶어하고 자신이 생각한 것은 무엇이든 성취해야 행복을 느낀다. 그렇기 때문에 결과가 자기 뜻대로 되지 않으면 좌절하고 슬픔에 빠지기도 한다.

행복엔 절대로 비교가 있을 수 없으며 타인의 예가 도움이 되지 않는다고 생각된다. 그런데 실력을 겨뤄서 메달을 따야 하는 선수들이 결과에 승복하고 의연한 모습을 작년 리우올림픽에서 보면서 감동했다. 알려진 대로 올림픽에는 종목별로 국내 예선을 거친 3등까지만 참가한다. 태릉선수촌에서는 대부분의 선수들이, 매일 근로자가 근무처에서 일하듯이 하루 8시간을 계속 연습하며 기량을 쌓는다. 그 중에서 4년마다 열리는 올림픽, 아시안 게임과 국내 게임도 있지만 몇 년 노력으로도 한 순간의 기량발휘 미숙과 실수로 3위에 못 드는 선수들이 훨씬 많다. 러셀의 가마꾼에 대한 생각처럼 많은 선수들이 자신이 택한 길을 후회할 거라는 생각을 해왔었다.

그런데 리우올림픽의 경기를 TV에서 보면서 고통과 노력을 통해 아픔을 넘어서려는 선수들의 극복 의지를 배우고 운동선수들에 대한 나의 편견을 수정할 수 있었다. 메달을 딴 몇 선수들의 모습에서 긍정적이고 희망적인 모습을 보았기 때문이다. 지난 런던올림픽에 국내예선 4위로 출전하지 못했던 한 선수의 이번 금메달 획득 후 "포기하지 않고 끝까지 긍정적인 생각으로 최선을 다했기 때문에 좋은 결과가 따라왔다고 생각한다. 감사하게 생각한다."는 소감이 반가웠다. 또한 역전극으로 기적 같은 승리의 경우, 그 짜릿함은 무엇에도 비교할 수 없는 행복감이었다. 펜싱 에페종목에서 대역전극을 이룬 한 금메달리스트는 "올림픽은 최고의 축제이니 마지막 순간까지 즐기겠다는 생각을 했다", "주변의 따뜻한 도움으로 운동을 할 수 있었기 때문에 '나는 할 수 있다'는 긍정의 힘을 쌓을 수 있었다"고 했다. 진정한 행복을 느끼는 그들이 시청자에게도 행복을 안겨줬던 여름이었다.

행복해하는 선수들은 보는 이의 행복감도 확대시켜 주었다. 자신의 울타리를 넘어 세상 흐름에서 이웃의 아픔을 공유할 수 있고 공동체의 기쁨을 함께하며 행복해질 수 있었다. 그러나 긴장하면서 순간적으로 승패가 결정되는 긴박감의 연속이었던 올림픽이 끝나고 난 가을엔 문득 '구름의 아름다움이 비취와 같고…'의 오랜 동안 이뤄진 자연의 명승지 어메이산에 가서 신비함에 젖어보고도 싶었다. 철학자가 가마꾼을 불행한 사람으로 여겼던 편견을 수정하고 후일 그의 저서에서 '자신의 기준으로 다른 사람의 행복을 판단하는 것은 큰 잘못'이라고 고백 것은 아름다운 산의 나무들과 계곡, 생물들이 말을 걸어온 덕분이 아닐까. 아니 말은 걸어오지 않았을지라도 살아있는 생명체들이 움직이는 거대한 산이 마음속에 새롭게 자리 잡아 세상 사람에 대한 새로운 눈을 뜨게 했을지도 모르겠다는 생각이 들었다.

러셀이 《행복의 정복》에서 "관심을 끄는 사물이나 사람들에게 적대적인 반응이 아닌, 되도록 따뜻한 반응을 보이는 것이 행복의 비결이다"라고 한 말을 믿어본다.

작년엔 못 가보았지만, 마음먹으면 어메이산에는 언제라도 가볼 수 있을 것이다. 행복은 선택받은 특정한 사람들만이 누리는 것이 아니라 해도, 행복의 비결은 아무나 터득할 수 있을까.

각박하고 혼탁한 세태에서 아름다운 자연의 생명과 소통하고 싶어진다. 생동감과 청량감을 느끼면서 평화로움을 추구하는 것이 행복의 비결을 찾는 첫걸음일 것이다.

(2017.)

# 스스로 선택한 일이라야

거리에서 스타벅스 커피숍을 자주 지나게 된다. 풍겨 나오는 진한 커피향보다도 영화 ≪악마는 프라다를 입는다≫(데이비드 프랭클 감독, 2006 미국)에서 패션잡지 ≪런웨이≫ 편집장의 둘째비서 안드리아가 쩔쩔매던 모습이 강하게 떠오른다. 안드리아는 명성과 악명도 높은 편집장 미란다가 마실 크림 뺀 라떼 한 잔과, 1cm 덜 채운 블랙커피 석 잔을 스타벅스에서 사들고 사무실로 발걸음을 재촉한다. 글을 쓰는 기자가 되고 싶었지만, 시골뜨기라고 무시당하고, 수석비서 에밀리로부터 꾸지람과 온갖 구박을 감내하면서도 무리한 상관의 명령을 해결하려고 혼신을 다하는 것이 감명을 주었었다.

어느 대기자가 신입시절 선배에게 당했다는 이야기도 비슷하다. 기사를 작성해서 데스크에 조심스럽게 제출하면 상사는 읽어보지도 않고 쓰레기통에 던져버렸다고 한다. 잘 써보려고 노력했던 자신에게 미안하고 자존심이 상해서 몇 번 사표를 집어던지고 나오려고 했다. 6개월 참아내고 나니 데스크는 잘된 점, 못된 부분을 지적하며 수정하도록 일깨워줬고 후일 가장 아끼는 후배로 삼았다.

그런데 이것은 상사에게서 당하는 신입의 경우지만, 편집장이나 데스크 선배는 일에 미친, 프로라는 점이 중요하다. 미란다는 피도 눈물도 없는 패션가의 여왕답게 강인하고 냉정하다. 자신의 두 번째 이혼에 대해 언론에 대서특필되는 것을 막아달라며 자신의 딸들이 상처 받을 것을 생각하면 가슴이 아프면서도 가정엔 소홀하며 일에만 철두철미 몰두하는 여인이다. 기자 선배도 가정과 가족보다도 직장과 일에 목숨을 걸 정도였다.

2014년 노벨문학상 수상 작가인 앤리스 먼로는 자신이 단편소설 작가가 된 이유로 "나는 다른 재능이 없었기 때문에 이 일을 잘해낼 수 있었던 것 같다. 내가 이 일만큼 끌렸던 것이 없었고 그러니 내 삶에는 다른 것이 끼어들 여지가 없었다."고 말했다. 웨스턴 몬타리오대학 2학년 수학 후 중퇴, 집에서 글을 쓰다가 23세에 결혼한 앤리스 먼로는 임신 중에도 필사적으로 글쓰기에 매달렸다. 출산 후엔 육아 때문에 글 쓸 시간이 없을 것 같아서였다. 열정이 대단했다. 세 딸을 낳아 키우는 동안에도 소설 쓰는 일에 열정을 기울였는데 아이들이 낮잠 자는 시간을 이용해서 집필을 했다고 한다.

자발적으로 일에 미친 작가이든 필력이 출중한 작가이든 이들 뒤에는 많은 독자와 애호가, 팬들이 있다. 어느 기간 동안 시청자와의 약속으로 연속극을 쓰는 방송작가는 그 기간에는 개인의 일로 원고를 못 써서 결방되는 일이 없도록 전력투구해야 한다. 일주일 내내 신발 한 번도 못 신어보고 원고 쓰기에만 매달리며 식사도 김밥으로 PC 앞에서 때우는 것도 다반사. 원고는 눈뜨고 쓰지만 토끼잠을 자면서도 썼다고 한다. 실마리가 잘 안 풀려서 쩔쩔 매다가 잠들면 꿈에서는 신나게 원고를 쓸 수 있었다. 그런데 깨고 나서 써보려고 하면 꿈에서 쓴 내용이 떠오르지 않아 다시 안타깝다고.

　사람들에게는 자아실현의 욕구가 있다. 대부분 종교, 예술 등으로 정신적 작업에 몰두하는 작가의 창작이 가장 어렵지 않을까.

　어떤 일이든 거기에 따르는 보상이나 대가가 많으면 많을수록 그 일을 더 좋아하고 즐기게 되리라는 예상을 할 수 있다. 그러나 미국의 로체스터대 심리학과 교수인 에드워드 데시(Edward Deci)는 그의 저서 ≪마음의 작동법≫에서 보상이나 대가가 많을수록 그 일을 더 즐기게 되는지 실험을 했다. 그는 1969년부터 나무블록퍼즐을 이용한 실험으로 심리학계에 신선한 충격을 주었다. 학생들을 A, B팀으로 나누어 A그룹에는 퍼즐을 풀 때마다 상금을 주고, B팀에게는 그냥 퍼즐을 풀어보게만 했다. 실험이 모두 끝난 뒤에 어느 쪽이 실험실을 나와서도 퍼즐 게임을 자유롭게 더 많이 즐기는지 관찰을 해보았다. 결과는 상금을 받은 A그룹보다 상금을 받지 않은 B팀의 학생들이 실험이 끝나고도 더 자유롭게 더 많이 퍼즐을 즐겼다. 데시는 "어떤 일에 반드시 보상이 주어져야 그 일을 더 많이 즐기는 건 아니다. 오히려 때마다 보상이 주어져야 한다는 생각을 하게 되면 일 자체의 흥미나 즐거움이 떨어지기 쉽다."는 결론을 발표했다. 인간은 스스로 판단하고 선택할 때 진정 행복한 존재이다. 우리는 외부의 개입에 민감하게 반응하며, 스스로 선택한 일에서 최고의 능력을 발휘한다는 것을 일깨워준다.

우리 거리에서 자주 볼 수 있는 스타벅스는 2015년 4월 현재 전 세계에 점포가 21,898개나 되는 세계점유율 1위의 커피점이다. ≪10대를 위한 스타벅스 CEO 하워드 슐츠 이야기≫의 목차를 보다가 "최고가 되고 싶다면 좋아하는 일을 하라."는 대목에 꽂혔다. 성공신화의 주인공인 스타벅스 CEO 하워드 슐츠도 자기가 좋아서 선택한 일이었다.

(2015.)

# 부딪쳐야 빛난다

병동 한쪽에서 플루트 선율이 울려왔다. 〈Amazing Grace〉곡조가 들려오는 곳을 따라 가보니 휠체어에 앉은 젊은 숙녀가 플루트 연주를 끝내고, 'Amazing Grace' 선율에 가사를 붙인 찬송가를 조심스럽게 부르는 것이었다. "…… 잃었던 생명 찾았고 광명을 얻었네." 하는 마지막 구절을 듣고 자리를 떠나는데 복도 유리창으로 비쳐드는 햇살이 눈부시다. 밝은 햇빛 때문인지 병동 휴게실에 위문 연주를 자주 온다는 젊은 장애여인의 모습이 밝고 빛나보이며 생각나는 게 있었다. 소설 《소금》의 작가 박범신의 칼럼이다.

작가로 이름을 떨치기까지 가난 때문에 고생이 많았던 박범신 작가가 집을 직접 짓게 되었을 때 설계자에게 "무조건 집 안의 모든 공간에 햇빛이 쫙 들게 해주세요." 하고 부탁을 했다. 집에는 그늘도 있어야 한다며 반대하는 설계자에게 "내가 속이 좁은

건 모두 좁고 어두운 방에서 자랐기 때문이다. 그러니 무조건 집 안의 모든 공간에 햇빛이 들 수 있게 설계를 해 달라. 그래야 아이들도 밝고 품이 큰 사람으로 자랄 것이다.”고 강하게 부탁했다고 한다.

햇빛과 조명은 실생활과 성장, 정신적인 면에서 우리에게 편리와 혜택, 희망을 주는 존재이다. 어떤 이는 종교를 빛으로 삼기도 하고, 한 줄기 빛 같은 희망의 상징으로 삼기도 한다.

실제 생활에서의 어둠은 불편할 뿐만 아니라 불행한 마음을 불러오기도 했다. 어렸을 때 우리나라의 전력사정이 나빠서 시간제한으로 전기를 주던 때, 우울해져서 전깃불만 있으면 공부를 열심히 할 수 있을 것으로 여겨 아쉬웠었다. 그보다도 시골에서 먼 도시로 통학할 때 눈발이 휘날리는 저녁, 빈들을 걸어가며 먼 곳에서 새어나오는 외딴집의 불빛에서 위안을 받고 집에 가며 희망을 잃지 않으려던 기억도 빼놓을 수 없다.

형설지공(螢雪之功)으로 성공했다는 선인들의 교훈도 있었지만 이제는 의외의 전깃불 혜택 속에 살아가고 있다.

“집안의 모든 공간에 햇빛이 들 수 있게 설계를 해 달라.”고 강경하게 부탁했던 박범신 작가의 아이들이 아버지의 마음과는 달리 조금씩 애를 먹이기 시작해서 작가는 심리학 하는 친구의 조언을 구했다. “집이 너무 환하기만 하면 아이들 심리가 산만해질 수가 있고 집이란 숨바꼭질하기에 좋을만한 다락방도 있고 광도 있고 좀 어두운 데도 있어야 하니 방을 좀 바꿔보라.”는 말을 들었다. 그제야 무조건 햇빛 환한 집만을 고집했던 자신의 생각이 잘못되었음을 깨달았다고 한다.

밝음을 그리워하고 그런 환경을 만들려고 노력하고 밝음을 얻어내려고 몸부림치는 것이 사람들이다. 그런데 그 밝음을 얻기 위해서는 그 이상의 어둠이 필요했던 것을 잊기가 쉽다. 광명과 어둠은 인간의 삶에서 필연적으로 만나게 된다. 어둠 속의 환란과 시험, 역경 후에 찾아오는 광명은 빛나는 것, 어둠은 무서운 힘을 가지고 광명을 지배할 수 있는 존재이기도 하다. 이를테면 가요의 가사에서 어둠, 부정적인 것은 구체적으로 말하지 않고 ‘음 음 음‘이나 묵언으로 표현할지라도 어떻든 어둠은 필요하다. 가난과 어둠이 힘든 역경이지만 그것을 이겨낸 삶의 가치와 빛나는 보람을 연말에 느낄 수 있으면 좋겠다.

살아오면서 역경을 겪고 이겨낸 적이 없다면 그를 부러워하지 않을 것이다. 질병을 겪어보지 않은 이는 건강의 소중함을 모르듯이, 아픔 속에서 성장이 있었음을 모를 것이다. 그리고 건강하기만 했던 이는 남의 아픔에 귀 기울이고 동참하지도 못하지 않을까.

문효치 시인의 시조 〈멀리 가지 마라〉에 나오는 어둠끼리 부딪쳐도 빛이 생긴다는 시구가 있다.

“구름이 부딪치면/ 번개가 반짝이고// 별빛은/ 어둠끼리/ 부딪쳐서/ 나온 섬광// 사랑아/ 멀리 가지 마라/ 부딪쳐야/ 빛난다"

사랑도 가까이 있어야 반짝이고 빛난다는 비상한 구절이다.

가난과 어려운 사람끼리의 긴밀한 관계, 병원에는 중병을 앓고 회복된 사람들이 이따금 병자들을 찾아와 위로하고 힘이 되어준다는 소식도 있다. 어버이와 자녀, 형제 등 가족 간에도 긴밀하게 부딪치고 도우면 부싯돌처럼 불도 피어낼 수 있을 것이다. 빛으로 근심이나 어려움도 살라버리고 남에게도 비춰줄 수 있다는 희망을 갖게 한다. 멀리서 생각하지 말고 가까이서 부딪치고 도울 수 있는 새해를 맞고 싶다.

(2017.)

# 걷기와 달리기

여행할 때 목적지의 교통편이 기차·버스가 있으면 당연히 기차 표를 끊는다. 딱딱하고 조그만 기차표가 아니고 얇은 종이에 출력 해주는 것으로 바뀐 지 오래인데도 친숙하지가 않다. 표를 내밀면 딱 찍어주는 역무원도 없는 개찰구를 그냥 나가면서 정말 내가 탈 차가 서있는 플랫폼에 맞게 가는 것인가 의심도 하게 된다. 그래도 기차가 출발하면 급행이라 몇 개 역을 속도도 줄이지 않고 지나치는 것, 창밖을 내다보면 마을도 논둑도 재빨리 지나치는 속도엔 어느 정도 길이 들었다.

밀레니엄과 함께, 디지털화가 본격적으로 시작되어 들떠 있던 2천년, 프랑스의 철학자 피에르 쌍소(Pierre Sansot 1928-2005)가 현대 사회의 속도전에 대하여 느림이라는 가치를 찾아 독자들을 설득하는 ≪느리게 산다는 것의 의미≫라는 책을 냈다. 느리게 산다는 것은 속도로는 떨어질 수 있지만 삶의 전체를 정확하게 보게 하고, 무언가에 쫓기지 않게 하며 압박으로부터 해방시키는, 현대인들이 겪는 심리적 병폐를 해소하는 방법임을 소개했다.

이 책은 프랑스와 여러 나라에서 몇 년 동안 베스트셀러였고 우리나라 공공기관의 추천도서이기도 했다. 일반인들은 부지런한 개미와, 노래만 하고 노는 베짱이의 후일담을 교훈으로 부지런하고 빠른 것의 미덕에 익숙했고, "기사도 시처럼 써라, 일요일 새벽에 특종이 터진다, 뛰면서 생각하라" 등 달리는 말에 채찍질하는 내용이 담긴 장기영(한국일보창립, 전 경제부총리)의 ≪뛰면서 생각하라≫에 공감한 경영인과 샐러리맨들. 정보화 사회의 경쟁력은 곧 속도이고 그 속도에 적응하는 자만이 이 사회를 이끌어나갈 수 있다고 생각했던 이들은 '느리게 산다는 것의 의미'에 쉽게 동의할 수 없었을 것이다.

우리나라는 자원도 빈약하고 기대할 만한 어떤 산업도 없는데다 참혹했던 6·25전쟁의 폐해가 커서 가난은 물론 문화도 뒤떨어졌었다. 재건·성장·발전을 위해 부지런히 서두르지 않으면 안 되었다. 국가적인 발전도 서둘렀고 가정에서도 부모들은 자녀를 번듯한 위치에 세우려고 앞만 보고 달리게 하는 교육열로 여유가 없었다. 경제도 "초가집도 없애고 좁은 길도 넓히고… 살기 좋은 새마을 우리 힘으로 만드세." 노래하며 빠른 속도로 일궈왔다. 누군가를 이겨내서 남보다 많이 얻고 성취하려고 각박하기만 했고, 빨리빨리를 외치고 서두르며 살아왔다. 교통만 해도 70년대의 경부고속도로 건설로부터 고속화도로가 계속 생겼고, 기차는 급행, 특급이 생기면서 전국이 일일생활권으로 바뀌는 등 여러 분야에서 속도가 빨라진 것을 겪었다. 책읽기에도 빠르게 읽는 속독법이 유행했다.

최인철 교수(서울대 심리학과)는 "심리학 연구에 따르면, 평상시 속도보다 빠른 속도로 제시되는 문장을 읽은 사람이 평상시 속도보다 천천히 제시되는 문장을 읽은 사람에 비해 훨씬 위험한 결정을 내린다."고 하였다. 바쁘게 살면서 잃어버렸던 소중한 것에 대해 생각해보아야 할 시점에서 '느리게 산다는 것의 의미'는 한국인들에게 필요한 것이었다.

완행열차를 타고 가면서 계절 따라 변하는 정겨운 산하의 풍경도 바라보고 느린 걸음으로 세상 구석구석의 아름다움을 만나는, 삶의 여유가 필요한 시기가 아닌가. 그렇다고 원대한 목표를 세우고 열심히 노력하여 최선의 경지에 이르는 목표지향을 포기하지는 말아야 할 것이다.

피에르 쌍소는 느리게 사는 지혜로 한가로이 거닐기, 신뢰할 만한 다른 이의 목소리에 귀 기울일 것, 마음의 고향 같은 존재의 퇴색한 부분을 간직할 것 등을 포함, 8가지를 제시했는데 나는 마음의 고향 같은 존재의 퇴색한 부분을 간직하자는 항목이 잊히지 않는다.

자기의 가치관이나 인생관, 실현의 가능성 여부에 따라 몇 가지만이라도 택하면 도움이 될 것이다. 문태준 시인의 산문집 ≪느림보 마음≫에는 현대인들이 잃어버린 삶의 고향, 가족애, 이웃사랑, 가난 속에서 평온을 누리는 농경문화의 아름다운 자취가 담겨 있다. 마음의 고향 같은 존재를 느끼게 된다. "모든 일과 마음에도 급체가 있습니다. 몸의 급체는 어머니의 약손이 배를 둥글게 문질러 다스릴 수 있지만, 마음이 체하면 명약이 없습니다. 일이 오기 전에 마음이 너무 앞서서 미리 걱정하지도 말 일입니다.…나를 단속하면서 나를 자유롭게 할 일입니다."

미처 여유 운운할 만큼 자리도 못 잡았는데 '느리게' '한가하게'는 신선놀음 같다고 할 것인가.

얼마 안 있으면 새해이다. 목표로 했던 일을 얼마나 달성했을까, 결과를 놓고 손익계산을 따지기보다 그동안 얼마나 걷기와 달리기를 했을까를 따져볼 일이다. '나를 단속하면서 나를 자유롭게 할 일입니다.'를 마음에 새기면서.

우선 기차여행이라도 완행을 이용해서 느린 대열에 참가해볼까.

(2014.)

# 그림 속의 그림

고향에 친척 문병을 갔다가, 대전시립미술관에서 열린 '피카소와 천재화가들'(2014년 7월 2일~10월 20일) 전시회에 들렀다. 푸른색을 좋아하는 내게 국내에 처음 소개되는 피카소의 〈푸른 방〉에서 위로를 얻을까 해서였다.

피카소(Pablo Picasso 1881~1973)의 〈푸른 방〉은 두 뼘(50.5cm ×61.6cm) 높이의 작은 그림으로 인쇄화보다 신비롭게 보였으나, 푸른색이 나쁜 소식을 들은 것처럼 마음을 서늘하게 했다. 얇은 욕조에 서 있는 하얀 팔다리의 벗은 여인이 어깨를 구부린 채 전신이 축 처져서 수건을 짜고 있다. 도록(圖錄)의 해설에서 "생동감 없는 염세적인 여인의 자세는 그녀를 둘러싼 색깔에 의해 더욱 강조된다. 작품의 바탕색인 푸른색은 낭만주의 색채언어에서 정신적인 갈망을 의미한다."는 내용을 읽고 나서 그림을 다시 보니, 오른쪽 침대 위 벽에는 어디서 본 듯한 그림이 그려져 있다. 로트렉(Henri Toulouse-Lautrec 1864~1901)의 석판화 〈메이 밀튼〉으로, 무랑 루주에서 춤추던 무희로 알려진 여인이 넓은 치마폭이 활짝 펼쳐지도록 흥겹게 춤추고 있어서 왼쪽의 힘없는 여인과 대조를 이뤘다.

난쟁이 화가로, 냉대 받는 광대·무용수·환락가 여인들을 대담한 구도로 그린 로트렉의 도덕적 자유와 금기에 대한 경멸을 피카소도 동조했다. 피카소가 정신적 선구자로 삼은 로트렉이 피카소가 〈푸른 방〉을 그리기 조금 전에 돌아갔기에 자기 그림에 넣어서 애석함을 표현했으리라고 짐작해 보았다.

무엇을 나타낼 것인지 통찰 끝에 나오지 않은 그림은 생명감을 주지 못할 것이다. 공화정부가 붕괴된 스페인이 프랑코 치하에 있게 되자 피카소는 스스로 추방자가 되어 친구와 함께 프랑스로 망명했는데, 그 친구가 자살을 했다. 그 충격과 가난 탓에 슬럼프에 빠졌던 피카소는 파리 뒷골목을 배경으로 그림을 그렸다. 세기말의 영향으로 피카소는 이 시기에 염세적이고 고뇌에 휩싸여서 그림의 주조가 짙은 푸른색으로 나타나는 청색시대(1901-1904)를 지낸다. 청색을 주조로 실의와 고통을 겪는 자들을 표현했다니….

내가 좋아하는 푸른색은 피카소가 그린 푸른색과는 다르다. 코발트블루에 가까운 푸른색으로 꿈과 희망을 주는 빛깔이다. 밤새 두통과 고열로 시달리다가 새벽이 되어 유리창이 푸른색으로 채워지면 이제 가라앉겠구나 하는 희망을 가졌다. 아픈 자들을 치유할 수 있는 그림도 그런 푸른색이어야 한다고 생각했고, 꿈과 환상도 푸른색의 언저리에서 피어나리라. 지금도 푸른색을 보면 가슴이 두근거리고 옷을 살 때도 우선 푸른색에 손이 간다.

피카소도 청색이야말로 '모든 색들을 다 담고 있는 색깔이라고 말할 정도로 청색을 좋아했기 때문에 슬럼프 시기를 자신의 전성기로 승화시킬 수 있지 않았을까. 로트렉의 춤 그림을 보며 피카소는 〈푸른 방〉을 그리면서 어떤 희망이 기다리고 있으리라고 기대했을지도 모른다. 웅크리고 있었기에 더 멀리 뛸 수 있었을 것이다. 청색시대에 성격이 쾌활한 여인 페르낭드 올리비에를 만나 행복을 찾은 피카소의 그림은 밝아졌고, 92세를 살며 미술의 거의 모든 장르를 소화, 5만여 점의 작품을 남겼지 않는가.

나는 대전시립미술관에 가면서 여고 때 살던 동네를 지나갔다. 아파트들이 들어서서 집터는 짐작을 못했으나, 근처 선화다리 밑 냇가엔 정화작업을 하여 갈대가 너울거리고 맑은 물이 흘렀다. 냇물은 정화작업으로 맑힐 수가 있는데, 혈관의 노화로 소생 가망이 없다는 친척의 병세가 안타까웠다. 서둘러 떨어진 갈대 잎새들을 보며 내년 봄에 새싹으로 돌아나리라는 생명의 순환을 생각했지만 흐르는 물은 되돌릴 수 없는 것처럼 죽음도 돌이킬 수 없는 것 아닌가.

나는 떠내려간 시간의 흐름 속에서 움켜 올린 푸른 순간들을 떠올려 보았다. 푸른 날개를 펄럭이며 새떼가 간 곳을 따라가고 싶었고, 바다의 수평선 끝에서 춤을 추던 환상이며. 방 한 쪽 벽면을 푸른 벽지로 바르고 넓은 세계를 지향해보던 날도 있었다. 오스카 와일드의 ≪행복한 왕자≫에서 왕자가 극작가와 성냥팔이에게 준 푸른 보석의 두 눈은 얼마나 아름다웠을까.

유아적인 환상의 시절을 지나 대학생 때, 충무로에서 펄벅 여사와 맞닥뜨린 일이 있었다. 여고시절에 중국을 배경으로 쓴 ≪대지≫를 읽으며 존경한 인물이었는데. 푸른색 반코트 차림의 그녀에게선 아우라가 빛나고 있었다.

내가 푸른색을 좋아하게 된 것은 어렸을 적 어머니와 함께 실내가 어두운 목선을 타고 강을 건너면서 환기통으로 보인 푸른 강물과 하늘, 조금은 두려웠고 신비롭던 기억이 남아 무의식적으로 푸른 색깔에 이끌리는지도 모른다.

피카소가 〈푸른 방〉에 우울한 여인과 함께, 한쪽에 선배의 그림 춤추는 〈메이 밀튼〉을 그려 넣어 흥겨움을 주려 했던 그림 속의 그림이 서울로 향하는 차안에서도 자꾸 떠올랐다. 스마트폰을 꺼내며 회복이 어려운 친척의 가족에게 문자를 보내고 싶었으나 망설여졌다. '지난날의 아픔에 집착하지 않고 치유와 회복이 더디더라도 청색시대의 슬럼프에서 승화했던 피카소처럼 희망을 가지라.'는 문자가 공허함을 더해 줄 것 같았기 때문이다.

〈푸른 방〉 한 쪽에 그려진 로트렉의 그림이 원래 그림의 어두운 분위기에 밝은 느낌을 주는 것처럼 나도 우울한 이에게 조금이라도 기쁨을 주고 싶어 찾아 왔었다. 그림 속의 춤추는 그림처럼 생동감을 주기에는 역부족이면서.

(2014.)

# 목소리의 저편

최근 전화 걸기가 꺼려지는 친지 댁이 생겼다. 남편이 사고로 세상 떠난 후 부인이 전화를 잘 받지 않고, 신호가 몇 번 울리면 "저는 지금 외출중입니다."로 시작되는 자동응답기에 녹음된 고인(남편)의 목소리가 나오기 때문이다.

남다른 열정을 지니고 뜨겁게 산 사람인지라 힘 있는 목소리가 가슴을 철렁하게 한다. 한 가족의 가장으로만 쓰이기엔 너무나 벅찬 열성과 능력이 있어서 이웃과 친지의 이런저런 부탁에 선선이 도움을 주었던지라 너무나 상실감이 크다. 그가 사고로 세상을 떠난 순간에도 그의 아내는 다음 날 그가 입을 티셔츠를 챙기고 늦게 둔 아들은 아이스크림을 기다리다 잠들었다는 것이다. 그가 읽다가 접어둔 시가 있었다 한다.

하나
세상은 한 송이 연못꽃과 같느니라

꽃잎 속에 굴러가는 물줄기와 같느니라
그 물위에 떨어지는 그림자와 같느니라


둘
이 세상은 메아리와 골짜기만 있도다
그대와 내가 아무 것도 볼 수 없는데
이상하여라 온갖 것 다 있구나
울며 웃으며 온갖 모습 다 비치는구나
　-석지현의 〈바람의 말씀〉


　그가 죽음을 예견한 것 같다고 부인은 흐느꼈다. 우리는 저마다 독특한 방법으로 삶을 가꾸려고 안간힘을 쓰기 때문에 이 세상은 다양하게 보이나, 고인은 선적 직관(禪的直觀)의 허무가 담긴 시를 읽고 있었던 것이다.

　이런 종교적인 깨달음이 아닐지라도 살다보면 주변에서 일어나는 일들로 해서 '이 세상은 헛되도다' 하는 탄식의 소리를 어색하지 않게 쓰게 된다. 세월호 참사처럼 큰 사고가 아니더라도 이웃과 친지의 뜻밖의 사고와 죽음, 이런 것들을 자유의사로 피할 수 있다고 장담할 수 있을까. 시인이 말한 '이 세상은 그 물 위에 떨어지는 그림자와 같느니라.' 고 한 시구로 이 세상이 얼마나 작은가를, 덧없는가를 절감할 뿐이다. 인생은 일시적 결과조치요, 방편

일 뿐 아닌가.

　그러나 '이 세상'에 충만한 너와 나의 울고 웃음을 우리가 미망하여 '아무 것도 볼 수 없는데'도 '이상하여라'의 눈짓으로 '온갖 모습이 다 비치는구나'로 끝을 맺는다. 이 세상이 저쪽 언덕 너머에 비친단 말인가.

　어릴 때 나는 큰 강이 흐르는 읍내에 살았다. 다리가 놓이지 않았을 때여서 강 이쪽에서 건너편 마을을 바라보며 저쪽과 이쪽 사람들은 서로 다른 삶을 출렁이며 사는 걸까하고 막연한 의문을 품어보기도 했다. 6·25 때 피난 갔다 돌아온 후 강물로 떨어져 가는 진홍빛 햇살 속에서 내가 선 곳은 폭격으로 폐허가 된 빈터였는데 비해 저편 언덕은 산등성이 위까지 환하게 불 켜진 모습이 평화롭고 아늑해 보였다. 황혼 속을 걸어가는 이들의 발걸음도 생동하는 모습으로 보였고, 이쪽은 해가 져서 막막하게 바람만 일었으나 흥청거려 보이던 강물 저쪽 동네. 어렸을 때 막연하게 이 세상은 하나뿐이 아니고 우리가 건너기 어려운 저쪽에 또 하나 비슷하면서 좀 나은 동네가 마련되어 있지 않을까 하고 생각해 본 일이 있다.

　사람은 자신에게 죽음이 올 것이라는 것을 알고 있는 존재다. 죽음에 대한 문제는 남아 있으나 해결을 미룰 수 있는 데까지 미루자는 식으로 죽음에 대해 오래 무관심해온 것 같다. 어렸을 때 우리의 저편에 또 하나 비슷하면서 좀 나은 동네가 마련되어 있을 것 같은 근거도 없는 믿음이었지만, 또 하나의 세상을 기대하는 바람이 있었다. 그 세상은 나와 반대쪽이어도 좋고 우리가 달려가고 있는 길의 끝에 이어져 있어도 좋을 것이다.

나는 최근에도 강변도로를 지나며 저편 언덕, 강 건너에 눈길을 보내는 것이 다른 세계를 기대했던 옛날의 버릇이 잠재했다가 나온 것이 아닌가 하고 혼자 웃기도 한다. 나는 언제까지나 가시적인 실체에만 연연해 할 것인가.

타계한 고인은 '이 세상'은 미혹의 헛되고 헛된 공간이 아니라 피안의 그림자요, 절대적 타자의 메아리 울리는 골짜기다. 그러니까 허망하기만 한 이세상이 아니라 그것을 넘은 저쪽의 그림자요 메아리라고 한 것에 공감하고 미련 없이 떠날 수 있었을까.

나이든 이나 젊은 사람도 시인이 가능성을 제시한 저 세계를 생각해 볼 수가 있다. 살고 있는, 감각으로 확인할 수 있는 이곳만이 전부가 아니므로. 고인의 부인은 자동응답기에 담겨 있는 육성이 소중한 흔적이어서 없애버리지 못하는가보다. 그 목소리가 자신과 함께 있다고 든든하게 여기는 걸까. 그야말로 "메시지를 남겨주시면 외출에서 돌아와 연락드리겠습니다." 하는 내용이 자신에게 한 말 같아서 기다리는 걸까. 언젠가는 강물의 저편에서 이편으로 향하여 손을 흔들며 연락하기를 기다리는 모습이 짐작되어 안타깝다.

(2014.)

초록빛 위로

# 생명의 양식

　≪프란다스의 개≫의 네로 소년은 루벤스 같은 화가가 되고 싶어 했다. 성당 안에 커튼으로 감춰진 루벤스의 그림을 꼭 보고 싶었으나 관람료가 없었다. 그는 성탄절 밤에 숨어들어가서 루벤스의 〈십자가를 세움〉을 본 기쁨도 잠시, 추위와 굶주림에 지친 탓에 〈십자가에서 내림〉 그림 밑에서 얼어 죽는 얘기였다. 그 사실도 슬펐지만 그 루벤스(Rubence, Peter Paul 1577-1640)가 얼마나 훌륭한 화가일까 궁금했었다.

　러시아 개방 직후 관람한 성 페테르부르크의 에르미타주 미술관은 얼핏 보기에 규모나 소장품들이 루브르 미술관에 못지않아 철의 장막 속에 갇혔던 것이 안타까웠다. 백성의 안위보다 자신의 취미와 향락에 많은 돈을 썼다는 예카테리나(2세) 여왕의 미술애호 덕분에 후일 세계적인 미술관이 된 사실은 부럽기도 했다.

　대체적으로 알려진 화가의 작품만을 대충 보던 나는 마지막 전시실에서 루벤스라는 이름을 발견하고 반가워서 그의 그림 앞에 섰다. 손을 뒤로 묶인 검은 죄수복의 초췌한 노인이 빨간 옷을 입은 젊은 여인의 젖을 빨고 있지 않은가. 루벤스라면 궁정화가로서 종교개혁을 저지하려 대담한 구도와 역동적인 표현의 종교화를 많이 그린 이로 알았다. 역사화 풍경화 인물화 등에서 밝게 타오르는 듯한 색채와 웅대한 구도에 생기가 넘치고 감각적, 관능적인 특색도 있지만 호색 풍자 같은 그림은 아니었다.

좋은 이미지의 화가인데 보기 민망한 춘화 같은 그림이 박물관에 걸리다니 자세히 살펴볼 것도 없다고 생각하고는 서둘러 발길을 돌리려 했다. 그때 뒤늦게 다가온 안내인이 그림의 제목이 〈로마의 자비〉(부제 〈시몬과 페로〉)라면서 간단히 설명해 주었는데, 효녀인 딸이 감옥에서 굶어 죽어가는 아버지를 찾아가 가쁜 숨을 몰아쉬는 아버지에게 젖을 물리는 것이라는 충격적인 내용이었다. 그 전시실을 나오면서 과연 딸의 젖으로 그 아버지는 소생하여 생명을 이어갔을까 하는 의문보다도 처음 봤을 때의 기괴한 느낌이 더 깊게 박혀 떠나지 않았었다.

후일에야 그 그림이 발레리우스 막시무스가 쓴 《로마의 기념할 만한 업적과 기록들》 중 〈로마의 자비〉 내용을 형상화했다는 것을 알았다. 아버지에 대한 효심, 헌신이 담긴 것으로 시몬과 페로, 부녀간의 미담은 렘브란트를 비롯한 많은 화가들이 다룬 그림이다. 아이를 출산한 지 며칠 안 된 딸은 임종이 얼마 남지 않았다는 감옥의 아버지를 찾아간다. 뼈가 앙상한 아버지를 보자, 부끄러운 생각을 물리치고 용기 있게 아버지에게 젖을 물린다. 아버지를 구하겠다는 효심과 딸에 의지해 생명을 이어갔다는 해설을 보니 인쇄물 그림에서도 강렬한 생동감을 느낄 수 있었다. 이런 숭고한 딸의 모습이 로마 당국을 감동시켜 노인은 석방되었다는 얘기였다.

대부분의 예술이 그 시대의 반영이며, 그림 또한 사회상에서 영감을 받기도 한다. 루벤스나 렘브란트가 살았던 시대에는 부모에 대한 효심을 고취할 만큼 암울한 가정들이 많았을까. 막시무스는 로마 사람들 사이에서 효와 우애, 애국심 등의 미덕이 더욱 고양되기를 바라며 이 책을 썼다고 한다.

중학교 교사인 친구가 담임 반 학생들에게 무기명으로 '제일 하고 싶은 것' 한 가지를 써내라고 했더니 절반이 넘는 17명이 '죽어버리고 싶다'고 했다고 한다. 그 아이들을 어떻게 밝은 인생관을 갖게 교육할 수 있을지 걱정이라고 했다. 나는 그 얘기를 들으며 아이들과 부모와의 관계가 어떨까 걱정스러웠다. 〈로마의 자비〉의 아버지 시몬은 딸 페로를 어떻게 길렀을까. 평소에 딸에게 최고로 잘한다 칭찬해주고 믿었기에 딸은 아버지의 기대를 무너뜨리지 않으려 노력했고 아버지를 극진하게 생각하는 효심이 자리 잡지 않았을까.

학생들에게 아름다운 것을 듣게 하고 아름다운 것을 보게 하면 아름다운 것을 생각하는 고귀한 본능을 살리는데 도움이 될까. 요즈음 아이들이라면 죽어가는 부모에게 자신의 손가락을 잘라 피를 흘려 넣어 소생시키고, 어머니의 소원대로 겨울에 딸기를 찾아 헤매는 한국의 효자 정도 얘기로는 충격도 받지 않을 것이다. 나 자신도 루벤스의 그림 〈로마의 자비〉가 평범한 효도 얘기라면 벌써 잊었으리라.

추위와 굶주림에 지쳐, 보고 싶던 그림 앞에서 숨진 네로나, 아버지를 소생시키려고 부끄러움을 무릅쓰고 젖을 물린 일화는 작품 속의 얘기일 뿐이라고 설득력이 없을지도 모른다.

실제로 루벤스는 우수한 제자를 많이 길러낸 화가이기도 하다. 루벤스가 외출한 사이 문하생들이 다투어 스승의 명작을 보려고 하다가 그림이 넘어져서 채 마르지 않은 물감이 뒤섞여서 엉망이 되었다. 제자 중 하나가 그림에 다시 물감을 칠하며 손질을 했다. 집에 돌아온 스승이 그림을 살펴보더니 "내 그림보다 훨씬 좋게 고쳐 놓았네." 하고 칭찬했다고 한다.

그 제자가 후일 폴란드에서 명칭을 떨친 화가 다이크(Dych, Anthonis van 1569-1640)였다. 칭찬도 생명의 양식이 될 수 있을 것이다.

뜨거운 사막을 걸어가는 부자(父子)가 있었다. 무척 목이 마른데 마을이 보이지 않아 절망한 아들이 무덤을 발견하고 "저들도 우리처럼 지쳐서 죽고 말았네요." 하자, 아버지가 말했다. "무덤

이 여기 있다는 것은 멀지 않은 곳에 마을이 있다는 얘기다." 하고
희망을 줄 수 있는 아버지들이 절실히 필요한 때다. 생명의 양식
은 곡식 몇 알만이 아니다. 희망을 이어가게 하는 것이 생명의
양식일 것이다.

(2013.)

# 초록빛 위로

30년 전, 초등학교 4학년 때 담임선생님을 36년 만에 찾을 수 있었다. 직장 근처 음식점에서 뵈었을 때 여전히 하얀 피부의 선생님을 확인하고, 제가 아무개라니까 두 손을 잡아주며 반기셨다.

이런저런 안부를 묻던 선생님께선 "난 그런데 왜 그때 생각이 잘 안 나지?" 하며 아쉬워하셨다. 그리웠으면서도 오래 소식을 몰랐던 것은 6·25 전쟁 때문이었다. 전쟁 무렵 결혼해서 타지로 가신 선생님, 나도 2년 후 고향을 떠나왔기에 소식을 알기 어려웠다.

36년 만에 찾은 선생님을 두 번째 뵈니까 "얼굴이 통통하고 예뻤지. 눈이 나빠 앞에 앉아서 공부도 잘했고 할머니께서 자주 오셨었어." 하며 이런저런 칭찬을 계속하는 바람에 기분이 좋았다. 나는 자신감을 키워주신 선생님이 고마워서 잊을 수가 없었다고 말씀드렸다.

선생님은 고작 1년만 교사를 했기에 자녀들에게도 그 사실을 알리지 않았는데, 뜻밖에 나타난 제자 때문에 밝혀졌다고 하셨다. 그 시대에 앞서 행하셨던 선생님의 교육방법과 제자 사랑, 출중한 아이디어들을 말씀드렸더니, 생각이 안 난다면서도 좋아하셨다. 그런데 어떤 것은 당사자인 나도 잊었던 일들을 기억하고 칭찬해 주셔서 기쁘면서도 의아했다. 처음 만나서는 그때 기억이 별로 없다던 분이, 예쁜 아이였다는 것도 그렇고 칭찬이 과했다. 혹시 다른 애와 착각하신 건 아니었을까.

사람의 기억에는 한계가 있다. 나도 1970년대 "Love means never having to say your sorry."(사랑은 결코 후회하지 않는 것)이란 대사가 유명했던 영화 ≪러브스토리≫(감독 아더힐러, 1972)에 매료되었었다. 하버드대의 수재 올리버와 총명한 여대생 제니가 집안에서 반대하는 결혼을 한 후, 인생을 개척해가던 제니가 백혈병으로 죽는 청춘영화였다. 센트럴파크에서의 눈싸움 장면과 음악이 인상적이어서 그랬는지 한동안 이 영화를 흑백영화로 기억했었다. 한창 때는 뒤지지 않는 기억력의 소유자였는데도, 몇 년 후 TV에서 그 영화를 보며 잘못 기억했구나 하고 마음이 언짢았다.

최근 여성 심리학자 엘리자베스 로프터스(Elizabeth Loftus)의 ≪우리 기억은 진짜 기억일까≫(정준형 옮김. 도솔)에서 인간의 기억 자체에 의문을 제기하고, 기억 변형 현상을 실험한 내용을 보았다. 실험을 통해 사람의 기억이 아주 미묘한 힌트에 의해서 얼마나 다르게 변형될 수 있는지를 줄곧 연구하여 "기억은 있는 그대로의 진실을 비추는 거울이 아니라, 시간이 지날수록 계속해서 변화하고 왜곡된다."고 주장했다. 그중 연구의 결정판이라 할 수 있는 '쇼핑몰에서 길을 잃다'란 이름의 실험이 있다. 쇼핑몰에서 길을 잃은 기억이 없는 어린이에게 길을 잃은 적이 있다는 기억을 강조하면 어린이는 길을 잃었을 때의 상황이나 주위 풍경까지도 구체적으로 만들어낸다. 그리고 그것도 만들어낸 것이 아니라 기억해낸 것이라고 말한다고 한다.

선생님을 처음 만났을 때 '그때 기억이 잘 안 난다'고 하셔서 조금은 섭섭했었다. 그런데 두 번째 만남에서는 초록빛 깔린 둑으로 현장 학습 나가서 그림을 그리게 했는데 내 그림이 인상적이었다는 말씀에 조금은 의아했었다. 선생님의 성품으로는 듣기 좋으라고 일부러 꾸며서 말씀하실 분이 아니기 때문이다. 그렇다고 "어떻게 기억해 내셨어요?" 하고 여쭤 볼 수는 없었다. 어쩌면 선생님께서 기억하신 것을 내 쪽에서 잊고 있었을 수도 있다고 생각했고, 어린 날의 화려한 기억에 기분이 좋았으니까. 숙제를 불성실하게 했을 때 노트에 '열심히 공부 안 하면 낙제시킨다'고 엄포 놓으셨던 일과, '빛나는 사람이 되라'고 자신감을 심어주셨던 기억은 뚜렷하다.

이제는 새로운 사실을 더 여쭤볼 수도 없어 안타깝다. 찾아가면 반가워하시고 그때 산만했던 급우 이야기에 맞장구치며 웃으시고, 지난번 방문했을 때는, 내가 10 리가 넘는 급우네 집에 놀러갔다가 늦었던 얘기를 해주셨다. 늦도록 집에 안 오는 손녀가 걱정되어 선생님을 찾아간 할머니와 함께 채운교 다리까지 마중 나오셔서 기다리셨던 걸 기억하셨다. 그리고 아드님에게 '훌륭한 제자에게 잘해야 된다'고 당부도 하시지만, 가벼운 치매증상이시다. 젊은 시절 기억이 생생한 대신 최근 일은 잠시 전의 일도 잊어버리고, 전화 받기나 외출도 불가능한 처지라 세월무상을 절감하고 왔다.

발표력이 없어 알아도 손을 못 들었던 내게 자신감을 심어주려 애쓰셨던 것처럼 지금도 그때 부족했던 것을 지워주시려고 당신의 기억을 채색(彩色)해서 "너는 똑똑한 아이였고 주위사람에게 잘 했다."는 위로를 주시려는 의도가 아니었는지 궁금하다. 그러나 시골친구네 집에 갔다가 늦도록 돌아오지 않아 할머니와 마중 나오셨던 기억을 찾아주셔서 감사하다. 그날 나는 시골친구네 초록 보리밭자락에서 이름 모를 동경과 풋풋한 꿈을 키웠고, 오디를 따먹으며 인생의 새콤한 맛을 처음 보기도 했다. 특별히 행복한 기억을 되찾아주는 것은 무기력해진 내게 초록빛 위로가 되는 것이 틀림없다.

(2015.)

# 바람을 기다리며

바람이 불어온다.

어느 댁에선가 낙엽을 태우는 연기가 피어올라 내가 가는 방향
으로 흘러오고, 길가 화단의 새빨간 꽃을 매단 샐비어 줄기와 키
작은 맥문동 이파리들이 바람에 흔들리며 내 쪽으로 몸을 굽힌다.

학창시절, 미당(未堂 徐廷柱 1915-2000) 선생님이 삼국유사 얘
기를 자주 들려주셨는데 그중 잊히지 않는 것이 떠오른다.

깊은 산 북쪽 봉우리와 10리쯤 떨어진 남쪽 토굴에서 각각 은거
한 관기(觀機)와 도성(道成)이란 친구가 바람을 통해 만났다는 신
비한 얘기였다. 가족이나 이웃이 없이 외로운 처지였지만 구름을
헤치고 달을 노래하며 산속의 아름다운 생명들을 사랑하고 두 사
람은 늘상 서로 오가며 살았다고 한다. 도성이 관기를 부르고자
할 때면 산의 수목(樹木)들이 모두 관기가 있는 쪽을 향하여 굽어
져서 관기가 알아채고 도성을 보러 갔으며, 관기가 도성을 맞이하

려고 하면 역시 나무가 모두 도성이 사는 북쪽으로 기울어져 도성이 관기에게 다니러 갔다. 속진에 찌들지 않고 세파에 흔들리지 않은 그들이 자연의 아름다움 속에서 풍류를 즐기며 우주의 질서에 순응했기에 그 신의와 간절한 우정이 지속되었을 것이다. 자연까지 감화시켜 수목들이 굽혀주는 도움을 받으며 신선처럼 지냈다는 것이 신화처럼 여겨졌다. 정작 선생님의 강의 과목인 문예사조나 창작론의 내용은 다 잊어버렸지만 그들의 얘기는 각인되어 있다.

진정 만나고 싶고 또 만나야 할 사람이라면 나무들도 도와줬다는데 절세가인이며 시인이었던 기생 황진이의 경우엔 모두 외면했었나보다. "꿈길밖에 길이 없어 꿈길로 가니 그 님은 나를 찾아 길 떠나셨네. 이 뒤엘랑 밤마다 어긋나는 꿈, 같이 떠나 도중에서 만날 지고." 하는 시를 읊었다. 사람들이 지켜보는 현실에서는 만날 수 없는 처지였던가. 만날 수 없는 가인을 꿈길에서라도 만나고 싶은데 만나지지 않는 것을 애달프게 여기고 절창(絕唱)을 남겼다.

막연하게나마 우리 삶의 길은 관기와 도성처럼 자연의 도움은 받지 못하더라도, 바람 불면 내 몸이 기우는 쪽으로 가면 되고, 물이 흐르면 그대로 따라가면서 살고 싶다는 생각도 했었다.

그런데 어느 미묘한 이끌림에 계속 만나고 싶은 사람이 있었다. 끝없는 동경의 마음으로 그리워하던 시절이었다. 그의 주소가 우

리 집에서 멀지 않은 곳인 줄 알면서도 어딘가 꼭 짚어 확인해두
는 것은 피했다. 업무 때문에 여럿이 만나는 일이 자주 있었다.
돌아갈 때에는 집이 한 방향이어서 동행하면서 그에게 기울어지
는 마음을 다스려야만 했다. 젊은 날의 동경으로 부질없이 세워본
나의 허상에 부합되는 인물로 생각되어 마음이 쏠렸다. 그에게
달려가는 마음을 적은 사연을 글로 써보았으나 부칠 수는 없었다.
관기와 도성의 만남처럼 나무들도 굽혀서 도와주는 만남일 수가
없음을 알고 자제하던 중, 기획물 취재로 장기여행으로 단둘의
만남은 시작도 못해본 터에 이별 아닌 이별이 되었다.

　나는 마음을 달래려고 직장의 산악반에 가입해서 힘겨운 산행
을 하며 많은 것을 느껴야 했다. 올라갈 때는 아무리 힘껏 걸어도
일행 중 후미에서 허덕였고, 내리막길에선 미끄러질까봐 내어딛
기를 엄두도 못내는 뒤듬바리여서 뒤에 오는 사람을 먼저 보내야
했다. 그래도 무거운 배낭을 등에 지고 땀을 흘리면서 내게 주어
진 삶의 무게와 인연을 따져보고 부박해지려는 자신을 성찰하기
도 했다. 무거운 짐은 나의 욕망이 감당하기 어려울 만큼 무겁지
는 않았는지 반성을 하게 했다. 빽빽한 숲을 지나면서는 융숭 깊
은 마음의 숲속을 만나기도 하고 여러 갈래 길 앞에서 올바른 맞
는 길을 찾으려고 당황한 일도 있었다.

　그 무렵 미당의 시 〈재채기〉를 읽을 수 있었다.

　"어디서/ 누가/ 내 말을 하나?// 가을 푸른 날/ 미닫이에 와 닿는

바람에/ 날씨 보러 뜰에 내리다 쏟히는 재채기// 어디서/ 누가/ 내 말을 하나?// 어디서 누가 내 말을 하여/ 어늬 꽃이 알아듣고 전해 보냈나?// 문득 우러른 서산 허리엔/ 구름 개여 놋낱으로 쪼이는 양지./ 옛사랑 물결 짓던/ 그네의 흔적.// 어디서/ 누가/ 내 말을 하나?// 어디서 누가 내 말을 하여/ 어늬 소가 알아듣고 전해 보냈나?"

하는 내용인데 바람, 꽃, 양지, 그네, 소 등이 하나의 인연을 갖고 있다. 햇빛과 동식물, 인간이 어울리는 우주적 인연인 것이다. 누가 자신에게 소식을 보내는 재채기를 하게 했을까. 나무와 바람이 어우러져 인연이 이어지는 삼국유사의 도성과 관기처럼 자연과 인간 사이, 보이는 것과 보이지 않는 것, 초자연적인 것과 현실, 사람까지의 인연이 우연이 아님을 깨닫게 하였다.

최근 배낭을 메고 800km나 되는 스페인의 산티에고 순례 길을 여러 차례 다녀온 친지가 있다. 혼자서 동행 없이 걸으며 마음속에 잠들어 있던 자신과 대화를 나누고 온다는 것이다. 그 친지는 기회가 되면 다시 도전하겠다고 하는데 건강과 용기가 없는 나는 내심 부러워만 해야 한다. 그도 혹시 나의 젊은 날 한때의 방황처럼 복잡한 일이 있었는가 묻고 싶지만 참고 있다. 자신의 안목으로만 사람을 보려는 나의 편견을 언제나 버릴 수 있을까.

사람은 살면서 엉뚱한 일도 겪지만, 예상하지 못한 좋은 결과를 만나게 되기도 한다. 어쩌면 은연중에 준비되어 있던 도움이 아닐까 하는 생각도 든다. 인생의 좌우명이며 지표가 될 만한 방향을 찾는다고 하면서 엉뚱한 길로 접어들지는 않았는지.

삼국유사에서 확인해보니 관기와 도성의 만남은 보통사람들의 경우가 아니었다. 그들이 대구에 있는 비슬산에서 수도하다가 성불(成佛)했다는 전설이 있고, 그 증거인 도통바위와 도성암도 있다고 한다. 우리 같은 평범한 이들은 자연이 도와주지 않더라도 자유의지로 만나는 것이 소중할 것이다. 아니면 비 오는 날 오후나 눈이 내리는 날, 뜸했던 친구에게 전화했을 때 "텔레파시가 통했구나. 나도 널 생각했었는데." 하고 반가워하는 경우가 있을 것이다. 햇살 좋은 초가을, "등을 따스하게 덥혀주는 햇볕이 좋아 걷다보니까 여기까지 오게 됐어." 하고 둘러대며 들어설 친구가 그립다.

바람이나 햇살이 다가갈 수 없는 이에게 데려다주고, 무엇이든 다 이어줄 수 있다면 그리움도 없어질 것이다. 이루어질 수 없는 것들이 절망하게 하지만, 바람이 오는 방향을 바꿔달라고 귀를 기울이며 기도하고 고뇌하며 성장해오지 않았는가 생각해 볼 일이다.

이제는 바람이 불어오는 방향을 따라가려고 생각을 하지 않아도 누가 등 뒤에서 사정없이 떠미는 것처럼 생의 내리막길을 치닫게 된 걸 느낀다. 자연이 도와주지 않더라도 한 발 한 발 조심해서 헛디디지 않으려고 노력할 뿐이다. 그런데도 은연중에 마음이 기우는 것이 있음은 다행스러운 일이기도 하다.

　바람은 사람의 마음과 마음을 이어주고 생각과 생각을 잇는 역할을 썩 잘해내는 것이라는 것을 낙엽 타는 냄새를 싣고 오는 바람에서 확인한다. 아직도 산티에고에 또 가고 싶다는 친지는 어디에서 불어오는 바람을 기다리고 있을까.

(2015.)

# 당신의 친구

동네 종합병원 앞 버스정류장에 우울한 표정의 여인이 앉아 있는 것을 보았다. 중년의 뚱뚱한 여인, 행복의 윤기가 흐르는 자태가 아니었다. 차림새로 사람의 행·불행을 저울질하는 것은 아니지만, 빛바랜 티셔츠의 헐거워진 목 부분이 삶의 긴장감을 찾아보기 어렵게 했다. 표정으로 감춰진 진정한 삶의 모습을 짐작할 수는 없어도 진한 외로움이 전해왔다. 오래 입원해 있는 가족을 찾아보고 돌아가는 길일까. 자신을 팽개치고 있거나 자학까지도 느껴져서 안타까운 마음으로 나는 버스에 올랐다.

친구란 기쁠 때보다도 괴로울 때 절실하게 그리워지게 마련이다. 남편에게 무시당하고 요양병원의 숙모를 뒷바라지하며 희망 없이 과식하여 뚱보가 된 여인, 영화 ≪프라이드 그린 토마토≫(Fried Green Tomatoes 1992년, 존 애브넛 감독)의 주인공 에블린이 떠올랐다. 에블린이야말로 친구가 그리웠으리라. 스트레스로 인해 자신을 팽개치고 자존감이 바닥에 떨어져 우울증에 빠졌던 에블린은 숙모를 만나러 갔던 요양병원에서 활기에 넘치는 80세의 할머니 니니를 만나게 된다.

남편에게 구박을 받을 때마다 친구에게 하소연하고 위로도 받고 싶었을 것이다. 그러나 친구에게 자신의 어려움이나 절망 상태를 알리는 것 또한 자존심이 상하고, 친구까지 걱정시키고 싶지 않아서 연락을 끊고 외롭게 지내는 경우도 있을 것이다. 지나온 형편이 다르고 이해관계를 떠나 세대적인 차이가 있지만, 에블린과 니니는 그것을 초월하여 우정의 친구가 된다. 그들이 대화를 나누며 서로 보듬어주는 따뜻한 영화의 장면들이 이어졌다.

에블린은 니니 할머니가 들려주는 알라바마주에 있던 '휘슬 스탑'이란 카페, 프라이드 그린 토마토라는 색다른 메뉴로 인기를 끌었던 카페를 경영하던 잇지와 루스의 이야기에 빠져든다. 미국 남부의 독특한 상황, 사랑하는 오빠를 사고로 잃고 오빠가 좋아한 여인과 카페를 경영하며 겪던 절망적인 생활상과 지나간 시대의 추억을 엮어가는 남부 이야기가 주는 위안을 통해 에블린은 삶의 의욕을 얻어 활력을 되찾고 중년의 위기를 극복한다. 볼품없는 몸매를 다시 가꾸고 새로운 직업을 구해 가끔 엉뚱한 태도로 남편에게 존중을 요구하기도 한다.

에블린이 생일을 맞은 니니 할머니에게 축하하러 가서 내놓은 프라이드 그린 토마토, 그것을 맛본 니니가 '이게 바로 휘슬 스탑

카페에서 만든 그 맛이라고 감탄하던 그 요리가 궁금해져서 인터넷을 찾아보았다. 덜 익어서 시고 떨떠름한 토마토이지만 꿀을 바르고 튀김옷을 입혀서 바싹 튀기면 색다른 맛이 일품이라는 것이다. 워낙 좀 모자라거나 서투른 경우에라도 주위에서 사랑으로 감싸고 보완해주면 완전해질 수 있는 것이 인생이라는 것을 시사하는 듯 했다. 행복이란 부족한 것을 조금씩 물 주고 가꿔서 형태를 갖춰가는 것이 아닐까.

　나는 버스가 그 여인이 앉은 자리에서 멀어져 달릴 때, 그녀와는 이웃도 아니고 이해관계도 없지만, 세월호 희생자 가족의 슬픔까지 생각나서 그녀의 곁에서 마음이 떠나지 않는 것이다. 다른 이의 아픔을 찾아내어 행복한 이웃으로 다가갈 능력이 없는 처지이면서 상처 입은 사람을 치유해주는 영매가 아쉽다. 모든 이들이 슬픔이 사라지고 욕심을 줄이면서 행복한 마음을 누릴 수 있기를 소망한다.

　함께 눈물을 흘리면서 아파하고 해결책을 마련해 줄 수 있는 정과 정으로 깊게 사귀는 친구가 필요하다. 취미생활을 함께 하고 쇼핑갈 때 동행하는 가벼운 친구도 행복 쌓기에 벽돌 한 장의 역할을 할 것이다. 그러나 진정한 소통의 상대가 되어줄 친구.

　행복은 자신이 그 부피를 설정해 놓을 수 있는 허용량이 있을 것이다. 그것은 극히 자유로운 것이고 다른 사람과의 비교는 극히 주관적이리라.

고맙고 가까운 이웃, 다정한 목소리로 친숙하게 다가가는 당신의 친구가 되고 싶다.

(2014.)

# 매실 숲을 그리며

시골 사는 후배가 토실한 감자를 보내왔다. 비가 그친 후 도회의 정원에도 키 큰 잡초들이 우쭐대는데 농촌엔 얼마나 무성해졌을까. 상자를 비우다보니 구석에 꽃핀 부추묶음이 있다. 하얀 부추꽃을 좋아한다는 내 글을 기억하고 보내준 하얀 꽃묶음부터 유리병에 꽂는다.

퇴직 후 고향에 내려간 후배는 야채를 가꾸는데 밭농사는 잡초와의 싸움이라고 한다. 제초제 같은 맹독성 약을 안 쓰고 친환경적으로 하다 보니 며칠만 손을 못 보면 야채를 기르는 게 아니라 잡초 농사를 짓는 것 같다고 한다.

쫓기던 시간, 경쟁의 중심에서 벗어나 작은 노력으로 생물이 자라는 보람을 누리려고 시작한 농사인데, 이것 또한 색다른 전쟁이어서 스트레스를 받는다고 한다. 채소 몇 가지 가꾸는데 저마다 파종시기가 다르고, 적당한 시기에 거둬내고 다른 것을 심어야 하는데 때를 놓치기도 한다. 그래서 고향 노인들 보기가 민망하다는 것이다. 대기업에서 30여 년이나 스트레스 받은 남편에게 취미인 농사에서도 스트레스니 그만 두자고 하면서도 후배가 더욱 빠져 있다.

몇 년 전 뉴질랜드에서 본 키위가 생각난다. 날개가 퇴화되어 철망 안에 갇혀서 보호받는 키위 새, 뉴질랜드의 국조(國鳥)인 키위는 오래 전부터 화산의 가스로 그들의 생명을 위협하는 동물들이 없어져서 피해 다닐 필요가 없어지자 날 수 있는 기능이 퇴화되어 버렸다. 부리와 배는 크지만 꽁지도 깃털도 없이 어두운 갈색 뭉치처럼 앉아 있었다. 다른 새처럼 날렵하지 못하고 두려움이 많아 숲 속에서만 살다보니 눈도 퇴화되어 밤에나 움직이는 야행성이라고 한다.

스트레스를 두려워하면서도 피하기가 어렵기는 직장에서나 학생들도 마찬가지. 실적이나 성적향상에 얽매이지 않은 일반인들도 스트레스에서 자유로울 수가 없다.

그런데 우리가 스트레스를 받을 때 몸속에는 단백질이 분출되어 우리를 강하게 만들어준다고 한다. 스트레스가 전혀 없으면 호르몬이 분출되지 않아 저항력이 약해진다. 과도하지 않고 적당한 스트레스가 살아가는데 도움이 된다지만 그 정도를 가늠하기가 힘들 것 같다.

밭에서 자라는 잡초가 언젠가 뽑혀버릴 거라는 스트레스를 받아서 웃자라는 것일까. 눈여겨보지 않아선지 들판의 풀들은 밭가의 풀만큼 키가 크지 않는 것 같다. 잡초가 사람이 공들이는 채소 곁에서는 기죽지 않으려고 한사코 크나보다. 식물에게도 짐작 못할 경쟁심이 있는 것을 보았다. 동네 학교 옆의 해바라기를 반갑게 보며 다녔는데 그 옆에 가늘고 약한 줄기가 휘어질 듯 자라고 있었다. 가까이 보니 그것은 가녀린 코스모스였다. 햇빛 한 줌이라도 더 받으려는 경쟁심에 눈물이 날 뻔했다.

사람들도, 생존의 위협이나 먹이를 구하려는 스트레스가 없어서 날개와 활동력이 퇴화된 키위처럼 되지 않으려면 고통, 실패, 어려움을 무조건 거부할 것이 아니라, 용감하게 물리치면서 내공을 쌓아야 건강한 삶을 영위할 것이다.

누구나 인생항로가 순풍의 흐름을 탈 수는 없으리라. 한때 삶을 기쁨으로 채워주었던 일이 무엇이었던가, 초록빛 눈을 틔우고 설레며 인생의 꽃피는 계절을 향해 나서던 때의 떨림, 경외의 눈길로 다가갈 때 한 걸음씩 뒷걸음치던 무지개. 그러나 그것들과 함께 했던 동안 삶은 얼마나 눈부시고 벅찼던가, 지나온 삶을 되돌아볼 필요가 있다.

예술가나 작가라면 사색을 통한 자기 개발로 어떤 고통이라도 견디어낸 끝이라야 남들을 감탄시킬 것이다. 예술성에 기여하면서 삶의 기쁨을 재발견하게 하고 감동시키려면 끊임없는 충전과 함께 적당한 스트레스가 필요할 것이다. 예술에 종사하지 않더라도 자신이 충만한 기쁨을 누리며 이웃에게 건강한 웃음 바이러스를 옮겨줄 수 있는 생활인들에게 필요한 스트레스.

후배는 옥수수가 잘 여물고 토마토가 달다면서 놀러오라고 독촉이다. 잡초들은 농사에 스트레스지만, 미처 못 뽑은 장독대의 잡초가 요즈음 예쁜 꽃을 피워 꽃 덤불을 이뤘으니 풀꽃축제를 열고 싶다고 한다.

망매해갈(望梅解渴), 조조가 오랜 행군과 무더위에 지쳐 갈증에 시달리고 있는 병사들에게 '저 산에는 넓은 매실 숲이 있다고 하여 병사들의 입 안에 침이 고이게 하여 잠시 갈증을 잊게 했다는 데서 나온 말이다.

죽기 살기 시간을 맞춰야 이겨낼 수 있는 와중에서도 매실을 먹을 수 있다는 희망을 갖고 행군한 병사들처럼 일의 속도를 내야 하는 현대인들, 나는 시골 후배가 보낸 부추꽃으로 매실 숲을 삼을 수 있어서 다행이다.

(2017.)

# 마시멜로와 바위 뚫기

자기계발 열풍이 불기 시작하던 2천 년대 초 ≪마시멜로 이야기≫(호아킴 데 포사다 지음)가 한동안 베스트셀러였다. 미국 스탠포드대학에서 실시한 만족지연능력(滿足遲延能力)을 평가한 '마시멜로 실험'을 바탕으로 쓴 이야기여서 설득력이 높았던 것 같다. 4살짜리 아이들에게 15분 동안 마시멜로를 먹지 않고 기다리면 마시멜로를 한 개 더 준다고 제안하는데, 결과적으로 아이들 3분의 1은 기다리지 못하고 먹어버렸고 15분 동안 기다린 아이들은 상을 받았다. 이후 연구진은 14년 뒤 그 아이들을 추적 관찰했는데, 마시멜로를 먹지 않고 기다린 아이들은 그렇지 않은 아이들에 비해서 SAT 점수가 100점 이상 높았고, 학생회장 등 리더십을 발휘하는 위치에 있었으며, 문제가 발생했을 때 대처능력(coping skill)도 높았다고 한다. 성공한 기업가 조나단이 눈앞의 것에 즉각적으로 반응하면서 살아가는 운전기사 찰리에게 이야기를 들려주면서 그의 변화를 이끌어가는 감동스토리이다. 오늘 무엇을 할 것인지에 따라 내일의 행복이 결정된다는 점을 일깨워서 삶에 찌든 현대인들에게 오늘을 특별한 내일로 만들 수 있는 지혜를 가르쳐주었던 것이다.

그런데 나는 나이가 이슥한 직장인이어서 그랬던지 이 책을 읽으며 "주말엔 영화구경을 갈까, 차분하게 집에서 글 쓰는데 몰두하면 괜찮은 수필 한 편 쓸 수 있을까." 하고 잠깐 고민했던 것 같다.

그러면서 초등학교 6학년 때 선생님께 들었던 전한(前漢)의 이광(李廣) 장군 이야기를 생각했다. 활을 잘 쏘고 기마술이 뛰어난 용장이었던 이광이 황혼녘에 초원을 지나다가 어둠 속에 몸을 웅크리고 있는 호랑이를 발견하고 한 발에 맞춰 죽이려는 생각으로 활을 당겼다. 화살은 명중했는데 호랑이가 꼼짝을 안 했다. 다가가보니 그것은 커다란 바위였다. 그가 제자리로 돌아와서 다시 힘껏 화살을 쏘았으나 화살은 돌에 명중하는 순간 돌에 박히지 않고 튀어 올랐다고 한다. 선생님께선 무슨 일이든 정신을 한데 몰입해야 성공을 할 수 있다고 가르쳐 주셨다. 6·25 전쟁 이후에 학교도 불타버려서 야외에서 수업할 때 해이해진 마음을 다잡게 하려는 선생님의 충정도 모르고, 거짓말 같은 옛이야기라고 무시해버리는 아이들도 있었다.

전쟁도 휴전했고 경제성장으로 국민소득이 높아지고 수출고도 기록을 셈하다가 IMF를 맞았다. 그 위기를 넘기고 2천 년대로 들어서자, 질적으로 잘 살아보자는 웰빙을 부르짖게 되었다. 그리고 느리게 살기, 가치 있는 삶 찾기에 이어서 여기저기서 힐링이 필요하다고 요구하기에 이르렀다. 세태는 광속으로 변하고 경쟁사회에서 살아남으려고 애쓰다가 받은 상처들이 많을 수밖에 없었다. 그래서 피 흘리고 신음하며 치유를 갈구하는 것이리라. 그러나 우리는 상처를 받고만 있지 자신도 남에게 상처를 주고 있거나 상처가 되는 원인이 되고 있음을 잊고 있는 것은 아닌지 모른다.

우리는 아직도 15분을 못 기다리고 마시멜로를 먹어치우는 경우가 많을 것이다. 실제로 이 책의 작가가 한국에 와서 인터뷰한 내용을 읽은 기억이 있다. "이 책이 15개 나라에서 번역되었는데 한국에서의 반응이 컸다.'는 그는 '희생과 절제의 문화에 익숙한 한국인의 정서와 책의 마시멜로가 잘 맞아 떨어진 것이다"고 분석했다. 자신도 눈앞의 마시멜로를 냉큼 먹던 찰리였던 때가 있었다는 그에게 친근감이 들기도 했었는데, 우리의 어떤 면에서 '희생과 절제의 문화에 익숙한 한국인의 정서'를 보았는지 궁금했다. 사실은 우리들도 일차적으로는 눈앞의 마시멜로를 먹어치우는 눈앞의 이익에 급급한 이들이 아니던가.

나라를 잃고 글, 이름을 빼앗긴 때도 있었다. 봄이 되면 굳게 닫혔던 문을 열고 고개를 바라보던 선인들, 이제나 저제나 해방, 광복의 소식을 갖고 올 남편이나 오빠를 기다리던 이들도 이젠 거의 돌아가 버렸다. 우리는 무엇을 밑거름으로 성숙하여 봄이 오는 기척을 느끼고 반가워해야 할 것인가.

이제는 건강도 능력도 없어 세상의 중심에서 밀려나 있다고 상심하지는 말아야겠다. 체념할 수 없는 무엇이 초원의 새싹처럼 뾰족하게 올라오지 않을까. 내 안엔 아직 어떤 잠재능력이 있을까 가슴을 쓸어볼 일이다. 봄의 뜨락엔 행복 씨앗을 얹은 수많은 삶의 이야기도 피어나 내일의 생기와 활기를 약속해 줄 것이다.

≪몰입≫의 저자 칙센트미하이는 "진정한 몰입은 사람의 능력을 개발한다. 성장할 수 있고, 자신감이나 자존감이 높아지고, 몰입상태는 더 나은 사람으로 만들고, 더 다양한 기회를 제공한다." 고 했고, 이어서 심리학 교수들의 새로운 연구결과를 발표했다. 사람들에게 작은 카메라를 붙인 헬멧을 씌우고 각자가 몰입할 수 있는 과제를 주었다. 산을 오르거나 행글라이더를 타거나 운동경기에 참여시키고 그들의 표정이 어떻게 변화하는지 봤다. 카메라에 녹화된 영상을 분석한 결과, 사람들은 자신이 집중하고 몰입한 사이에 흥분과 행복감을 겪는 것을 보여주었다고 한다.

이러한 보고서가 아니더라도 '늦게 시작한 도둑이 새벽 가는 줄 모른다.'는 우리 속담도 있지 않은가. 나이 들어서 시작한 일은 젊었을 때보다 그 일에 몰두하기가 쉽다고 한다.

웰빙을 넘어서 힐링을 거쳤으니 이젠 몰입의 시대로 삼아야겠다.

(2015.)

# 내 인생을 밝혀줄 등불

### -영화 ≪쿼바디스≫ 중

　어렸을 때 영화 ≪쿼바디스≫를 감명 깊게 보았었다. 영화라면 ≪검사와 여선생≫ ≪애국자의 아들≫ ≪애정산맥≫ 등 국산영화와, 미국영화 ≪미녀와 야수≫ 등 화면에 비가 내리는 낡은 흑백 필름에 길들어 있던 내게 ≪쿼바디스(Quo Vadis)≫(1951년, 미국)는 총천연색 영화라는 사실만으로도 미리 가슴이 설레었다.

　≪쿼바디스≫를 처음 본 것은 중 3때쯤이었던가. 그때까지만 해도 자막 없이 변사가 희로애락의 감정을 과장된 연기로 들려주던 때였다. 막대한 엑스트라, 세트 장치로 실제 같은 로마 대화재 장면과 검투경기장에서 열린 기독교인들의 순교 등 엄청난 스케일로 놀라운 장면이 많았다. 머빈르로이 감독이 노벨문학상 수상작(1905년)인 헨리크 센키비치의 동명 소설(1896작)을 기반으로 만든 영화로 아카데미상 7개 부문 후보로 올랐었다. 그런 명화를 내 인생을 통하여 여러 번 볼 수 있었던 것은 행운이었다. 모태신

자로 유년주일학교에서 많은 성경이야기를 듣고 종교영화를 보았으나 쿼바디스만한 감동은 받지 못했다.

　전쟁에서 승리하고 로마로 돌아오는 개선장군 비니키우스(로버트 테일러 扮)는 멋이 있었다. 퇴역장군 집에 머물게 된 비니키우스는 저녁이 되어 정원 나뭇가지들 위에 설치한 등잔의 심지들마다 차례로 불을 댕기는 연보랏빛 원피스의 리기아(데보라 카 扮)를 보게 된다. 그는 리기아의 미모에 반하고 예쁜 마음을 드러내는 말씨에 매혹된다. '그대의 어깨는 우윳빛같이 희고 아름답고 완벽하다.' '12마리의 비둘기를 비너스 신전에 바쳐 우리의 만남을 기억하고 싶다' 등의 대사로 프러포즈를 한다. 우여곡절을 거쳐 결국 등불을 밝히는 리기아가 정복을 위한 살육의 영웅, 죽음과 어둠의 세계에서 헤매는 영혼에게 생명과 사랑의 세계로 인도하게 되는 상징적인 장면이었다고 생각된다. 볼 때마다 혼돈 속에서 사랑과 믿음이 영원하다는 메시지를 주는 종교영화로서 서정적으로 영혼을 아름답게 움직여주었다. 영화에서 리기아가 등불을 밝히는 장면은 비니키우스의 인생만 구원시킨 것이 아니라, 사춘기의 소녀로서 언젠가 갖게 될 행복한 로맨스를 상상하며 행복해지게 해주었다. 나의 진로를 등대처럼 밝혀줄 것 같기도 했다.

　AD 65년 경 로마시대의 역사적 사실을 토대로 멜로적인, 기독교인 리기아와 전형적인 로마인이었던 비니키우스의 사랑이 영화의 흥미를 주기에 충분했다. 리기아는 비니키우스의 남성으로서의 매력에 이끌리지만 어떻게 해서라도 전도하려고 노력한다. 폭군 네로는 새로운 로마를 건설하고 시적(詩的) 영감을 얻기 위해서라는 미명 아래 로마 시가에 불을 지른다. 그러나 시민들의 분위기가 험악해지자 기독교인들이 불을 지른 것이라고 혐의를 돌린다. 기독교인들의 정신적 지도자인 베드로가 도망가다가 예수의 환상을 만나 로마로 들어가라는 계시에 교인들이 박해 받는 로마로 다시 들어가 십자가에 거꾸로 매달려 죽는다. 신앙을 위해 저항하지 않고 찬송 부르며 죽음의 길로 뛰어드는 기독교인들의 순교 장면, 베드로가 꽂았던 지팡이에 하얀 꽃이 피어난 마지막 장면도 잊히지 않는다.

이 영화를 처음 보았을 때는 멋있는 남자주인공과 아름다운 여인의 사랑이야기가 애틋하여 거기 깔렸던 믿음의 승리는 간과했던 것 같다. 도덕적인 메시지나 교훈적 결말에서 감동하기보다 멋있는 남자주인공과 아름다우나 신앙이 돈독한 여인이 로마인 남성을 신앙인으로 감화시키는 힘을 가졌으니 얼마나 큰 사랑인가. 나도 그럴 능력이 있을까, 한때는 그런 꿈도 품었던 것 같다. 역사적인 이야기보다 낭만적 허구에 이끌렸고, 다채롭고 웅장한 스케일이 리얼해서 가슴속에 오래도록 감동의 울림이 남았었다.

그 시절에는 명작소설을 많이 영화화했다. 영화로 탄생되는 영상과 대사를 통해 세계와 우리가 새로운 관계를 맺게 되고 자신의 새로운 존재성을 하나하나 발견해내고 꿈꾸게 하며, 감동에 젖게 만들고 기억하게 함을 확인할 수 있었다. 비니키우스와 리기아가 처음 만나던 불 밝히는 장면이 인상적이어서 원작 소설을 읽어보 았으나 소설에서의 묘사는 달랐다. "어느 날 새벽, 정원의 샘터에 서 목욕하는 처녀를 보게 되었는데 새벽녘의 서광이 그녀의 몸에 투명하게 스며드는 것을 보았다."는 내용이 이어졌다. 영화에서 는 각색자와 감독이 설정해서 등불을 밝히는 상징적인 아름다운 영상을 만들어 평생 각인되어 남게 해주었다.

세월이 지나 여러 번 반복해서 감상하면서 기독교 신자인 내게 신앙이 돈독해지는 기회를 삼으려고도 했다. 범죄와 타락의 온상 인 로마가 기독교의 진원지로 변모해가는 과정을 통해 진리의 힘 은 불멸이라는 것, 아무리 심한 박해와 수난도 사랑과 신앙의 힘 으로 얼마든지 극복할 수 있다는 신념을 인류에게 일깨워 주려 했던 원작자의 큰 뜻을 영화에서도 헤아리게 되었다.

리기아처럼 사랑의 불을 지피거나 영혼의 등불도 밝혀보지 못 하고 흘려보낸 세월. 우리는 삶의 의미를 어디에 두고 살아야 할 까. 이 세상을 넓고 깊게 들여다보며, 약한 인간들끼리 서로 부추 기고 격려해주며 살아가야 할 텐데. ≪쿼바디스≫의 리기아가 심 지에 불을 붙이던 등불은 아직도 '내 인생을 밝혀줄 등불'로 남아 있다.

(2014.)

# 내가 잊은 것 '새벽 닭 우는 소리'

    35년 전에 동남아여행을 했다. 한정된 직장업무에서 벗어나 다양한 것을 보고 들으면 누에가 명주실을 자아내듯 좋은 글이 써질까 하고 빡빡한 일정을 보냈다. 문제는 밤에 잠이 잘 오지 않는 것이었다.

    세 번째 여행지인 타이페이에서는 용산사(龍山寺)에 들렀을 때 잠을 잘 자게 해달라고 참배객들과 함께 향불을 피우고 빌기도 했다. 그날따라 밤중에 지혜로운 삶을 찾아다니는 순례자처럼 잡념을 여과시키려고 노력했는데 '꼬끼오' 하는 반가운 소리가 울려왔다. 분명 닭의 울음소리가 두 번이나 더 울렸다. 지붕들이 맞닿게 집들이 밀집하여 손바닥만 한 마당도 없어 보이는 동네에서 닭소리를 듣고 나자, 금세 우중충한 호텔방의 벽도 서먹한 침대도 고향집처럼 친밀해지고 포근해지는 느낌으로 잠이 들었었다.

    아버지 심 봉사의 눈을 뜨게 하려고 공양미 3백 석에 몸을 판

심청이는 뱃사람들이 데리러 오기 전날 밤에 잠을 못 잔다. 내일 아침에 돋는 해를 붙들어 매고 싶은데 닭이 울자, "닭아, 닭아, 닭아, 우지를 마라. 반야진관에 맹상군이 아니어든 네가 울면 날이 새고 날이 새면 나 죽는다." 하고 날이 밝지 않기를 원한다.

심청이처럼 기구한 사연이 있는 이가 아니라면 힘차게 닭이 우는 새벽의 소리를 고대하지 않을까. 시계가 없었을 때 선인들은 닭이 우는 소리에 일어나서 해가 뜨면 나가 일하고 해가 지면 잠자리에 드는 생활을 했었다.

어렸을 때 시골 외가에 가서 저녁이면 초롱초롱한 별을 보며 동경의 세계를 펼쳐 보고 영창에 비치는 달빛에 꿈을 새기며 단잠을 자고나면 목청 좋은 소리로 장닭이 우는 소리를 들었다. 문을 밀치고 내다보면 동쪽으로 낮은 산의 봉우리가 희어지기 시작하고 마당의 사물들이 조금씩 윤곽을 드러냈다. 그때까지 짙은 북청색의 하늘 속에서 별들이 하나 둘 사라지는 중에 새소리가 깨어났다. 기쁘게 여기저기서 화답하는 새소리와 함께 밝아 오던 아침. 우리가 빛을 향해 한 걸음씩 다가갈 수 있는 희망을 주었다.

아침 일과를 마치고 나면 일터로 나간 어른들, 특히 이웃 읍내 장날에 가신 외숙모가 저녁에 넘어오는 고개를 바라보며 몹시 기다렸다. 낮 동안 뒷동산에 나가 이름 모를 열매도 따먹고 도랑에 나가 새뱅이도 잡는 경이로운 시간도 가졌지만 또 새로운 것을 갖고 오실 어른들을 기다리는 즐거움이 있었다.

전기와 편리한 기기의 발달로 긴 밤도 낮처럼 활용하던 시기를 거쳐 TV, 컴퓨터, 스마트폰으로 하루가 빈틈없이 채워지면서 무엇을 기다리는 지루함은 없어졌지만, 기다림의 소중함도 잊은 것 같다.

'굿에 간 어미 기다리듯 한다.'는 말처럼 어떤 일에 희망이 있을 때 몹시 그것을 기다리는 것을 조롱하는 말인데, 무언가 절실하게 기다리는 버릇이 없어진 것 같다. 이것은 어쩌면 어떤 일에 희망을 갖거나 기대를 하지 않는다는 뜻이기도 하다. 아니 무엇을 목표로 이루려는 노력도 잊은 것 같다.

목청 좋게 새벽을 알린 수탉, 탐스럽게 잘 생긴 벼슬과 태깔이 좋은 깃털을 지닌 수탉이 횃대에서 내려와 다른 닭들을 거느리고 울타리 밖으로 걸어 나가던 늠름한 모습은 하루 일과를 시작하는 우리에게도 활기를 주었다.

밤새 고통으로 지새웠거나 힘겹고 지쳐 있을 때 새벽 닭 우는 소리는 아침 너머에 낙원이 있을 것 같은 희망으로 마음을 다스리게 해주었다.

새벽 닭 우는 소리를 잊은 것은 새벽 종소리를 잊은 것만큼 안타까운 일이다.

(2013.)

# 모아이의 교훈

일본 미야자키 니치난(宮崎 日南)해안의 작은 언덕에 있는 〈선메세 니치난공원〉에 갔었다. 그곳엔 뜻밖에도 높이 5.5m나 되는 7개의 모아이 석상이 있었다. 모아이 석상은 칠레 이스터 섬(리파누아 섬)에 있는 것으로 알고 있던 터라 의아해서 알아봤더니 그것은 복제품이었다.

1960년 칠레에 7.5도나 되는 대지진이 일어나 이스터 섬의 모아이 석상들이 넘어지고 부서졌다. 그때 일본의 중장비회사에서 복구비용 3백만 불을 들여 복구해 주었다고 한다. 그 공적에 감사하는 증표로 이스터 섬 장로회가 유일하게 그곳에 모아이상을 복제할 수 있도록 허가했다고 한다.

그런데 그 모아이가 바라보는 방향은 직선으로 이으면 이스터 섬이라고 했다. 눈동자도 없는 석상이지만 일렬로 서서 근원을 생각하며 두고 온 고향을 그리는 것처럼 멀리 바라보는 것 같아

이상한 감동이 일었다. 근원을 생각하고 처음 먹었던 마음을 소중히 여기지 않고 잊고 살고 있구나 생각하니 작은 종려나무 잎사귀와 함께 태평양 바람에 내 영혼도 나부끼는 듯했다.

이스터 섬은 원래 세계에서 대륙과 가장 멀리 떨어져 있는 섬으로, 자원이 풍부하고 숲이 우거져서 주민들이 잘 살았다. 그런데 지배층들이 주민들을 다스리기 위한 신적인 존재가 필요하다고 생각해서 모아이 석상들을 만들어 세우다 보니 자연환경이 파괴되었다. 그 큰 석상들의 운반비밀이 아직도 정확히 밝혀지진 않았지만 그 많던 숲의 나무들을 베어 이용했을 것으로 짐작한다고 했다. 숲도 없어지고 초원에 큰 모아이 석상만 남은 채 주민들도 2만 명에서 2천 명으로 줄어들게 되었다는 추측이다.

선 메세 니치난공원을 '태양과 남양 낭만의 테마파크'라고 설명하고 있었다. 그러나 나는 낭만이란 말보다도 그 공원을 만든 숨겨진 이유를 짐작해 보았었다. 일본 사람들이 자기네 땅에서도 지진이 자주 일어나는 취약점 때문에 선뜻 칠레를 도왔을 것이고, 자연 파괴를 막아 이스터 섬의 비극을 되풀이하지 않도록 경각심을 주려고 모아이 상을 세운 테마공원을 만들지 않았을까. 7개의 석상에는 각각 직업, 건강, 연애, 여행, 부부금슬, 돈, 공부 운이 있어서 기원하면 그 운이 따른다고 했다. 그 앞에 동전을 놓고 비는 이들을 바라만 보았다. 제주도 하루방처럼 둥글둥글하지 않고 입이 한일자인 모아이 상은 경직되어 보이기도 했다.

사람의 마음도 원래는 순수했는데 세파에 시달리다 보니 거칠어지고 황폐된 것은 아닐까, 모아이 석상들을 뒤돌아보며 떠나왔었다.

사십 년 전만 해도 우리나라 산들은 거의 민둥산이었다. 무분별하게 벌목하던 곳에 산림녹화가 이루어져서 이제는 어디를 둘러보아도 푸른 산들이다. 신록이 녹음으로 무르익는 5월, 보이는 곳마다 초록의 윤기가 흐르고 산기슭의 농촌마을이 멋진 풍경으로 다가와 스마트폰을 꺼내들고 영상에 담아 간직하고 싶어진다. 우리나라가 스위스만큼이나 푸른 강산이라고 좋아하며 자주 찾는 외국인들도 있다니 얼마나 좋은가.

"살어리 살어리랏다. 청산에 살어리랏다. 머루랑 다래랑 먹고…"로 시작되는 〈청산별곡〉은 고려 때 정쟁의 혼돈이나 속세의 시끄러움을 피해서 산에 들어가 은둔하고 싶다는 의도에서 발생되었다지만 어떻든 살고 싶은 청산이 주변에 많았던 것이다.

그때만큼이나 자연이 푸르러지고, 또한 살림살이는 편안해졌지만 사람들의 심성이 그만큼 윤택해지기는커녕 메마르고 황폐해졌다. 물질적인 고도성장에도 불구하고 몇 년 전 세계 주요도시 '삶의 질' 조사에서 서울은 전 세계 215개 도시 가운데 89등을 차지했다. 자연 환경은 푸르지만 사람들의 마음이 불안해지고 신뢰가 없어져서 절망하며 사는 것도 낮은 등수를 차지한 원인이 되었을 것이다.

청산 속의 낙원을 이루려면 어렸을 때 가졌던 순수한 희망, 동경을 되찾아야 할 것이다. 삭막한 현실일지라도 순수하고 맑은 자연에서 서로 믿고 도우며 치유하고 공생을 이뤄야 할 것이다. 자연의 품속에서 서로 배려하며 평화롭게 사는 이상향을 동경한다. 자연에서 얻는 정서, 교감과 아름다움, 정신적인 충족이 있는 삶. 자연환경을 잘 보존하고 가꾸듯이 마음 밭도 잘 가꾸어야 하리라.

모아이 상이 파손된 것을 복원해서 제자리에 세워주고 쓰러진 것을 일으켜 든든하게 자리 잡게 해주듯이 우리 삶과 정신의 영토도 푸르게 복원해서 품격을 높였으면 하는 바람이다.

(2014.)

# 느껴야 행복

시골 사는 문우가 곰삭은 젓갈과 고추장을 보내왔다. 초록을 가꾸며 영혼을 다독거려주는 글을 쓰는 친구가 잘 발효되고 숙성된 음식으로, 나의 메마른 삶을 일깨워주어 자세를 가다듬게 한다. 나는 인간승리의 주인공들에 비해 얼마나 약하게 지내왔는가, 그동안 얄팍한 사유의 알맹이를 얼마나 숙성시켰고, 새로 인식할 성숙된 시선을 마련했는가.

'잊지 못할 고마운 이야기'의 수기 심사를 맡았었다. 남에게 고맙게 해준 일도 없었기에 성실하게 읽었다. 가난한 시절에 학비를 대준 이웃, 장애인 친구를 업어서 등교시켜준 동급생, 수술비가 없을 때 선뜻 수술부터 해준 고마운 의사 등 일시적인 도움과, 일생에 영향을 끼친 인정이 많아서 흐뭇했다.

문학적인 재능이 있는 이들이 아니어서 특수 체험을 극적으로 묘사하여 감동을 주지는 못했다. 그냥 잔잔한 기쁨이 있는 것을 고르기로 했다. "산골마을에서 태어나 20리나 되는 읍내의 초등학교와 중학교를 개근상을 받고 졸업했습니다."로 시작된 내용이 단숨에 읽혔다. 눈이 많이 왔던 산골에 아침이면 학교 가는 동구 밖까지 누군가 눈을 쓸어 길이 나 있었고, 작은 온돌방도 겨울밤엔 싸늘했는데 새벽이면 방이 따뜻해져서 좋았다. 성장해서야 가족 같은 머슴이 눈을 쓸어 학교 갈 길을 내주었고, 새벽 방도 따스하게 해주었다는 것을 깨달았다는 내용이었다. 지금 생각해보면 머슴이 밭일과 논일을 하는 틈틈이 산에 가서 땔감을 긁어오고 한밤중에 일어나서 아궁이에 불을 때서 쇠죽도 끓이고 물을 데우기에 방이 따뜻해졌던 거였다. 성장하여 도시에 와서 계산적으로 살다가, 머슴이 돌아갔다는 소식을 듣고서야 문득 그때의 고마움이 눈물겹게 느껴져서 남의 마음을 덥혀주는 일을 하고 싶다는 것이었다.

농촌의 머슴이라면 당연한 일을 한 것인데, 응모한 필자는 자신을 건강하게 성장시켜준 고마운 일로 회상했다. 옛날 일을 고맙게 회상하는 것도 불행을 행복화 할 수 있는 방법의 하나가 아닐까. 같은 일도 사랑과 정성을 쏟으며 한 일이어서 무엇보다 감사하다는 내용이었다. 뒤늦게라도 느낀 그의 행복에 박수를 보낼 수 있었다.

(2018.)

# 황산의 소나무처럼

# 간 봄 그리움과 맥박

## –무애 양주동(无涯 梁柱東) 선생님

아일랜드 블라니성에는 입을 맞추면 말을 잘하게 된다는 '블라니 스톤'이 있다. 여왕 엘리자베스 1세가 견고한 '블라니성'을 바치라고 했을 때, 고민하던 성주는 블라니 스톤에 입맞춤한 후 여왕을 만나 성을 내놓을 수 없는 구실과 미사여구로 여왕을 설득했다. 이 사실이 알려지면서 말 잘하고 싶은 이들이 모여들고, 윈스턴 처칠도 그 돌에 입맞춤을 했다고 한다. 그 성지기 메카시가 물에 빠진 노파를 구해 주었는데 마녀인 그 노파가 고마워서 메카시에게 유창한 말솜씨의 주술을 걸어주었던 것, 그 주술이 비문을 새긴 블라니 스톤으로 옮겨져서 그 돌에 키스하면 놀라운 말솜씨를 갖게 된다는 소문으로 현재에도 관광객이 많이 들른다고 한다.

정치가나 중요 위치에 있는 책략가가 아니더라도 누구나 말 잘하기를 원한다. 우리 역사에도 고려 초기(923년) 거란이 고려를 침공해 왔을 때, 문신 서희(徐熙)가 지혜로운 상책으로 담판, 강동

6주를 얻었다는 쾌거가 있다. 놀라운 책략으로 말을 잘해 오히려 땅을 얻고 적을 돌려보낸 그도 말솜씨에 도움 되는 어떤 주술에라도 걸렸었던가.

대학 3학년 봄, 말의 천재 무애 양주동(无涯 梁柱東 1903-1977) 교수님의 강의를 들었다. 말솜씨와 국보1호라는 별칭처럼 동서고금의 문물과 시를 줄줄 외며 재미있는 원맨쇼의 강의여서, 타 대학생들과 다른 과 학생들이 많이 청강을 했다. 영문학 전공의 무애 선생께서 독학으로 고시가(古詩歌) 해독을 하여 국문학 강의를 하셨음은 널리 알려진 사실. 일본의 오꾸라 신뻬이(小創進平)가 신라가요를 시골노래 향가(鄕歌)라고 비하하여 먼저 번역해낸 것에 자존심이 상한 무애 선생은 향가를 사뇌가(詞腦歌)라 고치고, 연구에 몰두하여 오꾸라 신뻬이의 오역한 부분을 정정하기도 했다.

말을 잘한다는 것이야말로 실력 있고 두뇌가 좋아 머리 회전이 빠른 것이 아닐까. 말을 잘한다는 것과 글을 잘 쓴다는 것은 자신이 살아가기에 편리하고 남과 이웃들에게도 이로움을 줄 수 있을 것이다. 순간적인 이익이나 일시적인 위기를 모면하는 것보다 나라와 인류를 위한 도움이 되는 말솜씨나 세월이 가도 빛나는 명작을 쓰는 것, 참되게 뚜렷한 의지와 신념, 구상으로 아름다운 세상을 만들려고 할 때 높은 가치가 있으리라.

무애 선생은 오꾸라 신뻬이의 오역을 지적하고 올바르게 가르쳐주셨는데 이젠 거의 잊어버렸고, 두어 가지만은 기억이 또렷하다. 신라가요 〈모죽지랑가(慕竹旨郎歌)〉의 첫 구절 "거은춘개리미(去隱春皆理米)"를 오꾸라 신뻬이가 '가는 봄 다스리매'로 해석했는데, 무애 선생께서는 '간 봄 그리매'로 해석하여 본뜻을 살려내셨다. 〈모죽지랑가〉는 신라가요 25수 중의 하나로 화랑 죽지랑의 무리인 득오곡이 자기가 모시던 죽지랑이 죽자 고매한 인품의 소유자인 죽지랑을 찬양하면서 그를 그리워하며 읊은 노래이다. 또 한 가지 "달하 높이곰 돋으시어…"로 시작되는 〈정읍사(井邑詞)〉에서 고대에는 존칭(尊稱)으로 ㅎ 연음소(連音素)를 사용하여 "달하"의 '하'는 품위를 올리는 존칭으로 "달님이시여 높이 돋으시어"의 뜻이라고 하셨던 것이 잊히지 않는다.

우리 고가는 나라를 사랑하는 선생의 따뜻한 가슴을 거쳐 해석이 되어 더욱 아름다운 서정시로 환생할 수 있었다. 고매한 인품의 죽지랑을 찬양하며 그리워한 본심을 그린 〈모죽지랑가〉의 진실된 마음을 더 깊이 알게 되었고, 남편이 오래도록 돌아오지 않음에도 원망하지 않고 안전하게 편히 다니게 해달라고 달에게 축원하는 〈정읍사〉에서 간곡한 백제여인의 아름다운 여심을 알 수 있었다.

외롭고 고단한 연구 끝에 고가를 해석하고 주석을 붙인 데는 그의 천재적인 두뇌가 강점이었지만 그의 시집 『조선의 맥박』처럼 그 학문의 뿌리에 숨 쉬는 민족정신이 있었다. 일제하에서 공부하고 제자들을 가르쳤지만 정신과 문학에서만은 "아 조선의 폐는 아기야 너에게만 있도다/ 나는 조선의 갱생된 긴 한숨을 듣노라/ 나는 임의 기관이요 그의 숨결이로다."(시 〈조선의 맥박〉 중) 같은 그의 투철한 민족정신이었다. 그리고 비평과 시로 시작한 문학세계도 비범하여 시적 영역을 민족의 문제, 사회의 문제로까지 확대시키고, 인생의 근원적 의미를 추구하는 철학적 세계에 이른다는 평가를 받고 있다. "그의 수필은 무애 선생 특유의 필법을 나타내어 〈면학의 서〉〈현문우답초〉〈비지땀〉〈국보변〉 등 많은 작품이 있다. 다만 무애 선생의 수필은 지식의 보고요, 변증법적으로 사유의 바탕을 입증시키는 기법이 있다. 거리낌 없이 흘러가는 도도한 강물의 위용이 바로 무애 선생의 수필이다."(曺秉武의 〈무애 선생의 문장과 문맥〉 중에서)로 알려져 있다.

무애 선생은 만년에 방송(라디오)에서 특유의 언변과 해박한 지식을 바탕으로 인기 있는 연사이기도 했다. 동서고금의 문물, 폭넓은 경험과 지식, 해학으로 화제의 소용돌이 속에서도 핵심을 짚어내는 달변가로 당대 제일의 섭외 대상이었다.

MBC라디오에서 일요정담을 맡았을 때 서너 번 선생을 섭외할 기회가 있었다. "나는 특별한 사람이니까 출연료도 특별해야 하네." 하고 주문할 때는 야속하기도 했지만, 녹음(제작)할 때는 스튜디오에서 청취자들보다 먼저 선생 특유의 말솜씨에 조용한 기쁨을 누릴 수 있었다.

당뇨가 심해서 쇠잔한 기력임에도, 힘찬 맥박이 느껴질 만큼

박력 있게 단어마다 힘주어 생동감 넘치는 열강을 하신 무애 선생. 단어마다 아름다운 생명으로 환생시키려는 열정과 성의가 넘쳤다. 듣는 우리의 몸과 마음에 씩씩한 에너지가 되게 하셨다.

블라니 스톤에 입을 맞추지 않아도 타고났던 무애 선생의 말솜씨, 아일랜드의 블라니 성주가 영국 여왕에게 주권을 빼앗기지 않으려고 고심하고 노력한 것처럼, 선생께서도 우리말, 문학, 정신을 지키려는 고귀한 마음이 있었기에 해독에 성공했고 뛰어난 말솜씨로 후학들을 지도하여 우리 문학, 시가의 뛰어남을 알게 해주었다.

무애 선생이 돌아가신 지 40년이 넘은 지금, '간 봄 그리'며 신라의 득오곡이 돌아간 죽지랑을 찬양하여 〈모죽지랑가〉를 썼듯이 아름다운 시 한 편은 못 쓰더라도 선생의 활력 넘치는 열강으로 씩씩한 에너지를 삼아 누군가에게 조용한 기쁨을 주는 글을 쓰고 싶다.

(2018.)

# 부끄러움을 알았는가

## -윤동주 시인 탄생 100주년(1)

오사키에서 해외문학 심포지엄(2008년 5월, 한국수필가협회 주최)을 마친 후, 윤동주 시비(詩碑)가 있다는 교토의 도시샤(同志社) 대학을 찾았다. 연희전문학교를 졸업(1942년)한 윤 시인은 도쿄 립교대(立敎大) 영문과로 진학했으나 군국주의적 학교 분위기가 싫어서 6개월 후 도시샤대학 문학부로 편입을 했다. 기독교 전도사, 교육자였던 니지마 조가 세운(1875년) 일본의 3대 사학이라는 도시샤대학 정문에 들어서니, 멀지 않은 곳에 붉은 벽돌의 고풍스러운 건물들이 140년 가까운 역사를 짐작케 했다.

교정의 중간쯤 위치한 건물 옆 납작한 기석 위에 가로로 긴 시비가 있었다. 대리석 위에 흑색 판돌을 붙이고 그의 작품 〈서시(序詩)〉 전문을 그의 육필인 한글로, 옆에 이어서 일본어로 번역해 새긴 조촐한 것이었다.

〈서시〉는 일제 암흑기를 살던 윤 시인의 독특한 역사 감각과 자아성찰의 작품이다. 일제말기 어둠과 가난 속에서 삶과 고뇌를 사색하고, 일제의 강압에 시달리는 조국의 현실을 아파하며 고민하는 마음이 담겨 있다. 그 상황에서 인생진로를 고민하며 쓴 서시는 우리도 20대에 많이 읽었다. "죽는 날까지 하늘을 우러러 한 점 부끄러움이 없기를…"로 시작되는 이 시는 라디오PD로 일하던 내내 청취자들도 엽서에 적어 보내던 국민의 애송시이기도 하다. 시비 뒷면에 윤 시인의 출생과 돌아간 내용이 새겨져 있었다.

　윤동주는 한국의 시인으로 1917년 12월 30일 중국 길림성 용정 교외의 명동촌에서 아버지 윤영석尹永錫, 어머니 김용金龍의 장남으로 태어났습니다.

　1942년 도일渡日하여 도시샤대학 문학부에 재학 중 1943년 7월 14일 사상범으로 교토 시조가모下鴨 경찰에 검거됩니다. 1945년 2월 16일 후쿠오카 형무소에서 옥사했습니다.

애도하는 마음이 담기지 않은 간단한 내용을 보자 새삼 안타까운 마음이 들었다. 윤 시인은 민족해방을 위한 일본정부 전복계획을 추진하던 '재교토학생민족주의그룹사건' 때 체포, 후쿠오카 형무소에서 복역 중 숨졌다. 그런데 생체실험으로 매일 이상한 주사를 맞다가 숨졌다는 가족들의 증언이 생각나서 그런 만행만 없었다면 6개월 후의 조국광복을 볼 수 있었을 텐데 하는 아쉬움이었다. 그런데 다시 이어진 문구가 있었다. "선명하고 강렬한 민족애와 기독교신앙과 마음, 다정한 동심이 녹아든 윤동주의 시는 동포만 아니라, 민족을 넘어 사람들의 마음을 울린 윤동주님을 그리워하며, 연고지에 이 비를 세운 것입니다."는 내용 밑에 도시샤교우회 코리안 클럽, 윤동주시비 건립위원회, 윤동주 추모회라고 씌어 있었다.

그렇다면 일본 처지에서 보면 불온한 시인인데 교정에 시비를 세우게 했을까 생각하다가 비석 오른 쪽 옆 '학교법인 도시샤에서 세운 안내판을 보고 의문이 풀렸다. "윤동주는 코리아의 민족시인이자 독실한 크리스찬 시인이기도 하다."고 시작하여 출생과 한글로 시를 쓰고 체포, 옥사하기까지의 간단한 경위가 있었다. 그리고 끝에 "이 시비는 도시샤대교우의 코리아클럽의 발의에 의해, 그의 영면 50년 돌인 1995년 2월 16일 건립, 개막되었다. 한글로 된 서시는 그의 자필원고 그대로이며, 일본어 번역은 이부키 코(伊吹鄕) 씨의 것이다."고 한 내용을 확인하고 다시 본 〈서시〉가 더욱 소중해 보였다.

흑색 판돌에 새겨진 "죽는 날까지 하늘을 우러러 한 점 부끄럼이 없기를…" 을 읽다가 문득 생각나는 것이 있었다. 박완서 작가가 1974년≪신동아≫에 발표한 단편소설 〈부끄러움을 가르칩니다〉였다. 6·25 전쟁의 비극적 상황과 가난을 겪은 우리는 급격한 산업화로 절대 빈곤에서 벗어났다. 이 소설은 이런 물질만능에 치우치면서 정신적인 가치를 잃은 우리 모습을 날카롭게 파헤쳤다. 6·25 전쟁으로 가장이 된 주인공은 세 번 결혼하면서 물질만능을 추구하는 분위기에 휘말린다. 그러나 점차 그녀는 부끄러움을 느끼고 삶의 진정성을 찾고자 한다.

'가이드가 일본 관광객에게 일본말로 '저 여러분, 이 근처부터 소매치기에 주의하십시오.' 하는 말을 듣고 부끄러운 느낌이 고통스럽게 왔다. 학교와 학원에서 별의별 지식은 배웠으나 '아무도 부끄러움은 안 가르쳤을 거다.' "나는 각종 학원의 아크릴 간판의 밀림 사이에 '부끄러움을 가르칩니다' '부끄러움을 가르칩니다'라는 깃발을 펄러덩펄러덩 훨훨 휘날리고 싶다."는 소설 속의 구절이 생각났다.

남녀노소, 어떤 시대를 살더라도 사람들이 서시를 좋아하는 것은 윤 시인이 순수한 영혼의 소유자임을 짐작할 수 있어서일 것이다. 부끄러움이야말로 이 세상의 생물 중 인간만이 느낄 수 있는 것이라고 한다. 부끄러움을 귀하게 여기는 것도 인간의 감정 중 가장 순수하고 겸손한 영역에 속하기 때문이다. 〈서시〉라는 제목이 붙여진 것은 1948년 윤동주의 유작 31편과 정지용 시인의 서문으로 만든 유고시집 ≪하늘과 바람과 별과 시≫를 간행할 때 수록된 작품 전체의 내용을 개괄한다는 의미에서 붙여진 것이지만, 그것이 끊임없이 자아를 성찰해온 윤 시인의 삶을 개괄하고 있다는 의미를 지닌다고 한다.

　박완서의 〈부끄러움을 가르칩니다〉를 읽으면서도 떳떳할 수가 없었다. 윤 시인의 시대에서, 또 1974년대에서 느낄 수 있는 부끄러움은 다른 것이긴 해도 과연 '부끄러움'이란 어휘에서 자유롭게 살았던가 뉘우쳐졌다. 일본인 입장에서 보면 윤동주는 불온한 시인인데 시비를 교내에 세우게 한 것은 자기네 대학출신이고 도시샤대학이 미션대학이기도 하지만, 허가했던 이들 중 일본의 만행에 부끄러워했던 이가 있지 않았을까 짐작하며 교정을 떠나왔다.

　벌써 9년이 지난 일이다. 그동안 개인적인 굴곡이 없어서인지 '부끄러움'이란 어휘를 잊은 채 살아왔다. 최근 잘못을 저지르고도 부끄러워하지 않는 이들을 TV로 보면서, 박완서 선생의 〈부끄러움을 가르칩니다〉와 윤 시인의 '한 점 부끄러움이 없기를'이 자꾸 떠오른다. 내 자신에게도 '부끄러움을 가르칩니다'라는 깃발을 흔들어주고 싶다.

(2017.)

# 젊음의 초상, 그 후

## -윤동주 시인 탄생 100주년(2)

산모퉁이를 돌아 논가 외딴 우물을 홀로 찾아가선 가만히 들여
다봅니다.

우물 속에는 달이 밝고 구름이 흐르고 하늘이 펼치고 파아란
바람이 불고 가을이 있습니다.

그리고 한 사나이가 있습니다.

어쩐지 그 사나이가 미워져 돌아갑니다.

……

돌아가다 생각하니 그 사나이가 그리워집니다.

우물 속에는 달이 밝고 구름이 흐르고 하늘이 펼치고 파아란 바
람이 불고 가을이 있고

추억처럼 사나이가 있습니다.

-윤동주의 〈자화상〉

지난 2월, 서울 청운동 '시인의 언덕'에서 윤동주 시인의 탄생 100주년 기념행사에 참여하였다. 높은 언덕에서는 시야가 확 트여 사방이 넓게 내려다보여서 마음속의 생각도 넓어질 듯했다. 윤동주 시비 앞에 꽃을 바친 일행은 바람이 이는 언덕의 노천무대에서 낭송회를 가졌다. 부드러운 구어체의 깊은 뜻이 있는 〈자화상〉을 들으며, 우물을 통해 일제 강점기의 암담한 현실 속에 소년에서 어른이 되어가는 자신을 돌아본 시를 나대로 읊조려 보았다. 자신에 대한 애증의 마음을 유사한 시구로 반복하고 '파아란 바람' 등 공감각적 심상(心象)을 표현하고 있다.

어렸을 때 수돗물이 있는 소도시에서 살던 내가 시골 외가에 가서 '우물 속에는 달이 밝고 구름이 흐르고 하늘이 펼치고 파아란 바람이 불던 것을 보던 때가 문득 떠올랐다. 깊이를 모르던 그 우물은 신비스러웠다. 어느 날 새벽, 우물곁에서 동네 아주머니가 물을 떠놓고 비는 것을 보았다. 신비스러운 우물에 기도하는 것인지 우물물을 하늘에 바치며 기도한 것인지는 모르나 폐결핵 환자인 아들이 1년 후에 완쾌됐다고 했다. 멀지 않은 곳에 더 큰 우물이 있었으나 먼 동네 무당들도 이용할 만큼 그 우물이 영험하다고 했다.

시인의 순수한 영혼도 맑고 신비한 우물에서 비롯되었을까. 그는 방황하는 청춘의 고뇌가 아니라 일제의 압제 속에서 살아갈 희망이 없어 방황하고 자조했다. 절망에서 헤어나려고 미래를 위한 문학인으로서 사상적으로 대비하는 시를 써서 일본경찰의 주목을 받았다. 기독교 신자였던 시인의 어머니는 역시 새벽기도로 그가 올바르게 살기를 기원했을 것이다.

그는 치안유지법위반으로 일경에게 체포되고, 교토지방법원 재판소에서 징역 2년을 선고받고 후쿠오카형무소로 이송되었다. 그 뒤 10개월 만에 숨졌는데 그토록 그리던 조국광복이 6개월 후에 이루어졌다. 생체실험용으로 이름 모를 주사를 맞다가 1945년에 숨진 그의 요절이 안타깝고, 그는 언제까지나 청춘의 초상으로 우리에게 남아 있다.

아무리 추웠던 겨울이라도 봄이 오면 물러가지 않을 수 없는 것, 2월의 시인의 언덕에서 보이는 북악산과 인왕산 등성이에는 땅 속의 것들을 소생시키려는 더운 김이 감돌고 있었다.

젊은 순수한 영혼을 지닌 윤동주는 하늘과 별을 바라보고 맑은 우물물을 들여다보면서 변하지 않고 영혼을 더욱 맑히려 하지 않았을까. 고귀한 애국심에 많은 이들이 흠모하지만, 후에 태어난 우리들에게는 그리움과 동경까지도 주고 갔다. 그날 추모에 참석한 이들은 거의가 50을 넘긴 나이들이었지만 한 회원이 인솔하고 온 초등학생들도 있었다. 귀여운 목소리로 시를 낭송한 소년들이나 나이든 회원들도 청년 윤동주를 가슴에 품고 그리워하고 그가 그리던 것들을 동경하고 있다.

시인이 들여다보던 우물이 말라버린 것도 아쉽고, 도회의 혼탁한 하늘에서 그가 바라보던 밤하늘의 별을 볼 수 없음도 안타깝다. 그러나 요즈음 들어 윤 시인이 천수를 누리지 못한 것이 더욱 애석하게 여겨진다. 10년, 20년만이라도 더 살았더라면 좋았겠다. 그가 더 살았더라면 무엇을 존중하며 살았을까. 부모에게 효도하며 일생을 보냈을까, 이상적인 교육자로서 후배양성에 힘썼을까, 아니면 치열한 문학정신으로 우리가 그토록 바라는 노벨문학상이라도 받았을까.

윤동주의 우물은 사람과 자연과의 교감으로 있는 그대로의 자연인 우물에 시인은 어두운 모습과 아름다운 구름, 바람, 자신을 대비시켜 마음과 영혼을 맑히려고 했다. 그리고 외가동네의 우물도 사람과의 교감으로 토속 신앙인들이 맑은 우물을 신성시하고 하늘에 빌 때 이용하였다.

옛날엔 사람의 훌륭한 덕행이 자연이나 생물을 감동시켜 이적이 행해진 일들이 있었다. 지극한 효자네 마당에 어느 날 불쑥 맑은 샘이 솟기도 하고, 효심 있는 아들이 부모를 만나러 가는데 개울물이 깊어 못 건너고 있을 때 거북이들이 나타나 다리(橋)를 만들어주던 일 등, 지성이면 감천이라는 전설이나 설화로만 여겨야 할까.

우리 조상들은 효에 최고의 가치를 둔 효지상주의적 사고를 지니고 있었기에 이런 전설이 생겼을 것이다. 윤 시인은 젊은 날에 돌아가 부모님께 죄송하지 않았을까. 우리는 세월이 지나면서 그의 젊은 초상이 아까우면서도 아직도 우리 가슴에 청랑한 샘물이 찰랑거리게 한다고 믿는다.

시비 앞 잔디 위로 조금 지나면 풀꽃들이 피어날 것이다. 세월이 가도 뜻을 다 펼치지 못하고 돌아간 젊은 초상, 나라를 사랑하고 부모를 공경하고 우정을 돈독히 했던 윤동주에 대한 존경심은 쇠퇴해지지 않을 것이다. 그의 언덕에 피어날 풀꽃들이 어떤 전설을 쌓아갈까 생각하며 발길을 돌렸다.

(2017.)

# 강가의 초대

　계절이 바뀔 때면 강물을 보려고 멀지 않은 한강공원으로 간다. 먼빛으로 보면 맑고 투명한 강물, 햇살 받은 물결은 반짝거리고, 구름 낀 하늘밑에서는 맑은 물살 속에 물고기라도 노니는가 싶어 들여다본다. 즉흥적인 잔물결에서 잊혀진 감성을 되찾고 싶고, 너른 강폭에 넉넉히 채워진 물처럼 여유로움을 지니고 싶어진다.

　새로운 흐름을 받아들여 유유하게 흐르는 넓은 강, 강변에 운치 있게 가지를 드리웠던 버드나무들을 꽃가루의 피해 때문에 베어 없애버린 것이 아쉽다. 그보다도 머지않은 곳에서 아깝게 죽어간 순교자들의 소리와 오래 지나지 않은 슬픈 역사의 주인공들의 소리가 바람결에 실려 올 듯하여 가슴이 시리다. 옛일을 아파하는 나이 든 처지에 둔치에서 활기차게 자전거 페달을 밟거나 배드민턴을 치며 희희낙락하는 젊은이들이 부럽다. 자녀들과 함께 가족 놀이를 하는 부모들, 노인들은 양지쪽에서 그들을 바라보고 있다.

여기서 또 하나 다양한 인간 삶의 축도를 보는 듯하다.

초봄의 햇살이 얼마 남지 않은 듯하여 돌아가려다가 자연생태지의 시든 억새 사이로 다보록하게 올라온 새싹들에 눈길을 주고 있는데 휘파람 소리가 들려 왔다. 해양스포츠훈련소 쪽에서 들려오는 휘파람은 단순한 울림이 아니고 제법 멜로디가 있는 소리지만 좀 서글픈 느낌을 준다.

나는 어렸을 적에 휘파람을 잘 부는 이가 노래를 잘하는 이보다 훨씬 멋있게 생각되었다. 신날 때 부는 휘파람은 기쁘다는 신호지만 심란하거나 근심이 있을 때 불면 걱정이 달아나지 않았을까. 1960년대 후반 '마카로니 웨스턴' 영화 〈황야의 무법자〉(감독 세르지오 레오네)에서 시작부분에 주제곡 '방랑의 휘파람'이 나와서 휘파람의 매력을 물씬 풍겼다. 낭만적이고 권선징악의 정통 서부극보다 비정하여 비판은 받았으나 전개가 통쾌했다. 그러나 저편에서 들려오는 휘파람은 신나는 소리가 아닌 듯해서 마음이 쓰인다.

젊은이의 휘파람 소리를 들으니 일제 강점기의 고뇌하던 청년 윤동주 시인이 생각났다. "겨울이 지나고 나의 별에도 봄이 오면/ 무덤 위에 파란 잔디가 피어나듯이/ 내 이름 자 묻힌 언덕 위에도/ 자랑처럼 풀이 무성할 거외다."(별 헤는 밤) 며 자기가 죽은 뒤에 찾아올 새 봄을 기대했던 윤 시인. 그의 〈십자가〉란 시에 휘파람이 나온다. '종소리 들려오지 않는데/ 휘파람이나 불며 서성이다가'란 구절. 30년대 후반 15세 때 쓴 처녀작 <삶과 죽음>으로 출발한 윤 시인이 25세에 쓴 이 시에 나오는 휘파람은 결코 신나서 부는 게 아니었다. 망국의 슬픔과 신음하는 민족에 대한 비애 속에서 자신의 무기력에 대해 괴로워하고, 세상 모두가 한 가지로 물들어가는 시기에 혼자서 힘겨운 싸움을 벌이는 심정을 호소했다.

쫓아오던 햇빛인데 지금 교회당 꼭대기/ 십자가에 걸리었습니다.// 첨탑이 저렇게도 높은데/ 어떻게 올라갈 수 있을까요.// 종소리 들려오지 않는데/ 휘파람이나 불며 서성거리다가,// 괴로웠던 사나이,/ 행복한 예수 그리스도에게처럼/ 십자가가 허락된다면// 모가지를 드리우고 꽃처럼 피어나는 피를/ 어두워 가는 하늘 밑에 조용히 흘리겠습니다.

연희전문을 졸업한 윤동주 시인은 누상동에서 하숙을 했다.〈십자가〉와 〈별 헤는 밤〉〈새벽이 올 때까지〉가 누상동에 살던 시기의 작품이다. 자신을 쫓는 일본 형사를 피해 5개월 만에 북아현동으로 옮겼지만, 누상동에 살면서 지금 윤동주문학관이 있는 언덕으로 자주 산책을 나왔던 것 같다. 햇빛, 희망은 첨탑 꼭대기에 있는 듯 멀기만 한데 암담한 상황에서. 휘파람을 불며 서성대는 자신, 절망하지 않고 '십자가가 허락된다면 꽃처럼 피어나는 피를 조용히 흘리겠다'며 자신은 누군가를 위해서 희생할 수 있다는 것을 암시한다. 실제로 〈십자가〉를 발표한 6개월 뒤에 쓴 〈별 헤는 밤〉에서 "별을 노래하는 마음으로/ 모든 죽어가는 것을 사랑해야지/ 그리고 나한테 주어진 길을/ 걸어가야겠다."고 한 윤 시인은 일본에서 치안유지법 위반으로 체포되어 후쿠오카 형무소에서 복역 중 의문의 옥사를 했다.

옛날에는 청년들에게 '청운의 뜻을 품어라' '굳건한 기상과 원대한 꿈을 지녀야 한다'고 권유했다. 이런 미래지향적인 권유가 나라를 잃고 비탄에 빠진 젊은이, 특히 윤 시인 같은 청년에게 얼마나 허황되고 막연한 말이었을까.

식민지 시대의 청소년 같은 비애는 아니지만 오늘의 청소년들에게 윤동주의 별 헤기나 초원을 꿈꾸란 말이 허황될 만큼 시험과 성적, 문제점이 있는 입시제도 때문에 별을 노래하고 인생과 우주를 생각할 여유가 있을까. 그리고 졸업 후에도 얻기 어려운 직장, 얼마 전 백화점 고객이 주차요원인 젊은이들을 무릎 꿇린 사건에 나이든 이로서 안타깝고 미안했다. 청년 윤동주도 식민지 생활을 하는 우리 동포들이 일본인들에게 무릎 꿇리기 같은 굴욕을 당하고 부당한 대우를 받는 것을 보며 얼마나 분노했을까.

나이든 처지에서 오늘날 나름대로 고군분투하고 있는 젊은이들의 어려움과 아픔을 얼마나 이해하고 있는가. 강가에서 애수가 깃든 휘파람을 부는 청년은 직장에서 좌절을 겪었거나 어쩌면 일자리를 찾지 못한 청년인 듯하여 마음이 시리기만 하다. 휘파람

소리를 받아 머금은 강물은 흥겨운 출렁임 대신 애잔한 물무늬를 지으며 흘러갈 것이다. 산 속에 사는 구도자가 휘파람을 불면 새가 손끝에 날아와 앉듯이 하고 싶은 일에 노력과 정성을 들여 이뤄지기를 진심으로 바랄 뿐이다.

강가에서는 세상 근심을 훨훨 털어버리고 방관자처럼 현실이라는 연극무대를 초연히 바라볼 수 있을 줄 알았다. 이런 회한과 관계없이 아름다운 노을은 강물로 스며들고 있다. 세상의 모든 애환들이 부드럽게 몸을 풀며 바다로 향하고 있으리라.

누가 강가로 나를 초대했을까. 저항시인 윤동주를 생각하며 그때의 울분을  떠올리고 오늘날 젊은이들의 고뇌에 동참해볼 기회를 주었으니. 누군가 들리지 않는 휘파람으로 강가로 나오라고 불렀나보다.

나는 강을 끼고 있는 고향에서 자라서 강물을 그리워하고 있었기에 나오게 된 줄 알았었다. 초대를 받는 일은 언제나 즐거운 일이지만 오늘은 어두운 마음이라 발걸음이 무겁기만 하다.

(2015.)

# 일인다역의 완벽한 능력

### - 제3회 전숙희문학상 시상식에서의 회고담(현대문학관)

뜻 깊은 자리에 선생님 생전에 친교를 쌓고, 많은 업적을 이루실 때 조력한 분이 많이 계신데 수필계의 새까만 후학인 제게 귀한 시간을 주셔서 송구하고 영광스럽습니다.

벽강 전숙희 선생님께선 삼일독립만세가 일어났던 1919년에 태어나셔서인지 우리나라의 위상을 높이려는 애국자, 선각자로서 예술문화의 발전을 위해서 치열하게 일하셨고 하시는 일마다 성공의 만세를 부르신 분이라고 하겠습니다.

저는 1970년대에 선생님을 처음 뵈었는데 여러 사람이 분담해도 소화할 수 없을 일인 다역을 하고 계셨습니다. 자녀들을 훌륭하게 육성하시는 현모양처로서 이미 경향신문 기자를 거쳐, 조선일보에 '세계여성의 해' 취재기를 연재하셨고 국제회의에 활발하게 참여하여 국력을 높이는 펜 회원으로, 또 지성적인 수필을 쓰시는 작가, 문학잡지 ≪동서문화≫ 발행인 등을 맡으셨던 멋진 선배였습니다. 그 후엔 계원학원 이사장으로 교육사업에도 공헌하셨습니다.

제가 첫 수필집을 1972년에 냈는데 그 이듬해 책방에 갔다가 선생님의 세 번째 수필집 ≪나직한 목소리로≫를 보고 깜짝 놀랐습니다. 전해에 나온 제 수필집의 표지에 쓴 똑같은 끌레의 그림이 표지였습니다. 제 책이 먼저 나왔지만 송구해서 제 책과 함께 죄송하다는 편지를 드렸습니다. 며칠 후 우송해온 올리브빛 봉투에 "무언가 우린 생각이 통하나 봅니다. 바쁜 방송 업무 중 아름다운 글을 모아 책을 내신 것을 축하합니다. 계속 정진하여 수필문단에 향기 있는 꽃으로 피어나시기 바랍니다. 한 번 만나고 싶습니다."고 적힌 카드가 들어 있었습니다. 후배에게 감히 동급의식을 갖도록 생각이 통했다고 격려를 해주시다니 뜻밖이었습니다. 그해 여성문학인회 송년모임에서도 장래가 촉망되는 후배라고 문단 선배님들께 소개해주셨습니다.

그때 선생님께서는 문인들 사이에 '전숙녀'라는 별칭으로 불리어질 만큼 멋진 매너와 친절, 자상함으로 동료 문인들이나 후배에게 따뜻한 배려를 아끼지 않으셨습니다. 그런 덕망과 능력으로 1983년에는 한국 펜 회장에 당선되셔서 사무실 마련이라든가 물질적 희생을 무릅쓰고 많은 일을 하셨죠. 1988년도에 서울에서 국제펜대회를 성공적으로 마친 일도 그중의 하납니다. 국내외에서 우리문단의 세계적 위상을 높이는데 크게 공헌하셔서 91년도에는 국제 펜본부 종신부회장으로 뽑히셨습니다. 그야말로 펜의 대모역할을 하셨고 8년 동안이나 한국펜 회장으로 봉사하셨습니다. 문학뿐만 아니라 우리문화유산에도 애정이 깊어서 세계의 석학들을 우리나라에 초대하여 자랑할 만한 문화유산이 있음을 알리는 외교와 국제적인 문화교류에 심혈을 기울이셨습니다. 저는 '푸시킨 탄생 2백주년 시와 음악의 축제'에 참관하여 러시아 사람들과 우리나라사람들에게 문화를 공유하게 해준 선생님의 앞서가는 기획력에 감탄한 바 있습니다.

그리고 우리네 문헌보존 사업과 그 홍보를 위해서 계원조형예술대학 구내에 동서문학관을 건립하셔서 여성문학인회 회원들을 초대하고 기뻐하시던 모습이 눈에 선합니다. 그것을 기초로 오늘 이 자리 현대문학관으로 발전을 하게 되었죠.

선생님께서는 자신의 문단활동과 집필생활, 문화적인 행사 등을 소중하게 생각하고 열심히 추진하시면서 동료문인이나 후배들에게 누나, 언니처럼 도움주시고 이끌어주셨습니다. 저희 같은 까만 후배에게도 책을 출간하면 꼭 격려하는 축하카드를 잊지 않으셨죠. 음악과 각 분야의 예술 애호가셨던 선생님께서는 제가 90년대 후반 『월간에세이』에 음악에세이를 연재하고 있을 때도 챙겨보시고 전화를 주셨습니다. "나도 클래식애호가여서 잘 읽고 있다"시며 음악에세이가 좋은 시도라고 칭찬해주셨습니다.

목사님 자녀로서 박애정신이 누구보다 투철하셨던 선생님께선 이웃사랑의 실천도 누구보다 앞장서셨습니다. 송년 모임에서 뵈었을 때 방송사에 근무하던 제게 "방송에서 마련한 ARS전화 정말 좋은 아이디어예요. 우리 같은 이들이 집에 앉아서도 손쉽게 모금에 참여할 수 있다."고 하셨습니다.

고희를 훨씬 넘은 연세에 소련기행을 다녀오셔서 그 감격으로 하루에 2백자 원고지 1백 장 정도의 원고를 쓰시는 열정으로 후배를 부끄럽게 하셨습니다. 젊은 시절부터 추진력과 결단력의 소유자이셨던 선생님은 ≪아직도 가슴속에 볼가강이 흐른다≫는 생동감 있고 따끈따끈한 기행에세이를 펴내어 감동을 주셨죠. 여든이 넘으셨을 때도 순정영화를 보면 아직도 펑펑 울고 주제가음반이라도 꼭 사신다는 감성적인 분이셨고 늘 무언가 일을 추진하시는 진행형이셨습니다.

이건 여담이지만 선생님께선 연배를 느낄 수 없을 만큼 외모나 스타일이 참 출중하셨죠. 어느 코디도 흉내 낼 수 없는 옷맵시로 후배들이 부러워했습니다. 한번은 이국적인 멋진 스카프를 두르셔서 스마트하시다고 말씀드렸더니 "나 오늘 이거 처음하고 나왔으니 가지라"면서 "사우디에서 10달러에 열 장 사다가 모두 나눠주고 남은 것이라며 스카프를 푸셨던 기억이 납니다. 꼭 명품이 아니어도 미적 안목이 뛰어나셨고 그분이 하시면 멋이 있었죠.

이화대학 재학 중에 소설을 쓰셨지만 이후엔 수필 분야에 전력을 기울이셨습니다. 수필의 시야가 무한대로 넓고 소재도 무진장

한 가운데 주제는 강인한 생명의식을 담고 있는데도 문장이 유려하고 부드러워서 설득력이 있습니다.

선생님께선 우리 곁에 안 계시지만 중등학교 교과서에 〈설〉 〈제사〉 〈나무에 반해서〉 등이 실려서 함께 하십니다.

자녀분들이 선생님의 후배사랑과 격려의 뜻을 이어받아 수필문학상을 마련해 주심에 감사드립니다. 시상식을 계기로 높고 넓은 선생님의 인품과 문학적 향기를 되새겨볼 수 있게 해주셔서 더욱 고맙습니다.

(2013.)

# 봄물의 희망을

## −월당 조경희 선생님 (1)

숲에서는 정작 숲을 보지 못하듯이 월당 조경희(月堂 趙敬姬) 선생님께서 살아계셨을 때나 돌아가신 직후 회고담을 쓸 때는 감히 선생님께 부러웠던 점들을 언급했다. 언론인이셔서 숱한 저명인사들과 폭넓은 인간관계를 맺으셨던 선생님의 뛰어난 포용력을 부러워했다. 선생님을 처음 뵌 것은 1960년대 초 명동 제화점 골목에서였다. 평론가 이어령씨를 비롯하여 문학인 남성 몇 분을 거느리고 지나가셨다. 선생님을 흠모했어도 쫓아가 인사는 못 드렸지만, 여장부처럼 남성들을 인솔하던 당당한 모습이 오랫동안 잊히지 않았었다.

인간관계가 넓으셨고 능력 있는 여성, 지혜롭고 현명하셨던 분이라는 단편적인 것만 부러웠지 큰어른이셨음을 뒤늦게 깨달았다. '정신적으로 위대한 사람은 멀어질수록 커 보인다.'는 쇼펜하우어의 말이 생각난다. 이제 돌아가신 지 10년이 되고 보니 멀리서 숲을 보듯이 그 위대하심을 더욱 깨닫게 된다.

여성언론인, 남성보다 열악한 처지에서의 경쟁과 라이벌 매체의 위협으로 맡은 직무도 버거웠을 것이다. 시대배경을 보더라도 전후 인간성 상실의 위기시대여서 문학에 대한 열정이 식기 쉬웠을 텐데, 문학인 존재와 전체 공영의 문제를 소중히 여기고 실천해 오신 것은 그야말로 큰그릇이셨기에 가능했다.

선생님께선 1930년대 이전에 발아(發芽)했던 우리 현대수필이 광복 25년이 넘도록 독립 장르로 대접도 못 받고 발전하지 못하는 것을 안타깝게 여기셨다. 1971년 "본회는 회원 상호간의 친목을 도모하고 수필문학 향상발전에 기여하며 작가의 권익을 옹호한다."는 취지로 한국수필가협회를 창립하신 것이 수필사랑의 적극적인 행보였다. 그때는 수필가의 등단과정이 없었기에 기자로서 확보해 두었던 인재들을 자연스럽게 수필계 식구로 만드셨다. 글 잘 쓰는 각계의 저명인사, 전문직, 대학교수, 문인들, 화가, 무용가 등을 수용하여 선배가 없던 수필계의 젊은이들이 자연스럽게 좋은 점을 본받게 해주셨다.

한국수필가협회 창립을 계기로 다른 수필모임들이 1,2년 뒤에 생겨날 수 있었다. 그들도 현대수필을 다시 인식시키고 중흥을 꾀하게 했으니 선생님께선 선구자 역할을 담당했던 것이다. 협회는 이후 수필가의 정식 등단과 함께 수필의 위상을 높이려는 취지로 협회지의 발간에도 앞장섰다. 《수필문예》 5호(1973년 7월 발행)에 〈종소리〉 발표로 수필가협회 회원이 되었기에 이렇다 할 재원이 없이 협회운영과 협회지 발간으로 고생하시던 모습도 잊을 수 없다. 선생님께선 주변 사물과 자아에 대한 관조로 필력을 떨쳐서 많은 문학지나 여성지에 인기 있는 필자였다. 그럼에도 수필인들에게 발표할 지면을 확보해 주시려고 협회지 ≪수필문예≫(1972)를 출간하여 3년 동안 부정기적으로 6호까지 발행, 1975년 ≪한국수필≫로 제호를 바꿨다. 다시 ≪한국수필≫이 격월간지로 발전하기까지 재정조달에 애를 많이 쓰셨다. 몸소 광고주를 찾아다니며 광고비를 얻어내셨지만 회원들에겐 궁색한 티를 안 내셨다.

서울신문, 조선일보, 한국일보 기자로 활동하시고 수필가협회 창립 때는 한국일보 부녀부장이셨다. 그 후로 문인협회 부회장을 거쳐 회장대행, 42년 동안의 언론계에서 정년퇴직 후 80년부터 예총 부회장과 회장, 여성문학인회 회장, 정무 제2장관과 예술의전당 사장 등 25년 동안이나 중책을 맡으신 중에도 수필가협회 회장의 업무는 놓지 않는 수필사랑을 일관하셨다. 문인협회 부회장이실 때는 문협 사무실에서 ≪한국수필≫을 만드셨고, 예총 회장 때도 협회 일을 겸하셨다.

일에 있어서라면 남성적인 투지가 보였지만 여성적인 섬세함으로 회원들을 배려하고 독려하시던 회장님. 그러나 능력 있는 문학활동가, 화려한 문화계와 정계의 대표자이기만 했다면 부러워했을지언정 그 이름을 존경할 수가 없었으리라. 선생님께선 문학적으로도 전쟁의 잔해가 가시지 않았던 1950년대에 이미 자신의 생활체험에서 비롯되는 많은 글들을 쓰셔서 문명을 높이셨다. 선생님의 작품은 〈얼굴〉〈우화〉〈면역의 원리〉〈음치의 자장가〉등이 잘 알려져 있다. 그런데 근년, 1955년에 발표하셨던 〈봄물〉에서 빼어난 문학성을 발견할 수 있어서 얼마나 기쁜지 모른다. 왜 선생님의 책들을 가까이 두고도 이 작품의 가치를 못 알아봤는지 모르겠다.

〈봄물〉은 주제나 구성, 단락이나 문체에서 문학성이 뛰어난 작품이다. 신선한 감성으로 만물이 소생하는 봄의 감각을 봄물의 감촉과 모습에서 체감하는 것으로 서두를 삼고 있다. 혹한의 환경에서 본연의 성질을 잃고 지낸 겨울 속의 생태를 관조, 주제를 향한 사유의 실마리를 잡은 것부터 참신하다. 화려한 꽃들이 피어나는 시각적인 들판에서 봄을 느끼지 않고 잠자고 있던 마음의 눈까지 살포시 뜨게 하는 부드러운 봄, 한강을 '하나의 희망'으로 여기고 그 흐름의 자유를 얼어붙게 하는 가혹한 계절을 되새긴다. 물뿐 아니라 많은 생물이 바위틈을 졸졸 흐르다가 얼어붙는 것 같은 구속을 받게 되는 형편을 연상해 본다. "자연의 이치가 그대로 인간 생활에 적용되고 있다."고 본문이 의도하는 주제성을 부각시킨다.

식민지 시절의 시련과 동족상잔의 전쟁으로 입은 참담한 피해가 함축되지만 구태여 그것을 표명하지 않은 암유적인 수법이 문학성의 정통을 돋보인다. 특히 말미에서 따뜻한 햇빛을 받고 봄안개가 서린 강물 위에 조그만 보트 몇 척이 떠 있는 풍경을 바라보며 '얇은 꽃 이파리 같은 행복'을 느끼면서 자아의 해탈을 기원하는 대목은 작품을 갈무리하는 작중의 백미라고 할 수 있다. (박재식(朴在植)수필가의 ≪좋은 수필 감상≫)

선생님은 그야말로 물의 생리를 닮은 처세를 하셨다. 물은 흐르다가 작은 돌이나 바위를 만나면 비껴 흐른다. 또한 평야에 이르면 옥토를 만들어 오곡백과를 낳게 한다. 그 물과 같은 생리의 수필중흥운동으로 오늘날 이 땅에 한국문인협회 가입 수필가만도 3천명이 넘는 풍작을 이루게 하셨다. 선생님이야말로 우리에게 〈봄물〉의 희망을 주셨던 것이다.

(2015.)

# 산토리니의 쿨루라

### -월당 조경희 선생님 (2)

1960년대 전반, 명동 유네스코 골목을 지나가는 월당 선생님을 뵈었다. 월당선생님 말씀을 들으려는 유명(남성)문인들에게 둘러싸여 지나가실 때 그야말로 아우라가 빛나고 있었다. 당시 한국일보 기자이셨는데, 요즈음 아이들 같으면 열심히 쫓아가서 사인이라도 부탁했을 것이다.

어두운 시대의 선각자, 기자, 수필가였던 월당 선생님을 감히 멘토로 여기며 지냈었다. 수필집 ≪우화≫를 읽으며 꼭 수필가가 되고 싶었다. 방송사의 라디오PD가 되어, 언론의 다른 분야지만 후배 언론종사자가 되었음에 속으로 우쭐했었다. 직장도서실에서 기행수필집 ≪가깝고도 먼 세계≫가 1963년에 나왔었음을 알고 얼마나 반가웠던가. 당시는 해외여행이 거의 불가능할 때여서 ≪김찬삼 세계여행기≫가 전 국민의 관심을 끌었었다. ≪가깝고도 먼 세계≫ 책머리에 "미국여행은 처음이지만, 유럽은 두 번째

였다. 나는 여행을 할 때마다 나의 여행기를 한 권 갖고 싶었다.”
는 것을 보고 무척 선망했다. 그때 생각으로는 꼭 해외여행으로
남다른 견문기를 남기고 싶었으나, 1979년도 직장에서 보내준 동
남아 여행 후에 기행문 몇 편만 겨우 쓰고 말았다.

월당 선생님께서는 퇴직 후 높은 연배이셨음에도 세미나나 각
종 문학행사의 앞자리에서 집중해서 경청하고 메모하는 기자 때
습관으로 일관하셨다. 그런 성실한 자세와 예리한 감성, 문화예
술에 대한 풍부한 소양이 있었기에, 60년대에 미국 한 번, 유럽
여행 두 번으로 ≪가깝고도 먼 세계≫ 같은 뛰어난 견문기, 문명
비평적인 인상기를 탄생시켰던 것으로 짐작된다.

1972년 졸저 첫 수필집 ≪돌아오지 않는 메아리≫를 냈을 때는
용기를 내어 월당 선생님(당시 주간한국 부장)을 찾아갔었다. 인사
를 드리자마자 금세 사진기자를 불러 사진을 찍게 해주고, 신동한
(문학평론가) 부장을 불러 신선한 감각의 글이니 멋지게 소개해주
라는 당부까지 일사천리로 해주셨다. 월당 선생님이 창립(1971)한
‘한국수필가협회’에는 1973년도에 가입, 당시 협회지≪수필문예
≫ 5호(1973년 7월 발행)에 〈종소리〉를 발표하였다. 당시 박연구
편집장은 ≪돌아오지 않는 메아리≫ 전체에 들어 있는 어느 것보
다 좋은 글이라고 용기를 주셔서 〈종소리〉를 한때 나의 첫 수필로
삼아왔다.

월당 선생님께선 협회의 연례행사로 해외수필문학세미나를 열

어 회원들의 견문을 넓혀주셨지만, 직장 일 때문에 한 번도 참가를 못하였다. 어느 오후 협회를 방문했던 내게 "그리스에 가봤어요?" 하고 물으셨던 생각이 난다. 태양의 나라 그리스, 그때 한참 니코스 카잔차키스의 ≪희랍인 조르바≫가 영화로 소설로 인기를 끌고 있었던 것으로 기억된다.

그리스의 산토리니는 풍광이 아름답지만 와인이 유명하다. 포도나무 줄기가 자랄 때 가지치기를 하여 똬리를 틀어주어 포도 잎들이 똬리 안쪽으로 열린 열매를 햇빛과 바람으로부터 지켜주고, 똬리는 바다에서 밀려온 안개를 가둬 내부 습도를 유지해준다. 세계와인 품평대회에서 대상을 수상한 와인은 가시면류관 모양으로 키운 포도나무 '쿨루라'(kouloura, 바구니의 그리스어) 덕분이다.

월당 선생님께선 전후 어려운 시기에 몸소 수필쓰기로 문학정신을 일깨우셨고, 71년에 협회 창립으로 수필문학의 중흥에 이바지하셨다. 햇빛과 바람이 강한 열악한 조건에서 '쿨루라' 방식으로 좋은 포도를 키우듯이 후배들을 이끌고 보호하셨던 커다란 '수필사랑'을 못 이어가고 있음이 안타깝다.

(2017.)

# 황산의 소나무처럼

### -덕계 허세욱 선생님

≪한국수필≫의 특집에서, 덕계(德溪 許世旭 1934-2010) 선생께 대표작 세 편을 뽑아주시라고 했더니 〈소나무야 소나무야 1〉과 〈소나무야 소나무야 2〉등 소나무 작품이 두 편이나 있었다. 선생의 수필이 대개 동양정신, 고향, 전통적인 가치를 추구하셨고, 평소 등산으로 자연과 친화하며 그 기개와 의연한 정신을 받으려 하셨기에 의아하지 않았다. 그리고 나무를 좋아하셔서 몸담았던 외대에 심어놓은 나무를 보려고 고려대로 옮기고서도 이따금 그 나무를 보러갈 때마다 떨린다는 말씀을 들은 일도 있었기 때문이다.

2000년엔가 덕계 선생의 안내로 문우회원들이 중국 황산(黃山) 기행을 했다. 중국인이 가장 사랑하여 문학작품이나 산수화에 많이 나온다는 황산은 운해(雲海) 위로 떠오르는 기묘한 봉우리와 소나무들이 어우러져서 신비한 선계(仙界)에 든 것 같았다. 그 비경에 감탄하다가 어느 골짜기에서 일행들이 사라지고 덕계 선생과 변해명 총무, 필자 세 사람만이 걷게 되었다. 푸른 물이 담긴 조그만 소(沼) 옆에서 잠깐 쉬어가자시던 선생은 "우리가 만난 지도 30년이 되어가죠." 하며 그동안 수필로 하여 만난 소회를 나눌 수 있었다.

≪수필문학≫(1873년 9월호) 특집 〈중국수필선〉에 주자청의 〈뒷모습〉 소개로 성함을 알게 된 덕계 선생을 70년대 중반에 처음 뵈었다. 취재차 갔던 미당 선생님 댁에서였는데, 미당 선생님께서 대만에서 등단한 시인으로 ≪중국문학선집≫에 작품이 실린 실력자라고 소개하셨다. 수필가로서는 1976년 정진권 선생의 ≪비닐우산≫ 출판기념회에서 만날 수 있었다. 금아 선생님, 박연구·김효자 선생님 등과 함께 찍은 사진 속의 선생은 감색 더블브리스트 양복이 잘 어울리는 멋쟁이셨다.

수필문우회 창립을 앞둔 1980년, '글 좋고 사람 좋고'의 여성회원 인선을 맡았었기에 남성 수필가를 맡았던 선생님과 함께 회장단의 준비모임에 참석했다. 덕계 선생은 수필가들의 작품경향과 인품을 파악한 청안(靑眼)의 소유자로 회장단의 신임을 받을 수 있었다. 창립당시 회원 중에는 선생님보다 연장자가 많았는데 깍듯하게 예우하고 동년배와 후배에게도 다정하며 돈독한 관계를 지키고 선비의 풍모를 잃지 않으셨다.

대만사범대학에서 외국인으로는 중국문학 박사 1호로 학위를 받으셨고 한국의 중문학계에서도 박사 1호로, 학계에서 권위와 존경 받던 덕계 선생은 외국어대학교 교수로 재직 중이셨다. 대만의 유력지(誌)에서 1961년 시인, 수필가로 추천을 거친 덕계 선생은 귀국해서는 수필에 더 큰 애정을 갖고 수필과 역서(譯書), 많은 학술서적을 쓰셨다.

문우회 주최로 대만을 방문했을 때는 그곳에서 더욱 존경의 대상임을 확인할 수 있었다. 대만의 국비 1호 장학생으로 유학 중, 학우들에게 실력과 인품을 인정받았던 덕계 선생의 친구들이 당시 일류신문사 편집국장·교수·유명문인들이었다. 그들이 초대한 자리에서 우리는 융숭한 대접을 받으면서 대학원 시절부터 문명을 떨치셨고 진한 우정을 지속하고 계심을 부럽게 여겼다. 2004년에는 중국국립현대문학관에 '허세욱코너 허세욱문고'가 개설되고 덕계 선생의 모든 저작물을 수장, 전시하고 있다고 한다. 한 학기에도 여러 차례 중국과 대만의 학술회의 발표자로 초빙되는, 중국에서도 아끼는 학자셨다. 대만에서 '학산문화예술훈장'을 돌아가시던 2010년 5월에 드리기로 했었는데, 7월 영전(靈前)에 추서되어 후학과 수필가들이 더욱 아쉬워했던 생각이 난다. 1988년 고려대로 옮기셔서 2005년 퇴직하신 뒤, 다시 외대대학원에 초빙되어 후학을 지도하셨다. 연세가 들면서 건강과 체력을 과시하며 아직 자리를 잡지 못한 대학원 제자들을 두 팀으로 나누어 매주 함께 등산하며 사기를 높여주셨고, 문우회의 우송(김태길 선생)과는 테니스로, 동년배와 후배들과는 탁구 치기로 바쁘게 보내셔서 건강을 조금도 염려하지 않은 터였다.

떠나시고 나서 생각해 보아도 중국문학계의 중요위치에서도 수필문우회를 사랑하신 점이 고맙기만 하다. 매월 가졌던 합평회에서 품격 있는 평설과 함께 유머와 재치로 좋은 분위기를 만들어주셨다. 우송이 회장이실 때는 부회장으로 보필하셨다. 우송 타계 후 회장으로서 '철학문제연구소' 사무실을 빌려 합평회를 하던 곁방살이에서 벗어나 교대 근처에 독자적 사무실을 마련하고 기뻐하시던 모습이 눈에 선하다. 문우회원들의 실력향상을 위한 공부와 수필지망생을 위한 아카데미 강좌를 마련, 직접 강의와 연사섭외 등 열정을 쏟으신 일이 말년의 행적이셨다.

입원 중이실 때 문병 갔다가 졸지에 임종을 지켜보아야 했던 회원들의 허망함은 말할 수 없었다. 하물며 불의의 사고처럼 급하게 떠나보내신 사모님은 어떠했을까. 얼마 후 고임순 선생님과 댁을 찾았을 때, 사모님은 선생님의 집필실을 안내하셨는데 깜짝 놀랐다. 선생님이 앉으셨던 의자 밑이 너무 깊이 패여 있었다. ≪중국고대문학사≫를 비롯한 그 많은 학술서적들과 수필집, 시집, 번역서들을 집필한 흔적이셨던 것이다. 가슴이 벅차 말을 못 잊고 있는데 유리창으로 소나무가 울창한 우면산의 푸른 품이 가슴에 다가왔다. 선생님은 산자락이 보이는 서초동의 아파트를 유독 좋아하셨다고 한다. 우리에게 안내해주셨던 황산의 매력은 소나무와 바위가 어우러지는 아름다움에 있었다. 실제로 바위와 벼랑에 뿌리를 두고 절묘하게 휘어지면서 벋은 소나무 가지가 아름다웠다. "봉우리 없이는 바위 없고 바위가 없으면 소나무가 없고 소나무 없으면 황산의 매력이 덜하다"는 글귀도 있다고 한다.

실제로 덕계 선생이 사랑한 것도 소나무였지만, 선생님이야말로 소나무가 황산의 아름다움을 이룬 것처럼 중국문학계에 큰 나무셨고, 수필계의 좋은 분위기를 이루고 솔향기를 품어내신 소나무셨다.

(2015.)

# 초록빛 여정

### ─초당(艸堂) 신봉승(辛奉承) 선생님

40여 년 전, MBC라디오연속극 AD를 맡았을 때 일이다. 신봉 승(1933-2016) 선생님은 한동안 매주 수요일이면 새하얀 모조원 고지에 초록색 잉크로 단정하게 쓴 원고 묶음을 갖고 오셨다. 나 는 제작에 차질 없도록 깨끗한 원고를 시간 맞추어 가져오신 것이 너무 반가워서 호들갑을 떤 일도 있었다.

"원고지를 털면 연둣빛 새싹이 후드득 쏟아질 것 같네요. 이 많은 분량을 잠도 설치고 쓰셨을 텐데 선생님은 피곤한 기색 없이 싱그러운 나무 같으셔요."

돌아가시기 3년 전에 쓴 자서전에서 신 선생님은 "통산으로 치 면 나는 30년이 넘도록 하루도 쉬지 않고 극영화의 시나리오나 라디오 연속극, TV드라마의 원고를 써야 하는 고달픈 세월을 등 에 지고 살아왔다."고 하셨다. 1960년대 초반 우리나라 방송사 (社)에서는 라디오연속극 1주일 방송분을 정해진 요일 하루에 녹음하고, TV드라마도 야외 촬영분을 미리 찍어 와서 정해진 요일 하루에 스튜디오에서 제작해냈다. 연속극의 경우 그 많은 분량을 제작에 지장 없도록 한꺼번에 들고 나오려면 며칠 동안 죽기 살기로 써야 했다고 하셨다.

그 몇 년 동안 TV드라마의 선배 작가, 동료 작가들이 드라마를 집필하는 도중에 세상을 떠나서 불행한 일이라고 하셨다. 〈아씨〉의 임희재, 〈파도〉의 곽일로, 〈여로〉의 이남섭, 〈허준〉의 이은성, 〈119수사대〉의 유열 등. 모두가 스트레스 때문이라고 단정하면서, 자신의 작업량은 그분들보다 더하면 더했지 조금도 덜하지 않았음에도 마치 휘파람을 불듯 집필할 수 있었던 것은 시간을 쪼개서라도 놀 줄 알았던 천성 때문이었다고 하셨다. 조조가 군사를 이끌고 행군하던 중 마실 물이 떨어져 병사들이 매우 고통스러워하자 말채찍으로 앞을 가리키며 "저 산에는 넓은 매실 숲이 있다. 그 매실은 아주 시고 달아 우리 목을 충분히 축일 수 있다. 잠시만 참고 힘을 내라."고 말했더니, 병사들은 매실의 신 맛을 상상하게 되어 곧 입안에 침이 돌아 갈증을 잊게 되었으며 전투에도 승리할 수 있었다는 고사성어 망매해갈(望梅解渴). 조조가 병사들에게 '저 산에는 넓은 매실 숲이 있다'고 말한 것처럼 나는 글을 쓰면서도 나 자신에게 '이 일을 빨리 끝내면 놀 수 있는 시간이 주어진다. 내가 쓰고 싶은 일을 맘껏 해내는 것이니 얼마나 즐거운가.' 죽기 살기 시간을 맞춰야 하는 와중에서, 매실을 먹을 수 있다는 희망을 갖고 행군한 병사들처럼 하고 싶은 일의 속도를 낼 수 있었다고 하셨다.

신 선생 특유의 초록색 잉크로 원고를 써서 읽는 사람의 기분을 상쾌하게 한 것은 스승이신 조병화 시인 덕분이라고 한다. 재학시절 교정에서나 강의실, 혹은 길가에서라도 선생을 불러 세우고는, "봉승아, 이리 와라 시집 나왔다." 하시면서 초록색 잉크가 흘러나오는 금장의 파커만년필로 손수 서명을 해 주시던 조병화 선생님. 그때 선생님 만년필에서 흘러나오는 초록색 잉크가 너무도 아름답고 환상적으로 보여서 모든 원고지의 칸을 초록빛 잉크로 메우게 되었다는 내력을 듣기도 했다. 그동안 선생이 쓴 2백여 개의 파일롯트 빈 잉크병은 고향 강릉에 마련된 〈초당 신봉승 예술기념관〉의 진열장 한쪽을 장식하고 있다.

선생의 인생에 있어서 손가락에만 항상 초록빛 물이 들어 있었던 것이 아니라, 초록색은 그 인생의 동반이나 다름이 없었다. 강릉이 고향인 선생이 어려서 바라보던 대관령은 네 계절이 아니라 여덟 계절을 방불케 하는 빛의 향연을 펼쳐내곤 하였다. 초록빛은 그 신비의 주체였고, 자연의 이치를 주관하는 빛깔이기도 하였다. 그는 그 변화무쌍한 대관령을 넘나들며 철이 들었고, 그 정기를 받은 은혜로움을 근거로 험난하기 그지없었던 문필의 길을 걸을 수가 있었다. 살아가는 일은 모두가 타인과 맺어지면서 시작되는 신기루와 같은 인연에서 시작된다. 지친 걸음으로 미지의 산모퉁이에 도달하면 앞길을 장담할 수가 없다. 그런 답답함도 이미 만났거나, 혹은 새롭게 만나게 되는 인연들에 의해 무사한 노정으로 변해가는 것이 우리네 사람들의 상징이듯, 고단한 걸음으로 산모퉁이에 이르면 언제나 먼저 와 있던 선배나 스승이 손을 잡아주는 행운을 맛보곤 하였다.

사범학교 졸업 후 교사 재직 시 강릉방송의 선배 덕분에 PD, MC일도 해보았다. 시인으로 추천받고, 사진관 주인의 이야기를 듣고 쓴 시나리오 ≪두고 온 산하≫가 당선, 거액의 상금을 받고 서울로 진출하여 많은 시나리오와 인기 방송드라마작가로 롱런하고 영화 관계 일, 또 저서 ≪시나리오 기법≫으로 대학 강단에 서기까지 아름다운 인연을 만나 도움을 받았다고 긍정적인 회고담을 들려주신 일이 엊그제 같다. 특히 '역사는 미래를 관장하는 신이다.'라는 신념 아래 정사 사료를 주축으로 정통사극의 전형(MBC TV『조선왕조 5백년』)을 제시했을 때 자신을 신뢰하고 작품을 기획하고 집필할 수 있었던 것도 좋은 사람들을 만났던 덕분이라고 하셨다.


'… 대관령 아흔아홉, 굽이굽이는 내 인생 초록 물들이면서 나그네가 되라네….' 신 선생이 작사한 이 가곡은 고등학교 음악교과서에 등재되는 등 많은 사람들의 애창곡이 되면서 고향의 상징인 대관령의 신비함이 더욱 절절하게 퍼져 나가게 되었을 뿐만이 아니라, 그에게 삶의 주제가가 되어 귓가를 맴돌게 하고 또 흥얼거리게 했다.

조선왕조실록 국역본 413권을 9년에 걸쳐 완독한 조선왕조실록 전문가였던 선생은 조선 27명의 왕들 중, 특히 세종대왕의 매력에 빠져 스스로를 '세종주의자'라고 말했다. 그가 세종대왕을 청나라의 황제, 61년간의 제위기간 동안 내부적으로는 정치와 경제의 안정을 도모하고 외부적으로는 중국의 영토를 확장하는 등 뛰어난 업적을 남긴 황제인 강희제와의 비교를 통해, 세종대왕이 얼마나 뛰어난 지도자였는지를 역설하시던 말년의 모습이 선명하게 떠오른다. 중국 최고 지도자들이 그렇게도 배우고 싶어 하는 강희제의 이상적인 정치를 세종대왕은 강희제보다 200년 앞서 현실로 이루어낸 것이라고 역설하셨다.

신 선생은 한 해 20여 차례의 강연을 하고, 2008년 폐암 진단을 받고도 5년 동안 8권의 책을 저술하는 등 정열적인 활동을 벌이셔서 병환을 잘 극복하고 계신 줄 알았다. 영국 국민이 셰익스피어를 인도와도 바꾸지 않겠다고 하듯이, 우리나라 사람들은 세종대왕을 전 세계와도 바꾸지 않겠다고 할 수 있는 국민적 프라이드를 가져야 한다고 강조하실 때는 너무도 환한 모습이어서 잘 회복되신 줄만 알았다.

(2016.)

# 뭇 산의 작음을 보려했는가

### ─변해명(邊海明) 선생을 보내고

엊그제까지 연녹색이던 느티나무 이파리의 빛깔이 진초록으로 변했다. 다른 나무보다 싹이 늦게 터서 느티나무라고 한다고 일러 준 변 선생은 올해 느티나무 싹이 틀 때 세상을 떠났다. 서울태생 이지만 6·25전쟁 이후 외가인 가평 산골에서, 가족과 떨어져 외로운 나날을 보내며 풀꽃과 숲의 나무에 정을 붙였다. 6·25 때 폭격으로 상처 입은 느티나무가 늦게까지 잎을 틔우지 않아 안타까웠는데, 늦게 푸른 싹이 터서 기뻤다는 얘기를 들려준 일이 있다.

변 선생은 《한국문학》신인상(1975년 2월호)에 수필 〈산처럼 사노라면〉이 "수필답지는 않지만 워낙 문장이 좋아서 뽑았다."는 김동리 선생의 평으로 수필가로 등단했다. 수필로서는 좀 늦었지만 일찍이 다른 매체들에서 시, 수기, 동화 등에 당선, 입선하는 등 만능 작가임을 검증 받았다. 초기 발표지면이 나는 《수필문학

≫, 변 선생은 ≪한국문학≫이었으나 동년배이고 한국적인 서정 수필이어서 만나기 전부터 동지의식이 생겼고, 1975년 윤재천(尹在天) 선생이 펴낸 ≪현대수필 62인집≫에 함께 수록되기도 하였다. 직접 만난 것은 76년 말 옛 기독교방송회관 지하 음식점에서 있었던 첫 수필집 ≪먼 지평에…≫ 출판기념회 때였다. 고 원형갑(元亨甲) 평론가, 고 윤호영(尹虎永) 수필가 등의 '촉망 받는 신인'에 대한 찬사가 부러웠던 기억이 있다.

변 선생이 인천에서 근무했기에 자주 만나지는 못했으나 수필가 모임이나 세미나에는 서로 참석여부를 확인하고 함께 했다. 지방에서의 세미나 때는 동행하면서 나무이야기와 식물에 대한 그의 해박한 지식에 찬탄하며 더욱 친숙해졌다. 이른 나이에 교감이 되어 몸에 밴 부지런함으로 세미나에서도 새벽 5시면 일어나 일행을 두루 챙겨주는 것이 변 선생 몫이었다.

한국수필가협회의 조경희 회장님께서는 이병남 선생과 함께 변해명, 유혜자를 삼총사라고 지칭해 주셔서 주위의 선망을 받기도 했었다. 무엇보다도 우리는 1981년 창립된 '수필문우회' 동인으로 더욱 끈끈한 사이가 되었다. 김태길(金泰吉) 교수를 회장으로, 글 좋고 사람 좋고의 기준으로 인선했던 동인으로 함께 참여해서 기뻤다. 회원끼리 친목을 도모하고 좋은 수필을 써서 수필의 위상을 높이겠다는 자부심에 당당했었다. 그 때만 해도 젊은이에 속하던 우리는 의욕에 넘쳐 많은 글을 썼는데 합평회에서 주눅이 들기도 하였다. 회원 한 사람의 작품을 대상으로 매달 갖는 합평회는 신랄한 혹평이 대부분이어서 두려워하는 자리였다. 자신이 미처 모르거나 부족한 점을 고쳐서 발전의 기회를 삼게 하려는 의도였다. 80년대 초반, 변 선생의 〈발〉(簾)의 합평 자리였다. 밖에서 들여다보이지 않는 발과 은은하면서 노출되지 않은 여인의 항라적삼을 비교, 여인의 멋과 어머니의 삶을 유추한 글이었다. '물이 흐르듯 매끈한 문장' 혹은 '시적(詩的)인 미문' 등 긍정, 부정적인 의견도 있었지만 김태길 선생님께서 '재능이 넘치는 작가'라고 강변하시던 생각이 난다.

80년대 초반, 교육방송TV의 ≪문학산책≫에 김우종, 윤재천 선생님과 함께 여성수필가로, 변 선생과 필자가 함께 출연했을 때, 이론이 정연하고 탁월한 수필관으로 달변인 변 선생의 또 다른 면모를 발견했다.

어려서 산골 외가에 있을 때 자연 친화로 무료함을 달랬지만, ≪집 없는 천사≫ 등 소년, 소녀소설로부터 이광수의 ≪사랑≫, 어려운 문예사조 책에 이르기까지 3백 권쯤을 읽고 독후감과 일기를 쓰며 중학생 때 이미 문학의 기초를 닦았다고 했다. 일찍이 갈고 닦은 수련과 타고난 재주 앞에서 초라한 자신을 발견하기도 했다. 더러는 "점점 글쓰기가 어려워지고 쉬운 얘기도 끙끙거리며 쓴다."고 푸념하는 내게 "나도 그래요." 하고 맞장구치던 배려도 잊을 수 없다.

모든 글의 출발은 언어의 선택에 달려 있고, 글을 쓴다는 행위는 언어를 통해 나를 드러낸다고 소신을 밝히던 변 선생은 네 번째 수필집 ≪정바라기≫ 출간 때 "그의 수필은 극도로 예리하게 커팅된 보석의 의장과 빛깔을 담고 있다."는 김열규(金烈圭)교수의 극찬으로 그의 소신을 증명해보이기도 했다.

우수한 작품뿐 아니라 고결한 인품과 위엄도 주위를 압도했다. 언제나 모든 일에 앞장서서 실천하려는 적극적인 행동의 소유자였다. 여성 특유의 엄살도 없이 부지런하고 책임감이 강한 변 선생은 인천의 중등학교에서 교감, 교장으로 재직하는 동안 수필문우회의 간사로, 편집위원으로 오랫동안 봉사했다. 합평회, 세미나, 행사기획, 강의와 ≪계간수필≫의 편집과 광고모집, 급사가 하는 서무까지 대가 없는 일에 노고를 아끼지 않았다. 미안한 마음에 "교장을 부려먹는 재미에 문우회에 나온다."는 농담으로 위로를 한 일도 있었다.

공직에서 퇴임 후 객관적으로 보기에 느슨하게 살아도 좋겠다고 생각하는 우리에게 자극을 주기도 했다. 중국어 공부를 하면서 중국 산골에 가서 순박한 그곳 사람들과 교유하며 일 년쯤 머물며 장편소설을 쓰고 싶다고 했는데 이곳의 바쁜 일들이 붙들어서 실천을 못 한 것이 안타깝다. 1994년도엔가 문인협회의 유럽기행을 다녀온 후 ≪월간문학≫에 시를 발표하여 호평을 얻기도 했는데, 20대에 시(詩) 부문에 입선했던 집념으로 병상에서 일어나면 시집도 낼 것이라고 했었다. 변 선생은 무엇이든 마음만 먹으면 못하는 것이 없이 다재다능한 분이었다. (후일 2015년 유족들이 낸 ≪변해명 문학전집≫에 수필뿐만 아니라 시, 소설, 시나리오, 희곡, 동화 장르의 작품들이 수록되었다.)

정년퇴직 후 도봉구청에서 지도하던 수필반 학생들과 전국에서 사숙하던 이들이 작품을 고쳐달라고 보내와서 자신의 글 쓸 짬이 없다고도 하더니 이제 훌훌 털고 떠나버렸다. 자신의 일에만 전념할 수 없도록 고달프게 한 사람 중의 하나였음이 뉘우쳐진다. 예고된 죽음의 날이 임박했을 때, 병실에 갔더니 보랏빛의 탐스러운 오랑캐꽃이 꽂혀 있었다. 병원 뒤뜰에서 보기 드문 진한 빛깔의 꽃을 꺾어 왔다고 자랑하는 것을 들으며 죽음의 문턱, 산소호흡기를 낀 상황에서도 아름다움을 추구하는 문학정신을 느끼고 돌아왔다.

데뷔작 〈산처럼 사노라면〉처럼 숲과 나무와 새들, 그리고 풀꽃까지 거느린 거대한 산, 시와 동화·산문과 수필 등을 아우른 문호처럼 우뚝하고 싶었던 변 선생.

會當淩絶頂　반드시 절정을 딛고 올라서서
一覽衆山小　기어코 뭇산의 작음을 본다.

는 우리 스승의 말씀처럼 높은 경지를 지향하고 있었는데 다 이루지 못하고 떠났음이 안타깝기만 하다.

떠난 며칠 후 '변해명 보냄'이라고 한 메일이 와서 놀랐다. 데뷔작이 〈산처럼 사노라면〉이더니 "산처럼/ 선대로 살다가/ 이끼 낀 바위 되어/ 다시 만나리… 당신으로 하여 이 세상 더욱 즐겁게 살다 갑니다. 고맙습니다."라고 변 선생이 메일함 속에 남겨 놓았던 것을 동생이 친지들에게 보낸 것이었다.

산천이 녹음으로 짙어져 늦게 눈튼 느티나무의 짙은 이파리를 올려다보면 텅 빈 가슴에 외로움이 밀려온다.

80년대 초 여름방학 때 거제 해금강에 가려고 함께 마산에 갔었다. 마산에서 자고, 이튿날 아침 정목일 선생이 여객선 터미널로 안내해주어 거제 해금강행 여객선을 타고 가던 중, 해금강 쪽에 안개가 짙어지고 바람이 심해져서 중간에서 되돌아와 아쉬웠었다. 지금은 거제도에 배를 타지 않아도 갈 수 있는 다리가 놓인 지 오래인데 떠나버린 친구가 그립다. 아쉽고 안타까운 점이 이것뿐일까.

친구여, 맑은 바람 이는 길목에서 평강을 누리소서.

(2012.)

# 잠깐의 만남, 긴 여운

## -신곡 라대곤(新谷 羅大坤) 선생님

지방에서 갖는 수필문학 세미나는 수필 이론과 진로 모색에 도움 받으려는 것보다, 색다른 곳의 풍광과 문화, 다양한 삶에 대한 호기심으로 참석한 적이 많다. 10여 년 전 7월, 군산에서 있었던 ≪수필문학≫ 주최의 세미나도 그래서 참석했다. 지금은 그 해 세미나의 주제가 무엇이었고 발표자가 누구였던지는 잊어버렸지만, 신곡 선생을 알게 되고 몇 십 년 동안 참가했던 세미나 중 가장 융숭한 식사대접을 받은 기억이 남아 있다. 신곡 나대곤(羅大坤) 선생은 군산 출신 작가(소설가, 수필가)로 ≪수필과 비평≫ 발행인이며 사업가인데 그 많은 참가자들에게 푸짐한 생선회 등 해물식사와 함께 예쁜 동양화가 그려진 합죽선 부채를 한 자루씩 선물로 주셨다.

군산에 대해선 어릴 때 두어 번 다녀온 일이 있고, 일본인들이 살던 흔적이 많이 남았다는 사실 외엔 새롭고 신기할 것이 없었다. 다소 속물적인 내 처지에서는 신곡 선생이 사업가로 성공한 처지라 해도 타 지역에서 온 많은 문인들에게 화끈하게 대접하는 마음이 희귀하게 생각되었다. 그곳 출신에게 그 의견을 비쳤더니 재산이 많아서라기보다 남에 대한 배려가 깊고 후해서, 어려운 사람을 돕는 것이 예사로 왼손이 하는 것을 오른손이 모르게 하는 분이라는 것이었다. 후배 문인이 뜻하지 않은 교통사고를 내서 상대차 운전사가 숨지는 바람에 감옥에 갔는데 거액의 합의금을 도와줘서 새 삶을 이어가게 하는 등 크고 작은 미담이 많다고 했다.

신곡 선생께선 전주에서 1992년부터 발행하는 ≪수필과 비평≫ 발행인이시고, 나는 독자로서 이따금 신곡 선생의 권두수필과 연재수필을 읽었다. 그리고 1995년부터 '신곡문학상' 대상, 본상을 제정해서 중진 문인과 중견수필가에게 격려, 시상도 하는 선배 문인인 줄로만 알았었다. 그런데 군산에서 선생님을 얼핏 뵌 것이 아쉬워서 그 후로 어느 지면에서고 선생의 글을 발견하면 열심히 읽고 글의 행간에서 문학적 향기와 인품을 접하려고 애썼다. 몇 년 후에 아끼는 후배수필가가 신곡문학상 본상 수상자로 결정되었다는 연락을 받았는데 어떻게 할까 문의를 해왔다. 신곡 선생은 지방에서 주로 활동하는 분이어서 그의 진면목이 특별한 관심을 가지지 않은 이에게는 덜 알려졌기에 후배가 상 받기를 망설이고 있었다. 나도 견문이 얇아서 신곡 선생의 문학세계나 좋은 수필을 추천하지는 못했으나 무게 있는 상이니 받으라고 떠밀었었고, 전주의 시상식에도 갔었으나 역시 신곡 선생님과 대화를 가질 만한 여유가 없었다.

후일 어느 잡지에선가 읽은 신곡 선생의 수필 〈자완련(紫莞蓮)〉(후일 수필집 ≪황홀한 유혹≫에 수록)에서 선생의 맑은 영혼을 보았다. 자주 다니는 절의 작은 연지(蓮池)에서 예쁘게 핀 자완련, 오염되지 않은 연지에서 싱싱하고 꿋꿋하게 피었던 꽃이 작은 알맹이를 맺은 것을 보고 욕심이 생긴다. '부처님 영겁으로 만들어진 자완련이라면 천도복숭아와 다를 게 무엇인가' 병을 고치고 젊어질 수도 있을 것 같아 꺾으려다가 부처님이 자신을 쳐다보고 계신 것 같아 두려워 포기했다. 그러나 돌아서다 다시 생각한다. 유독 내 눈에만 띄게 한 것은 부처님이 내게 기회를 준 것이 아니었을까? 포기하기가 아쉬워 다시 돌아섰다. 그러나 순간인데 연밥을 매단 꽃대가 간 곳이 없다. 아쉬움에 자신은 '하잘 것 없는 중생이라는 생각에 얼굴이 달아올랐다.'고 끝을 맺는다. 길지 않은 글 속에 짧은 후반부의 마음의 움직임에 긴장하면서 따라가게 되는 아름다운 작품이다.

스포츠맨처럼 짧게 깎은 머리, 대범하고 도량 큰 대인의 풍모였지만 예리한 시선과 감수성으로 그는 문학에 도취했었다고 해도 과장이 아니다. 타고난 예술적 기교와, 해학과 풍자가 넘치는 수필들도 선생의 강점이었고, 그는 소설로 채만식문학상을 수상했다. 그리고 한국소설가협회 중앙위원이시기도 했지만, 선생께선 수필을 더욱 사랑하지 않았나 하는 유치한 생각을 하게 된다. 수필의 육성을 위해서 수필잡지에 정신과 물질적으로 아끼지 않고 기여하셨기에 ≪수필과 비평≫이 서울 발행의 수필잡지보다 우뚝하게 설 수 있었다.

문학을 하고 있는 사람들이나 지망자들에게 상대를 가리지 않고 자신을 내어주는 의자처럼 편안하게 베풀어주려 했고, 암울하고 고통스러운 사람들이 기댈 수 있는 거대한 산이기도 했던 선생이시다. 몇 년 전 병환 중이시라는 소식을 얼핏 들었으나 아직 그 연배가 일흔 좀 넘은 분이었기에 병환이 깊으신 줄은 몰랐다. 그리고 보니 수필 〈자완련〉에서 먹으면 오래 산다는 천도복숭아와 같은 자완련의 열매를 잠깐 탐했던 것이 이해가 된다.

우리나라 서해안에는 개펄이 많다. 밀물과 썰물의 차가 큰 해안 지역에 생긴 개흙이 깔린 벌판, 그 개펄에는 조개나 낚지 등이 먹고 성장할 수 있는 물질이 풍부하고 살아갈 여건이 좋은 곳이다. 그런데 오염되고 또 이런저런 개발로 개펄이 줄어들고 있다니 안타깝다. 후배들을 이끌어주고 성장시켜준 선배님들이 한 분 두 분 돌아가시는 것, 군산태생이신 신곡 선생을 생각하면 개펄이 줄어드는 것을 아쉬워하는 것은 어민들뿐만이 아닌 것처럼 소설가, 수필가, 문학과 관계없는 군산, 전주시민들도 선생이 돌아가신 것을 안타까워했다는 사실이다.

바다와 육지는 아득한 개펄을 사이에 두고 떨어져 있어 개펄너머의 사람의 마음과 개펄너머의 바다는 알기가 어렵다. 그 의문을 풀어주어야 하는 것이 문학인의 사명이 아닐까. 언젠가 사람이 밟으면 푹푹 빠져 들어가는 수렁 같은 개펄에서 꼬막 잡느라 애쓰는 여인에게, 펄에 빠지지 않도록 널빤지를 밀고 다니면서 캐보라고 건네주는 사람을 본 일이 있었다. 신곡 선생도 그처럼 수필 쓰기에 전념해서 자주 수렁에도 빠지는 이들에게 널빤지를 건네주듯 조력자였고 후원자였다.

정 다산(茶山)은 술을 많이 마시는 아들들에게 편지로 "글공부는 아비를 따르지 않고 주량만 아비를 넘어서는 거냐. 술맛이란 입술을 적시는데 있는 것이다. 과음하지 말거라."고 권했다는데, 선생이 술을 마실 수밖에 없었던 여건과 스트레스를 탓해야 할까.

잠깐밖에 뵐 수 없었지만 신곡 선생의 덕망에 대한 여운은 세월이 흐를수록 길어진다.

(2016.)

# 수필은 포도주다

# 동메달의 기쁨을 누리고 있는가

어느 단체의 수필 공모 심사를 했다. 공동 심사로 금·은·동상 1편씩을 골라내는데 동상에서 의견이 갈렸다. 문장의 세련도가 높은 작품을 주장하는 다른 심사위원에게 승복은 했으나 탈락시킨 작품의 진정성에 애정이 가서 아쉬웠다. 며칠 후 단체 담당자에게서 연락이 왔는데 동상으로 결정한 글이 다른 기관에서 입상한 것을 개작, 응모한 것이어서 내가 주장한 이가 수상자가 되었다는 것이다. 시상식 날 동상 수상자의 기뻐하던 모습이 잊히지 않는다.

미국의 노스웨스턴 대학 심리학 연구팀이 바르셀로나 올림픽에서 메달리스트들과 인터뷰를 하고 게임종료 순간과 시상대에서의 표정을 살펴보았다. 분석결과 은메달리스트보다 동메달리스트의 표정이 훨씬 더 밝고 행복해 했다. 지도교수인 빅토리아 메드백 교수는 은메달리스트들은 자신을 금메달리스트와 상향 비교하기 때문에 '내가 마지막 몇 초만 더 힘을 냈다면. 내게 한 번만 더 기회가 주어졌다면 금메달을 딸 수도 있었을 텐데…' 하는 아쉬움을 갖는 반면, 동메달리스트들에겐 은메달이라고 해서 동메달보다 크게 다를 것 없다고 생각하고 메달을 따서 다행이다, 자칫하면 이걸 놓쳐서 메달권에 들지 못했을 텐데 하고 훨씬 행복해 했다는 것이다.

내 경우도 1964년 여성지의 신인상에, 1967년 K신문 신춘문예 시 부문에서 최종심 두 편에 올랐다가 당선 못하고 몇 년 동안 문학을 잊고 지냈다. 그러나 여성 PD라는 희귀성 때문에 청탁 받아 쓴 원고가 많이 모아져서 방송산문집 출간을 서둘렀다. 방송출연 차 오신 문단의 중진께서 수필문학지의 추천과정을 권하셔서 신인가작으로 수필가로 등단을 했을 때, 내 기분이 동메달 딴 선수만큼 기뻤다. 몇 년 동안 문학에 무관심했던 내게 수필가로 등단시켜준 것이 시인 당선보다 다행이라고 생각했었다.

젊은 나이여서 그랬는지 이미지화하고 직유, 은유로 함축해야 하는 시에 비해서 마음대로 말할 수 있는 수필은 편리할 것 같았다. 사회의 부조리에 민감하게 대처하고 맘껏 비판할 수 있고 문화현상에 대해 반성하고 비판도 할 수 있는 자유로운 수필에 매력을 느꼈다. 그리고 인간다운 삶의 지표를 찾아야 한다는 현실적인 윤리의식을 발현할 수도 있었다. 그러나 이런 글은 날카로운 지성이 번뜩여야 쓸 수 있었다. 내 자신이 온 국민이 읽고 감동하며 존경과 사랑을 받는 수필가가 되지는 못하더라도, 좋은 수필가가 나와서 이 나라의 정신문화를 선도해 나가는 자리에 당당히 서 있어야 한다고 생각하면서도 나는 한편에서 서정수필 위주로 글을 써왔다.

그런데 시간이 갈수록 직업적 전문성을 기대할 수 없는 수필가가 많아져서인지 수필가가 쓰는 수필은 주목을 받지 못했다. 대형 서점이나 독자들에게서도 화제의 인물이나 대중적으로 알려진 문인 아닌 이들의 수필집이 대접을 받고 있다. 어느 해 문예진흥원(현 문화예술위원회) 발행의 문예연감 수필편을 보던 나는 깜짝 놀랐다. 문학평론가인 B교수가 집필했는데, 그가 소개한 수필집 중 5분의 4는 수필가의 수필집이 아니었다. 유명스님과 화제의 대학교수, 소설가, 시인의 창작비화나 여적을 다룬 것이었다. 양산되는 수필집을 다 파악하기는 어려웠겠지만 너무 무성의하게 생략해버려서 안타까웠다.

21세기가 되면서 수필가들의 모임에서는 사이버시대에 알맞은 문학으로 오로지 제 역할을 할 수 있는 게 수필이라고 다행스러워했다. 그런데 수필은 자신의 실제적 경험적인 사실을 거짓 없이 표현하는 문학이라고 안주하여 대부분의 수필가들이 '나'만 보고 '우리'라는 전체를 보지 못하는 오류를 범해왔다. 그중의 한 사람으로 책임을 느낀 지 오래이다.

일본의 와타나베 쇼이치의 《지적으로 나이 드는 법》(원제 《

지적 여생의 방법≫)을 읽으며 정신이 퍼뜩 들었다. 노후의 지적 삶에 대한 지침을 제시한 내용인데 한 10년 전에 읽었더라면 하는 아쉬움도 있지만 "지금 70세는 곱하기 7해서 옛 49세. 은퇴 후 30년 할 일로는 '지적 탐구'가 제일이다. '지적으로 나이 드는 법'이란 '지적 탐구'를 하라."는 내용에 용기를 얻을 수 있다. 지적탐구로 '나'만 보지 않고 '우리'라는 전체를 보는 글로 발전해야 하는데, 언감생심 지금부터라도 지적탐구로 독자들의 심금을 울리며 존경 받는 수필가가 될 수 있을까.

예리한 지성은 독자에게 깊은 신뢰를 준다. 수필의 문학성과 예술성은 어떻게 가능한 것이며 다른 장르에서 할 수 없는 수필만의 특징은 무엇인지. 수필의 영역을 한층 두텁게 확장할 수 있을까. 수필은 대상 자체를 재현하는 것보다 의미를 부여하는데 중점을 둔다. 겉모습을 주시하기보다 내면에 잠재하는 원리와 의미를 찾는데 집중한다. 구체적인 대상을 객관적인 거리에서 기록하거나 묘사하지 않고 자신의 사유 안에서 해석하고 재편성하기도 한다. 인간 존재와 삶에 대한 사색, 세계의 본질적인 원리를 읽어내는 통찰이 남달라야 한다는 등 기본적인 이론의 기초부터 갖춘 다음에 기법을 탁마해 나가는 배움을 다시 시작할 필요성도 느낀다.

준비가 덜된 채 된 수필가가 된 처지에서 이 시대의 정신문화를 선도하는 사람 중의 하나가 되려했던 과분한 욕심도 반성해본다.

와타나베는 "직장에 있을 때부터 제 흥밋거리를 찾아야 퇴직 후 할 일도 생기고 운이 좋으면 뜻밖에 전문가 못지않은 업적도 낼 수 있다."고 희망을 주고 있다.

(2014.)

# 머나먼 여행의 가이드

## -내 삶에서 만난 문학

직장에서 정년퇴직한 지 20년이 가까워오는데도 이따금 이력서 비슷한 것을 요구해오면 직업란을 공란으로 두지 않고 수필가라고 적어 넣는다.

어렸을 때는 ≪톰 소여의 모험≫ 같은 모험적인 얘기가 흥미로웠다. ≪프란더스의 개≫ ≪장발장≫은 6·25전쟁의 상처를 안고 있던 소녀의 마음에 스며든 작품들이다. 그리고 여고생 언니들이 읍내극장에서 공연한 ≪베니스의 상인≫이 인상적이었다. 다 이해는 못했지만 끝부분에서 포오샤가 유태인 수전노 샤일록에게 안토니오의 살 한 파운드는 떼어내되 절대로 피를 흘리게 해서는 안 된다는 명 판결을 내린 지혜에 감탄했다.

문학작품은 오랜 역사 속에서 쌓인 삶의 모습과 인류의 지혜가 담겼기 때문에 좋아했다. 그리고 교과서에서 배우는 교훈보다 자연스럽게 우리에게 스며들어 정신적인 성장에 도움을 주었던 것 같다. 중1 때 알퐁스 도데의 〈마지막 수업〉을 국어책에서 배우면서 모국어의 소중함을 절감했고 초등학교 때 선생님이 '남에게 울려주는 종소리가 돼라'는 가르침을 주셨던 것이 생각나 나도 감히 문학을 하고 싶은 꿈을 가졌다.

여고 시절, 국어선생님이 문학의 위대함과 함께 많은 명작들을 소개해주어 문학인에의 꿈에 박차를 가해주셨다. 여고 2년 때 교내백일장에서 〈기러기〉라는 시로 우수상을 받고, 대학진학은 문과로 하라는 선생님의 권유를 듣고도 얼마나 우쭐했던가. 당시 여건으로는 특별한 책을 읽는다든지 체계적인 문학공부를 할 방법이 없이 반에서 학급비로 구입한 책들을 돌아가며 읽는 것으로 기초수업이 되었을까. 대문호가 쓴 소설이나 시집, 참회록, 문학지들을 읽으면서 천재소녀도 아닌 처지에 언젠가 문학인이 될 수 있을까 하는 회의도 들었다. 나의 20대이던 60년대는 전후의 영향으로 짙은 허무와 우울감에 젖은 이들이 많았다. 문학만이 거기서 벗어날 구원의 손길을 내밀어줄 것 같았다. 세계전후문제작품집에도 탐닉했으나 남는 것은 허무뿐이었다. 일단 등단해서 남의 마음을 움직일 수 있는 작품을 쓸 수 있으면 하고 열망했었다.

대학 졸업반 때 마감 날에 들고 찾아갔던 잡지 ≪여원(女苑)≫ 신인상에서 결선 마지막 두 작품까지 올라갔었지만, 지속해서 노력하지 않고, 바쁜 직장인 라디오 PD로 입사하여 연말 신춘문예에 또 한 번 응모를 했다. 역시 당선작과 함께 결심에 올랐다가

떨어졌지만, 실망하지 않고 쫓기는 직장 일에만 매달렸었다. 좋은 글을 쓰고 나면 얻어지는 성취감도 크지만 좋은 글 한 편 쓰기란 얼마나 어려운가. 남의 좋은 글을 읽는 문학애호가가 행복한 것으로 여기며 세월을 허송했다. 몇 년이 지나자 여성 방송인이 드물던 때여서인지 여성 잡지 등에서 자주 원고 청탁을 해왔다.

문학에 기여할 만한 새로운 각성이나 발견이 없이 감성을 캐내며 산문을 쓰고, 방송 뒷얘기를 쓰면서 책 한 권의 분량이 되었다. 시인이 될 뻔한 걸 아신 대선배 K시인이 문인으로 활동하려면 문학지의 추천을 거치라고 하셔서 1972년에 창간된 수필전문지 ≪수필문학≫ 12월호에 신인가작으로 등단을 했다.

수필은 체험을 바탕으로 의미화 형상화하여 주제를 담아내는 것이어서 풍성한 삶을 살아야 했다. 다양한 체험도 해야 했고 남의 삶도 눈여겨봐야 했지만 자신의 삶에 대한 끊임없는 성찰과 사유가 필요했다. 주변인들과의 긴밀한 관계, 아름다움과 사랑의 마음으로 감동 줄 만한 작품을 쓰는 일은 어려웠다. 일상생활에서 밀도 있는 삶을 살아야 알찬 글을 쓸 수 있다고 생각은 했으나 실천하지는 못했다.

언젠가 D. 케르너(Kerner Dieter 1923~ 박해일 번역)의 ≪위대한 음악가들의 죽음≫을 읽고 충격과 슬픔이 컸다. 밝은 음악을 쓴 모차르트가 두통, 노이로제 등 통증에 시달렸고, 귓병과 싸우면서 불후의 명곡들을 써낸 베토벤의 고통. 악성질환의 고통에서 정겨운 가곡과 현악5중주를 쓰고 31세에 요절한 슈베르트, 우울증으로 정신병원에 입원, 면회도 금지된 채 아내 클라라와 제자 브람스가 작은 창문으로 들여다보고 간 뒤에 혼자서 숨진 슈만 등 20인의 위대한 영혼이 시달렸던 처절한 질병과 고통, 임종할 때까지의 모습을 알 수 있었다. 나는 짙은 근시를 핑계로 매사에 적극적이지 못했던 것을 뉘우쳤다. 이 책으로 건강의 소중함을 절감하게 되고 열정을 가지려고 작정했다. 그리고 그들이 고통을 견디면서 탄생시킨 음악들로 감동 주는 글을 쓰고 싶어서 다섯 권의 음악에세이를 출간했다.

직장 생활할 때 잘 안 풀리면 나는 문학이라는 세계가 있으니까 하고 위안을 삼았다. 좋은 문학작품들과 함께 할 때 내 삶은 충만했었고, 문학은 내 삶의 기나긴 여정의 안내자였다. 그러나 내가 쓰는 글이 언젠가 남의 삶에 안내자가 될 수 있을지는 모르겠다.

좋은 글을 써서 직업란에 수필가라고 당당히 적어 넣을 수 있는 날을 기다린다.

(2017.)

# 수필은 포도주다

## -수필 아포리즘

포도주는 역사가 매우 오래된 술로 야생의 포도나무 열매를 따다가 보관하던 중 자연 발효되어 괴어 있는 것을 마시게 된 것에서 비롯되었다고 한다. 포도는 자연발효만으로도 술이 될 수 있으나 수필은 좋은 포도주처럼 정성을 들여야 한다.

싱싱한 포도, 냄새가 없던 생생한 알맹이들이 숨 막히는 그늘 속에서 또 하나의 생명수로 변화해 가는 치열한 과정은 순수한 언어와 문장으로 형상화하여 문학수필이 되는 과정과 같다고 할 것이다. 수필은 자아의 각성과 그 고통, 깨달음으로 그려낼 수 있는 것, 그 감동은 다른 누구도 아닌 자신의 깨어짐으로부터 비롯된다. 어둠도 투시할 수 있는 심안(心眼)으로 선(善)과 미와 진실(眞實)을 우려내기 위해 사유와 관조가 필요하리라. 공기가 들어가지 않고 깜깜한 가운데 숙성되는 포도주처럼 신비롭고 경건한 영혼의 힘으로 탄생시킬 수 있는 문학. 아련한 무드에 동그랗던 알맹이의 결이 삭아버리고 말갛고 향기로운 제3의 맛이 나게 되는 포도주처럼 수필도 향취가 있어야 한다.

수필은 질 높은 포도주처럼 은은하게 도취하게 하는 것, 짜릿하고 강렬한 소재였으나 기분 좋게 음미할 수 있는 보편적인 경지에 이르고 오래 묵힌 포도주처럼 깊은 의미가 녹아있는 수필.

포도주는 크게 두 종류가 있다. 적색 포도주와 백색 포도주이다. 열매가 잘 숙성된 적색 계통의 포도주 껍질과 함께 그대로 잘 으깬 다음 7-14일 동안 모든 당분이 거의 없어질 때까지 계속 발효시켜 제조하는 적색 포도주(Red Wine)와 녹색 계통의 포도주 껍질을 제거한 후 즙을 내어 20일 이상 일정한 온도(섭씨 12-20도)를 유지하여 발효시켜 만드는 백색 포도주(White Wine)가 있다. 포도주의 두 종류처럼 경수필(輕隨筆)과 중수필(重隨筆)로 크게 나눌 수 있는 수필.

싱싱한 포도 같은 소재 가꾸기는 자아의 완성과 사색으로 알찬 성숙이 되도록 노력해야 한다.

'인생의 향취와 여운이 있는 수필'은 질 높은 포도주처럼 독자를 도취시킬 수 있을 것이다.

(2014.)

# 제5막을 위하여

    봄이 되면 새싹과 새눈을 찾아보려는 희망으로 나무줄기를 더듬어본다. 매우 운이 좋은 경우 나뭇가지에 살며시 손을 대었을 때, 아름다운 노래를 부르고 있는 새들의 행복한 떨림을 느낄 수 있다.

    봄이면 나뭇가지들을 보며 헬렌 켈러가 쓴 글의 한 대목을 생각한다. 보이지 않고 들리지 않는 처지에서도 아름다운 봄을 기다렸고 '운이 좋은 경우 나뭇가지에서 아름다운 노래를 부르고 있는 새들의 행복한 떨림을 느낄 수 있다.'는 희망적인 부분이다.

    초등학생 때 새봄에, 여고생들의 공연 ≪베니스의 상인≫(셰익스피어)을 보러가면서 가벼운 떨림을 가졌었다. 얼마나 재미있는 내용과, 멋있는 주인공이 나올까. 그러나 여주인공과 시종을 빼곤 모두 남장 여성에, 음향장치가 나빠서 대사전달이 잘 안 되었다. 여주인공이 남자주인공을 궁지에서 벗어나게 해준 부분이 통쾌했는데, 자세한 내용을 몰라서 아쉬웠다.

중학교 때 친구의 ≪베니스의 상인≫ 책을 빌려볼 수 있어서 조금은 의문이 풀렸다. 남주인공 베사니오는 벨몬트의 부자 상속녀 포샤에게 구혼하러 가려고 친구 안토니오에게 돈을 빌리려 한다. 재산을 상선(商船)에 투자, 현금이 없는 안토니오는 고리대금업자 샤일록에게 자신의 살 한 파운드를 담보로 돈을 빌린다. 벨몬트로 청혼하러 가는 베사니오는 얼마나 행복한 떨림을 느꼈을까. 금, 은, 납 세 상자 중 포샤의 초상화가 들어 있는 것을 택해야 결혼하는데, 다행히도 베사니오가 납 상자를 택해서 독자들도 행복한 떨림을 느꼈으리라.

그러나 베니스에서는 안토니오의 배가 침몰로, 돈을 못 받은 샤일록이 안토니오의 살을 베려 한다는 소식이 온다. 포샤가 준 큰돈으로 베사니오는 법정에서 샤일록에게 빌린 돈 세 배를 주겠다고 하나 거절한 샤일록의 칼끝이 안토니오로 향할 때, 잠깐! 하고 재판관으로 변장한 포샤가 샤일록을 멈추게 한다. "계약서에는 살을 베어내겠다고만 쓰여 있소. 살을 베어내는 대신 피는 단 한 방울도 나게 해서는 안 되오." 이런 재치 있는 명판관의 반격이 통쾌해서 뒷부분을 읽지 않아도 행복한 떨림을 느낄 수 있었고 지혜롭고 현명해야 성공할 수 있다는 희망적인 생각을 할 수 있었다.

작년, 셰익스피어 서거 400주년을 맞아 당시 캐머런 영국 총리가 400주기의 의미와 관련 행사의 초대장을 C일보에 보내온 기사를 읽었다. 그때, 작품이라도 다시 읽으려고 먼저 생각한 것이 ≪베니스의 상인≫이었다.

나는 ≪베니스의 상인≫을 오랜만에 읽으면서 잊었던 5막의 흥미로운 내용을 읽었다. 현명한 판사가 변장한 포샤인 줄 모르는 베사니오는 포샤가 준 반지를 판사에게 주어버렸다. 5막에서 포샤는 베사니오에게 반지의 행방을 묻고 분한 척한다. 그리고 안토니오의 상선이 무사히 돌아온다는 소식이다.

우리나라의 고전소설들이 '그들은 어려움을 이겨내고 오래오래 잘 살았느니라.' 하는 식의 해피엔딩인 것처럼 4막의 반전과 5막에서 베사니오와 포샤가 결혼으로 화합하고, 실종되었던 안토니오의 배들이 돌아오는 것을 보면서 다른 바람을 갖게 되었다. 희곡은 대개 3막 몇 장이거나 4막인데 우리 인생에도 행복한 5막이 기다리고 있다면 얼마나 좋을까.

요즈음 수명이 늘어나 부록 같은 인생 5막을 살게 된다. 우리 삶에도 이 희곡 5막의 내용처럼 노후의 삶이 행복할 수 있으면 좋겠다. 이 희곡의 주인공들처럼 허황하거나 지혜롭고 우정을 지키는 친구, 사악한 사람도 모두 수명이 연장된 처지이다. 젊은 사람들도 아직은 간절하지 않지만 재력이나 건강이 유지되는 행복한 5막을 원할 것이다.

≪베니스의 상인≫을 희극(喜劇)으로 포장된 비극이라고도 하

듯이, 인생 4막을 유복하게 보내기도 하고, 고달프게 보낸 이도 많을 것이다. 인터넷에는 노년을 위한 건강이나 마음가짐 등 유익한 정보가 떠돌고 있다. 〈보람 있는 여생을 위하여〉 중 '노후는 인생의 황금기이다. 값지게 보내라. 나이듦은 죄가 아니다' '좋은 친구와 만나라 외로움은 암보다 무섭다' 등이 있고 〈늙지 않는 10가지 방법〉 중 '칼로리 섭취를 절반으로 줄인다', '물을 매일 2000cc 정도 마신다, 매일 30분 정도 걷는다' '웃어라 스트레스가 만병의 원인이다' 등 어렵지 않게 실천할 만한 서너 가지만이라도 지켜서 인생 5막을 준비하려고 한다. 그리고 사람에 대한 이해와 사랑하는 마음을 키우려고 노력한다.

"내게 기다려지는 것이 있다면 계절이 바뀌는 것이요, 희망이 있다면 봄을 다시 보는 것이다. 내게 효과가 있는 다만 하나의 강장제는 따스한 햇볕이요, '토닉'이 되는 것은 흙냄새다."
는 피천득 선생님의 〈조춘〉에 나온 구절에 공감한다.

그러나 무엇보다도 나뭇가지에서 아름다운 노래를 부르는 새들의 행복한 떨림을 느낄 수 있는 그런 마음가짐이 준비되어야 할 것이다.

(2017.)

# 큰 나무보다 숲으로

　조용필의 19집 앨범 ≪헬로≫(Hello)』를 사려고 줄 서있는 사람들을 TV에서 보았다. 방송에서 볼 수 없던 그가 10년 만에 내놓은 음반이어서 올드 팬들이 반가워서 사려는 걸로 짐작했는데 웬걸 젊은이들이 많았다. 그럼에도 부모세대가 좋아하고 그가 왜 가왕(歌王)이었는지 궁금한 젊은이들이 잠깐 호기심을 갖는 것으로 여겼다. 그 음반에 수록된 〈바운스(Bounce)〉가 가요 프로그램에서 아이돌 노래를 젖히고 1위를 하고 있을 때도 한때의 인기려니 하고 관심을 갖지 않았다. 그러나 시간이 갈수록 그 음반의 새 노래들이 음원차트를 휩쓸고 그의 콘서트 '2013 헬로 투어'가 그 인기를 더해가고, 그의 옛날 노래들까지 대중들에게 재발견되어 빛을 발하게 되자, 나도 19집 앨범을 사게 되었다. 그의 음악이 연령과 세대를 넘어 모든 이의 사랑을 받고 있는 이유가 궁금해졌기 때문이다.

라디오PD 시절, 1980년대 후반에 여성대상 주말 공개방송에서 조용필을 몇 번 초대한 일이 있었다. 그 프로그램은 오전에 녹음하는 것이어서 대부분의 가수들이 출연을 꺼렸다. 왜냐하면 가수들은 야행성이어서 아침엔 목소리가 나오지 않아 거절하는 수가 많았는데 그는 선선히 응했다. 여러 가수들을 부르는 대신 대형가수 조용필의 단독콘서트로 이름을 붙이면 그야말로 대박이었기에 PD로선 여간 다행한 일이 아닐 수가 없었다.

유명 코미디언(고 이주일)의 사회로 조용필의 노래 사이사이 개그가 진행되었는데, 그 시간에 무대 뒤에서 연신 담배를 피우는 그를 발견했다. 다른 가수들은 목소리에 지장 있을까 봐 평소에도 담배 피우기를 꺼리는데 금세 노래 부를 사람이 담배라니. 내심 마음이 불편해서 조심스럽게 말했다. "아침 시간에도 목소리가 잘 나오시네요." 했더니 "연습을 많이 해서 목소리는 잘 나옵니다." 대답하면서도 담배를 피웠다. 애창곡들인데도 밤새 연습하노라 잠을 설치고 나왔다고 누군가 일러줬다. 그러나 피로한 기색이 없는 동안(童顔)으로 매번 절창을 해서 나와 방청객들을 감동시켜주었던 기억이 난다. 당시 그는 대형가수로 각 방송의 연말 가요잔치에서 두세 번 가수왕이 되자, 부담스럽고 후배에게 자리를 내준다며 연말 가요프로그램 출연을 고사한 처지였다. 그런데도 출연 때마다 노래를 잘 불러야 한다는 부담감, 초조함을 진정시키고 오직 노래에의 집중을 위한 방편으로 담배를 피웠는지도 모르겠다.

　그의 음반 19집이 디지털시대에 20만 장(발매 35일 만인 5월말 현재)이 팔리고 있는데 아날로그 팬들의 요청으로 LP공장까지 가동하여 하루에 만 장이 팔렸다고 한다. 디지털 시대에 LP도 새로운 형태로 자리매김하는 문화현상을 보이고, 콘서트에서도 65세의 고령가수가 고음부분을 막힘없이 부르자 청중들의 환호가 높아지는 것을 보았다.

　베테랑 가수의 열정, 그에 대한 쏠림현상을 보면서 1970년대에 르네상스를 일으켜 주목 받던 현대수필을 생각해 본다. 그때만 해도 필자 같은 신인의 책도 어느 정도 팔리고 호응도 얻었다. 지금은 일반인들의 호응도 약해졌지만 특히 젊은이들의 외면을 받고 있다. 스마트폰 시대라 문학에 관심이 없을 뿐더러 관심 있는 이조차 몇 줄 읽다가 '노인 글'이라면서 흥미가 없다는 반응이다.

　이번에 젊은이들이 뜨거운 반응을 보인 노래 〈바운스〉는 65세의 조용필로서는 혁신적인 노래라고 볼 수 있다. "그대가 돌아서면 두 눈이 마주칠까, 심장이 bounce bounce 두근대 들릴까봐 겁나"로 시작되는 〈바운스〉는 어깨를 들썩이게 하는 경쾌한 전자음의 반주와 발랄한 멜로디로 노랫말 역시 신세대 노래 뺨치게 실험적이고 트렌디하다.

　생각해보면 조용필 노래는 이번뿐만 아니라 언제나 창법과 편곡, 반주 등 당대 최고의 변신으로 가왕의 명성에 어울렸다. 몇 곡만 더듬어 보면, TV연속극 주제가였던 〈정〉, 라디오드라마 주제가로 전주부터 아려오는 〈창밖의 여자〉, 부르다 목 쉰 듯이 느껴지는 〈돌아와요 부산항에〉, 전자드럼 반주와 부분적 가성으로 특징을 살린 〈단발머리〉 〈킬리만자로의 눈〉의 긴 랩('먹이를 찾아 헤매는'으로 시작) 등이 인상적이었다. 그는 트로트뿐만 아니라 발라드 등 다른 장르에서도 늘 다른 것을 시도하고, 옛날 노래를 불러도 매번 편곡을 다르게 하거나 새로 다른 악기를 도입하는 등 끊임없이 발전적인 변화를 계속해오고 있다.

조용필은 술을 밤새 마시면서도 음악에 대한 얘기를 할 정도로 음악을 사랑하고, 누구도 따를 수 없이 연습을 거듭하면서 자신을 큰 나무로 가꿔왔다. 악보를 고쳐서 남들은 하루면 끝날 노래녹음을 한 달을 끄는 등 음악적으로 진보, 발전하는 모습을 보이고 싶어 한다. 가창뿐만 아니라 실력 있는 기타리스트로서도 남다른 변신을 위한 열정을 보인다. 자신만의 발전이 아니라, 함께 하는 밴드 '위대한 탄생'의 수준도 끌어 올리고 있다. 음악적 동지인 멤버들에게 최고 악기로 베스트 밴드를 지향하게 한다. 5월 31일부터 6월 2일까지 있었던 '2013 헬로투어'에선 '위대한 탄생' 멤버들의 솔로 연주 코너도 마련하여 각자 불꽃 연주를 보여주었다. 그런 자세로 배려하고 노래하니 함께 일하기 힘든 사람으로 지칭하면서도 그들의 수준도 대등하게 발전하는 것이다.

그는 함께 일하는 사람들뿐만 아니라 동시대에 활동하는 아이돌 가수의 노래를 좋아한다. 아이돌 그룹과 이들의 음악에 깊은 관심을 갖고 아이돌을 만나서 응원해 주고 싶다고 할 정도로 그들에 대한 애정이 짙다.

　전 세대에 새로운 의미로 다가오는 조용필의 경우를 보면서, 나는 신인 수필가들의 발랄하고 참신한 변화에 무심하지 않았는지, 한편 선배로서 문학적으로 더욱 진보하고 발전하는 모습을 보여주었는지 뉘우치게 된다. 새로운 시대와의 소통과 혁신, 그리고 오래 가는 비결을 조용필에게서 배워야 할 것 같다.

　음악의 숲이나 문학의 숲은 노년의 세대나 신생나무, 선배나 신인들이 변함없이 사계를 연주할 때 아름다운 향기가 날 것이다.

(2013.)

# 철학이 있는 삶

섣달이 가까워오면 밝은 음악을 찾아 듣는다. 우디 거스리 (Woody Guthrie)의 기타연주와 노래 〈Ship in the sky〉(나의 아빠는 하늘에 그 배를 운행하는 항공사……)를 듣는 중이다.

이 노래는 지난 가을에 본 2016 베를린영화제 감독상(은곰상) 수상작 ≪다가오는 것들≫(LAvenir, Things to come)에 나온 음악이다. 여주인공 나탈리가 리옹 제자의 산속 집에 여행가면서 드라이브할 때 나왔다. 연말이면 떠나간 것에 대한 울적함과 함께 다가오는 것들에 두려움, 설렘이 있다. 그래서 지난 일 중에서 기뻤던 일을 되살리고 싶은 것이 인지상정일 것이다. 이 영화에는 리옹의 초록 길을 신나게 달리는 드라이브 장면 등 밝은 장면이 더러 있지만 유쾌한 내용은 아니다.

50대 여성에게 닥쳐오는 '이별·상실'이 스토리로, 모든 것이 떠나가는 순간, 새롭게 다가오는 것들을 마주한 여성의 감정을 밀도 있게 담았다. 고교 철학교사 나탈리(이자벨 위페르 扮)는 아내이자 엄마, 그리고 딸로 50대 여성의 평범한 삶을 산다. 어느 날 남편이 자신의 외도 사실을 알리며, 그 여자와 함께 살겠다고 통보한다. 남편의 고백으로 평화롭던 삶이 흔들리기 시작한 '나탈리'. 하지만 그녀는 그 이별을 받아들인다. 물론 슬픔과 고통이 있지만 분노하지 않는다. 함께 영화를 본 내 친구는 여주인공이 '이별이란 그저 하나의 일상일 뿐'이라고 의연한 것을 보며 선뜻 이해가 되지 않는다고 했다. 나는 중년의 나이에 걸맞게 성숙한 나탈리이기에 어떤 상황에서도 품위를 잃지 않는 것이라 이해된다고 하였다.

후배 L작가의 권유도 고마웠고, 한적한 산에 서있는 '나탈리'의 뒷모습과 아련한 산봉우리들의 배경 때문에, 그녀에게 떠나간 것과 새롭게 다가오는 것이 무엇일지 신비롭게 상상되었다. 게다가 칸, 베를린, 베니스 영화제에서 여우주연상을 5회나 수상한 이자벨 위페르 주연과 베를린영화제 감독상 수상 경력의 프랑스의 미아 한센-러브가 연출한 문제작이라 꼭 보고 싶었다. "새로운 길을 찾아가는 주인공의 모습을 통해 철학이 우리의 삶에 미치는 영향과 행복에 관한 근본적인 질문을 던지는 영화"라는 평에도 이끌렸다.

영화 같은 내용은 아니지만 보통사람들은 해가 바뀌면서, 세월이 가면서 젊음이 가고 어렵게 견디며 쌓아왔던 것들, 우리를 지탱해주던 것들이 빠져나가는 것을 느끼게 된다. 이 영화에 혹시라도 우리 일반인의 상실감 같은 것에 대처하는 어떤 실마리라도 있을까 기대했었다.

그런데 영화는 멜로드라마 같은 상황인데도 잔잔한 분위기에서 진행되었다. 특별히 미화되거나 감동을 강요하지도 않았다. 나탈리가 철학교사, 그의 남편은 철학교수이며, 그의 일터가 철학교실이고, 그의 여행지가 철학하는 제자의 집이어서 담담한 스토리가 펼쳐진 것이었을까.

이자벨 위페르는 예상했던 대로 철학교사로서의 자신의 역할을 완벽하게 소화했다. 그녀의 삶에서 자연스럽게 배어나오는 지성과 지식이 이 영화를 빛나게 하지 않았나 하는 생각이 들었다. 삶을 어떻게 살아낼지를 공부하는 게 철학이라는 말이 실감났다. 철학교사답게 힘들 때마다 훌륭한 책들과 철학자들의 글귀와 말들을 생각한다. 이 말을 들으면서 20대 때 읽은 파스칼의 ≪팡세≫와 알랭의 ≪행복론≫ 구절을 상기하며 자신을 돌아볼 수 있는 시간이기도 했다. 빛나는 대사들을 놓칠 수 없게 만들었다. 삶을 꿋꿋한 자세로 이겨내는 역할의 이자벨 위페르의 연기가 너무나 실감이 났다.

모든 것이 나를 떠나갈 때 다가오는 것들, 어떤 어려움이 다가온다 해도 지적 충만한 삶으로 해결하고, 특히 철학이 있는 삶이라면 어떤 것들이 다가오더라도 분노하지 않고 마음이 자유로워지리라는 생각이다.

우디 거스리의 'Ship in the sky' 외에도 나탈리가 남편이 운전하는 옆에서 사랑했던 풍경을 보며, 작별인사를 할 때 남편이 좋아했던 슈베르트의 가곡 〈물위에서 노래한다(Auf dem wasser woody zu singen)〉가 흘러나온다. 나탈리가 조금은 마음에 두었던 제자 파비앙에게 고양이 판도라를 데려다주고 그와 작별하는 장면에서 흐르는 도노반의 〈Deep peace〉. 그 노래는 나탈리의 평화를 기원하는 파비앙의 마음처럼 들렸다. 미아 한센−러브 감독의 음악과 영상을 결합시키는 탁월한 감각도 인상적이었다.

'기대한 행복이 오지 않았기에 희망은 지속되는 것'이라고 나탈리가 수업시간에 인용(알랭의 ≪행복론≫)한 것처럼 묵은해를 보내며, 새로 다가오는 것들에 희망을 걸어보아야 할까.

(2016.)

# 또 하나의 시작을 위하여

새내기 대학생 때, 여름방학을 맞아 들뜬 우리에게 J교수님은 방학 동안 좋은 시를 많이 찾아 읽고 외우라는 숙제 아닌 당부를 하셨다.

"여름이 그 마지막을 향해/ …… /장미꽃과 더불어 잠들고 싶어 한다. / 이윽고 여름은 서서히 피로한 그 큰 눈을 감는다."는 헤르 만 헷세의 〈9월〉과 "주여 어느덧 가을입니다. / 지난여름은 위대 했습니다."로 시작되는 라이너 마리아 릴케의 〈가을날〉을 노트에 베껴 놓고 2학기 J교수님의 시간을 기다렸다. 시인 J교수님은 강 의실에 들어오셔서 우리 인사도 받지 않고 칠판에 〈9월의 과원(果 園)〉이라는 자작시를 써주셨다. 우리를 풋과일로 비유하여 희망 차게 익어가는 열매라고 쓴 2학기 첫인사로, 과일이나 인생도 여 름을 견뎌내야 진정한 성숙의 열매가 된다는 메시지를 전해주셨 던 것이다.

아직 한낮의 볕은 뜨겁지만 9월이다. 어느 틈엔가 가을은 성큼 우리 곁에 와 있다. 학창시절에 2학기를 맞는 것처럼 9월엔 또 하나의 시작을 할 수 있는 기회이다. 1학기 때 내 노트를 보신 교수님께서 이 반에는 한자를 모르는 학생들이 많고, 最高(최고)를 崔高(최고)라고 잘못 쓴 사람이 있다고 지적하셨다. 그 주인공이 바로 나였다. 한자라면 누구보다 자신 있었던 처지에 왜 실수를 했었는지. 나는 2학기 첫시간부터 1학기에 겪은 창피를 만회하려고 그 선생님 과목을 열심히 공부하기로 작심하여 다른 과목까지도 좋은 결과를 얻었었다.

9월엔 새해 첫날에 다짐했던 각오를 실천하지 못했더라도 새로운 각오로 새 출발할 수 있는 기회이다. 그 해 가을 나는 시험 때 큰 맘 먹고 밤을 꼬박 새우기도 했다. 공부도 하며 초롱초롱한 별과 얘기도 나눠보고, 낮에는 들을 수 없던 자신의 내부의 소리도 들었다. 꿈틀거리고 저항하고 있는 자유에의 갈망도 느끼고, 깊은 곳에서 잠자고 있는 꿈과도 만났다. 그런 정신적인 성장보다도 이웃에서 흘러나오던 바이올린 음악은 얼마나 경이롭던지.

후일에 알았지만 브람스의 음악은 가을과 닮았다고 한다. 웅장하지만 쓸쓸함이 묻어나는 것이 가을의 느낌과 비슷하기 때문이다. 독일 낭만 교향곡의 정점을 찍은 작곡가 브람스. 그 오밤중에 들은 음악이 브람스의 것이었는지 아니었는지 모르지만 그 음악에 흡수되었었다. 막연하게 동경하던 클래식음악에 심취하여 그

때부터 그리운 품목이 되었다.

실내악, 협주곡 등 걸작을 많이 내놓아 일찍부터 존경 받았던 브람스도 교향곡 작곡에는 신중하여, 착수하여 거의 작곡해 놓고도 20년 동안 발표를 못했다. 친구에게 "언제나 등 뒤에서 뚜벅뚜벅 들려오는 거인 베토벤의 발자국 소리를 들어야 한다고 생각해 보게." 라고 하소연했다. 그는 베토벤이 남긴 작품들에 압도되어 교향곡을 썼다 지우느라 43살에야 첫 곡인 〈제1교향곡〉을 발표했다.

인생의 가을을 맞은 사람들, 반생을 실패했더라도 제2인생을 알차게 시작할 수 있는 9월이다. 좋은 작품을 쓰기 위하여 고민하는 수필가들도 이 9월, 43살이 되어서야 교향곡으로 새 출발한 브람스가 이어서 4번의 교향곡까지 성공작을 냈다는 것에 희망을 가져야 할 것이다.

(2017.)

# 내 마음의 안산

서울로 진학 와서 울적할 때면 남산을 바라보았다. 낮에는 남산의 푸른 숲, 밤에는 깜빡깜빡하는 남산 꼭대기의 불빛이었다. 지금처럼 고층건물들이 없었기에 창덕궁 곁에 있던 집에서 남쪽으로 난 창을 열고 남산의 불빛을 볼 수 있었다. 친구들과 함께 4년제 대학에 못 가고 초급대학에 입학하여 소외당하던 처지에 남산의 불빛은 위로가 되고 지향점을 찾아줄 듯 했다.

초급대학 졸업 후 다행히 4년제 편입 때 D대학교가 문학의 전통도 있었지만 남산자락에 있어서 주저 없이 택했다. B교수님은 옛날 목멱산(木覓山)으로 불린 남산이 일제강점기에 소나무를 많이 베어내고 아까시를 심는 등 훼손된 것을 안타까워하셨다. 그러나 영기(靈氣)가 있는 남산에서 큰 사람이 나올 수 있다고 격려하셨다. D대학교 문과 강의실 뒤에 있는 상록원 옆은 등산로여서 남산과 연결되었다. 소나무향에 취하고 초목의 풋풋한 생기가 심신에 스며들도록 거닌 날도 있었다. 나의 남산사랑이 남산자락 중앙정보부장 공관이던 곳에 자리 잡은 '문학의 집·서울'로 연결시켜 주었는지 기꺼이 창립회원으로 참가하였다.

기존 대형문인단체보다 회원끼리 끈끈한 정을 나눌 수 있고, 문학행사와 매력 있는 프로그램의 '문학의 집·서울'. 문학인의 질적 향상과 친목, 문학애호가 확장을 위한 문학마을이 없는 처지에서 고립되기 쉬운 문인끼리 소통할 수 있는 기회도 되었다. 작고 문인과 현역작가 재조명, 음악이 있는 문학마당, 수요문학광장 외에 백일장, 각종 전시회 등도 문학인의 참여와 실력향상에 자극제가 되었다. 한국수필가협회 이사였을 때, 수필도 낭독문학임을 일깨우려고 〈수필낭독회〉를 10회나 개최, 사회를 맡았던 것은 창립초기의 행사에 속한다. 무엇보다도 캐치프레이즈 '자연을 사랑하는' '문학의 집·서울'의 회원으로서 연례행사인 휴양림체험에 참여, 숲의 소중함과 함께 자연 사랑에 대해 눈을 뜬 것이 큰 소득이었다.

도심의 허파 같은 남산에 자리한 '문학의 집·서울'의 본관과 산림문학관은 다른 단체의 문학행사 장소로 애용되어 왔다. 한국수필가협회 이사장 책임을 맡았을 때, 시상식과 작고한 조경희 선생님 추모회도 잊지 못할 행사였고, 여성문학인회 주최 작고문인 재조명(전혜린 편) 때는 주제 발표자로 선정되어 선배문인의 문학세계를 공부할 기회였고 책임도 느꼈었다.

문학을 외면하는 사이버시대에 문학의 발전과 미래의 지향점을 모색하기 위한 좋은 주제의 세미나도 중요행사이다. 무엇보다도 문학인의 친목이 명실공히 이뤄지도록 최선을 다하는 이사장님과 사무처장, 직원들의 따뜻하고 성실함은 정말 신뢰를 준다.

조선조 건국초기 중신들이 남산을 경복궁의 안산으로 삼아온 안목에 감동한 바 있다. 미래지향의 문학을 책임지려는 '문학의 집·서울'이야말로 문학의 길에 격려와 공부로 지켜주는 내 마음의 믿음직한 안산이기도 하다.

(2016.)

# 사랑으로 가슴에서 꽃피는 나무

## -나의 삶 나의 문학

    TV드라마를 보고 있다. 어린이들이 놀이터에서 노는 장면에 모차르트(Mozart, Wolfgang Amadeus 1756-1791)의 〈디베르티멘토〉 선율이 깔린다. 모차르트의 음악을 들으면 어린 시절 그의 사진처럼 밝고 화평한 삶의 주인공일 거로 여겨진다. 그의 실내악은 대개 즐거운 자리에 어울린다. 더욱이 밝고 그윽한 실내악을 들으면 우아한 파티에 참석한 것처럼 자세를 반듯이 하게 된다. 샹들리에 불빛이 휘황한 파티장에서 기품 있고 유연한 매너로 반가운 이들과 얘기를 나누는 듯한 착각에 빠지기도 한다. 그의 음악은 장중하거나 격렬하지 않아 이렇듯 아늑한 상상을 불러일으킨다.

    그 중에도 그의 클라리넷5중주는 특히 우아하다. 클라리넷5중주는 두 대의 바이올린과 첼로, 비올라로 구성된 현악4중주와 클라리넷 한 대가 연주하는 곡이다. 클라리넷과 현악4중주가 따뜻하게 주고받는 1악장 알레그로는 다채롭고 감미롭다. 2악장 라르게토의 깊고 아름다운 서정은 어떤 애수가 깔리는 것을 느끼게 된다. 2악장을 들으면 어린 시절 여름 방학 때 시골 친척 댁에 갔을 때가 생각난다. 한낮엔 도회지에서 못해본 놀이에 몰두하여 시간 가는 줄 모르게 즐거웠다. 개울에 오징어 다리를 담그면 돌 틈에서 기어 나오던 가재 잡이, 잠자리채로 매미를 잡으려다가 원두막에서 잘 익은 복숭아 껍질을 솔솔 벗기며 먹었다. 그 복숭아에서 흘러내리던 단물처럼 달콤한 시간들이었다. 그러나 저녁때 친척 댁에 돌아와 무르익은 수밀도(水蜜桃) 빛깔의 노을이 타오르면 불현듯 집에 가고 싶어졌다. 높은 마루에서 건너편 마을의 저녁밥 짓는 연기가 피어오르는 것을 보노라면 무언지 이름 모를 그리움이 솟구쳐서 눈물이 나곤 했다.

··· 중략 ···

해질 무렵 석양에 물든 강물은 아름답고 신비하여 환상의 세계로 향하게 한다. 그러나 눈물겹고 위로 받고 싶은 시간이기도 하다. 지난날의 어지러운 발자국과 방황의 날개를 접고 깃을 찾는 새처럼 지상에서 사라져간 모차르트의 영혼에 촛불 하나 밝혀주고 싶다.

– 음악에세이 〈해질 무렵〉


음악에세이 〈해질 무렵〉은 정통수필과는 거리가 있는 글이다. 등단 43년이라 해도 연조에 따라 작품의 완성도가 높아지는 것이 아니기에 초창기 10여 년에 썼던 몇 작품을 그동안 대표작으로 내놓았었다. 그런데 이번엔 등단 20년 무렵인 90년대 초에 쓰기 시작하여 개인적인 전환기가 되었던 음악에세이 중에서 한 편을 골랐다. 음악과 문학의 만남이 새로운 시도라고 주변에서 연재를 맡겨주어 기대에는 미치지 못했으나, 많은 양의 음악에세이를 모아 네 권(2016년에 ≪음악의 알레그레토≫를 낸 지금은 5권)의 음악에세이를 펴낼 수 있었다. 이 글은 발표 (≪계간수필≫ 2003년 가을호) 당시 월례모임에서, 지금은 작고한 원로수필가께서 내게 다가오셔서 "이번 호에 좋은 글을 쓰셨더군요." 한, 단평 한 마디에 힘을 받아 애착을 갖게 되었다.

선정 이유가 단순한 〈해질 무렵〉은 모차르트(Mozart, Wolfgang Amadeus 1756–1791)의 클라리넷 5중주곡으로 개인적으로 좋아하는 음악에 대한 글이다. 클라리넷에는 기품이 있고 부드러운 느낌을 내는 A관과 중후한 울림을 내는 B관이 있는데, A관을 좋아한 모차르트는 클라리넷 5중주곡이라는 명곡을 작곡했다. 모차르트의 음악이 대부분 밝고 아기자기한 행복이 숨겨져 있는데 비해 애수가 깔리는 서정적인 악장이 있는 이 음악을 나는 택했다. 이 음악은 모차르트가 죽음을 2년 앞두고 썼는데 필자도 60을 넘겨 해질 무렵에 이르렀다고 생각되어 비교적 쉽게 썼다. 그리고 오래 살지도 않았는데 말년이 불우했던 천재의 요절이 애석해서 깊은 연민으로 그의 얘기가 많이 들어갔다. 수필로서는 그리 성공적이지 않은 글이지만 애착이 간다.

데뷔 초창기에는 나의 수필에 한국의 미의식과 전통을 담아야 한다고 다짐했다. 수필에 입문했던 1970년대는 우리나라가 경제 성장과 현대화, 편의위주의 추세에서 밀려나 사라지는 것이 많아 안타까웠다. 그 후 수필은 자화상인 만큼 진지하게 속내를 다지는 삶을 살고 싶었다. 그래서 80년대는 보편적인 삶의 의미와 보람, 생명의 소중함과 신비, 존재의 아름다운 실상을 재현하여 독자에게 기쁨을 주고자 변화를 모색했다. 90년대에 들어서는 소재 범위의 확충으로 음악에세이를 쓰게 되었는데, 어려서부터 좋아한 클래식 음악애호 덕분이었다. 수필에는 성장과정과 삶의 도정에서 겪은 이야기와 꿈이 녹아 있고, 변용된 모습이 담긴다. "종소리처럼 남의 가슴을 울려주는 사람이 되라"는 초등학교 선생님의 말씀과, 중학교에서 〈마지막 수업〉(알퐁스 도데)을 배우면서 나라와 모국어 사랑의 중요성을 강조한 선생님의 말씀에, 작가가 되면 '남의 가슴을 울려줄 수 있으리라' 짐작했었다. 10대 초반까지 고향 강경(江景)을 품고 흘러가는 금강(錦江)물을 보며 자랐다. 이른 새벽 아버지를 따라 서편 강가로 나가 눈을 들어보면 멀리서부터 푸른 등줄기를 드러내던 금강, 가까운 교회에서 울려오던 종소리, 멀리에 있는 나바위 성당에서 울려오는 은은한 종소리가 내 의식의 밑바닥에 자리 잡았다. 그리고 6.25전쟁으로 피란 나갔다가 9.28 수복 후 돌아온 고향은 폭격으로 학교와 집도 불타버린 폐허였다. 그래도 한편에 극장은 타지 않고 남아 있어서 아침, 저녁이

면 슈만의 〈트로이메라이〉와 영국민요 〈산골짝의 등불〉 바흐의
〈G선상의 아리아〉 모차르트의 〈소야곡〉 등 명곡들을 들려주어
전쟁으로 상처받은 어린 영혼들을 달래주었다. 그때부터 클래식
음악은 깨달음은 없어도 종교처럼 위안이 되었다.

성장해서 논어를 보다가 제7편 술이(述而)편에서 공자(孔子)의
음악 사랑을 읽었다. 제나라에서 순임금의 음악인 〈소(韶)〉라는
음악을 듣고, 아름다움에 심취하여 3개월 동안 고기가 맛 좋은
것도 잊고, 음악의 아름다움이 이렇게 지극한 줄 몰랐다고 한 것
을 보고 무릎을 딱 쳤다. 국경 없이 통하는 만인의 공통어인 음악
이 성인(聖人)도 매혹시켰으니 음악에세이라면 일반인에게도 심
미적 즐거움과 감동을 줄 것임을 확신할 수 있었다. ≪월간에세이
≫(1995.11-1997.12) 연재로 좋은 반응을 얻은 뒤, 주간≪기독공
보≫(2001년부터 6년 동안 140편 연재), 월간 ≪헌정≫, ≪한국수필
≫에도 연재를 해서 호응을 얻었다.

고교의 교내백일장에서 시 〈기러기〉가 우수작으로 뽑혀서 국
문과로 진학했고, 재학 중엔 시집을 많이 읽었다. 영국 시인 엘리
자베스 브라우닝(Elizabeth B. Browning 1806-1861)의 시집도 그
중의 하나. 처녀 시절 병약했던 엘리자베스는 집 꼭대기 그녀의
밀실인 '녹색의 방'에서 스테인드글라스를 통해 비쳐드는 햇빛과
녹색 카펫, 녹색 커튼으로 환상적인 분위기에 젖어 살았다. 창밖
멀리까지 시야가 넓었던 것처럼 정신세계도 넓히고 시인의 미래

도 마련했다. 시인 지망생이었던 나는 독방을 가질 수 있던 집안 형편, 아니 그보다도 무명시인 로버트 브라우닝(Robert Browning 1812-1889)과의 서신왕래로 그의 재능을 향상시켜 유명시인으로 키워 부부시인이 되었던 연애담이 부러웠다. 졸업반 때 ≪여원≫ (女苑)의 신인상의 결선에서, 두 작품의 우열을 가리는 장시간 심사 끝에 다른 이가 당선되고, 내 작품을 길게 인용한 심사평이 실렸었다.

MBC라디오에 입사해서는 업무에 쫓겨 문학잡지도 읽지 않고 지내면서 실존의 고독감을 어쩔 수 없었다. 12월 초, 외풍이 심하던 사무실에서 녹음테이프를 편집 중, 동료가 펼쳐둔 신문의 큰 활자가 충격적으로 다가왔다. '신춘문예 마감 박두'. 나는 허둥허둥 편집을 끝낸 방송용 녹음테이프를 주조정실 스튜디오에 인계하고 나오다가, 스튜디오에 초록색 새 카펫이 깔려 있는 것을 보게 되었다. 아! 초록색. 그것은 엘리자베스의 '녹색의 방' 아닌 '녹색 스튜디오'가 아닌가.

오래 전에 작성한 습작 시를 고쳐서 K신문에 응모했었다. 결과는 역시 최종심에 오른 두 편 중 현대문학에 기여할 만한 참신함이 부족하다는 이유로 당선의 문턱을 못 넘었다. 평소 시작(詩作)에 대한 연마가 없었음을 자책해야 했다. 시뿐만 아니라 녹색의 방에 갇혀 있던 영혼이 한 남성을 부추겨서 시인부부가 된 브라우닝 부부의 돈독한 사랑처럼 진정한 사랑에도 공들여보지 못하고 막연하게 행복한 만남을 꿈꾸면서 몇 년을 보낸 시간이 안타까웠다. 한 편 라디오 방송이 전파를 타면 기록성이 없이 흩어지고 마는 것이 허무해서, 퇴근 시간이면 집에 달려가 방송 삽화 위주로 두 달 이상 원고지에 매달려 책 한 권 분량의 글을 썼다.

그 무렵 K신문 문화부 기자(김후란 시인)와 김우종 평론가(당시 경희대 교수)가 방송 출연차 오셨기에 출판의도를 말씀드렸더니 수필가로서의 추천과정을 강권하셨다. 1972년 당시에는 추천과정이 월간 ≪수필문학≫(발행인 김승우)밖에 없었고, 잘 써도 2회의 추천을 거치려면 2,3년 걸려야 했다. 급한 마음에 수필문학사를 찾았을 때 전무후무한 '신인 가작'의 방법으로 등단시켜준 ≪수필문학≫에 감사할 따름이다.

그러나 첫 수필집 ≪돌아오지 않는 메아리≫(1972년 발행)는 본격적인 수필의 범주에 들기에는 부족했다. 수필에 대한 개념과 정의도 모른 채 수필집을 낸 만용이 부끄러웠다. 이듬해 봄 ≪수필문예≫5호 (≪한국수필≫의 전신)에 발표한 수필 〈종소리〉를 박연구 선생께서 인정해 주셔서 지금껏 데뷔 수필로 삼고 있다.

시인이 못 되었지만 수필을 쓰게 된 것이 오히려 고맙고 다행이다. 단지 악상이 샘솟는 천재 음악가들처럼 풍성한 창작으로 크게 영향을 주는 수필가가 못되어 안타까울 뿐이다. 음악에세이를 쓰면서도 일상의 체험을 알퐁스 도데처럼 뛰어난 시적 서정과 유머 감각, 페이소스를 담아 재조직하여 새로운 경이의 세계를 보여주는 일반수필을 쓰고 싶은 욕심은 지금도 변함이 없다. 직장에 다닐 때는 마감시간에 쫓겨 퇴고도 제대로 못하고 원고를 보내면서, 퇴직하면 여유롭게 좋은 글감을 찾아서 글쓰기에 올인할 것이라고 작정했었다. 그러나 시간이 있는 대신 감성이 메마르고 특별한 텐션이 없이 느슨해진다. 라이벌과의 싸움이 아니라 자신의 나태함이 강적인 것 같다.

누군가를 사랑하면 가슴속에 예쁜 꽃나무가 자라 꽃을 피울 수 있다고 한다. 음악은 애정을 갖고 잘 들어보면 때로 신바람 나는 소절도 발견하게 된다. 나의 음악 사랑으로 가슴에 뿌리내린 음악 에세이들을 더 발전시킬 수 있는 깊고 넓은 사랑이 더욱 필요한 것을 절감한다. 글이 다소 받쳐주지 못하더라도 감명 주는 음악에 대한 독자들의 애호가 알파로 부가되어 흠을 가려줄 수 있는 음악 에세이를 쓰게 되어 때로 행복한 순간을 누리기도 한다.

(2015.)

# 모꼬지와 사과

대구에서 있은 제17회 수필의 날 행사에서 처음 일정은 중구 향촌동에 있는 대구문학관 견학이었다. 3,4층 입구에 있는 대구 문학의 상징조형물인 죽순(竹筍)모형을 보며 이상화, 현진건, 이장희 등 대구 출신 문인들의 모습을 떠올렸다. 그분들의 자료를 잘 갖추고 있다는 대구문학관. 또한 6·25전쟁 때 오상순, 조지훈, 박두진, 구상, 최정희 등 한국을 대표하는 작가들이 대구에 피난와서 종군문인단을 조직, ≪전선문학≫ 등 책을 만들고 전쟁기 문화수도의 역할을 담당했다는 사실이 생각나, 입구에서부터 감회가 깊었다. 어렸을 때 6·25전쟁의 전선(戰線)이 낙동강까지 밀려서 대구시가 '최후의 방어지'였을 때 가슴 졸이며 뉴스를 들었기 때문이다. 죽음의 고비를 넘기며 대구까지 밀려와서 문학 활동을 이어간 선배 문인들의 철저한 문학정신.

문학관에 있는 이윤수 시인이 해방직후(1946년) 창간한 문학동

인지 ≪竹筍)≫을 비롯, 1920년대부터 1960년대까지 대구를 기반으로 활동한 문인들의 시집, 소설 등 희귀한 문집들과, 그 발자취와 업적을 알 수 있게 한 아카이브도 첨단화된 자료였다. 문학도시로서 위상을 높이려는 대구시민들의 성의와 노력이 느껴졌다. 그 중 이상화 시인의 모형을 보며 달성공원에 세워져 있다는 상화 시비를 볼 수 없는 일정을 아쉬워하다가 대학 1학년 때 배웠던 시 〈나의 침실로〉를 떠올렸다. 낭만적이고 상징적인 시인이었던 상화 시인의 〈빼앗긴 들에도 봄은 오는가〉와 함께 쌍벽을 이루는 〈나의 침실로〉는 일제 강점기의 어두운 현실 속에서 미지의 세계를 갈구하고 절망으로부터 건져주는 희망인 침실을 인상 깊게 엮었다.

마돈나 지금은 밤도 모든 목거지에 다니노라,
피곤하여 돌아가련도다.

시의 문학성이나 의미보다 첫 연의 목거지(표준어 모꼬지)라는 진기한 어휘가 기억에 오래 남아 있다. '놀이, 잔치와 같은 일로 여러 사람이 모임'의 뜻인 모꼬지. 놀이와 잔치와 같은 일은 아니지만 대구문학관은 오랜 동안 문학작품, 귀한 자료를 모아 우리문학사의 맥을 이어가게 할 뿐 아니라, 문학 역사적 유물로서 영원한 생명력을 지니게 하는 모꼬지 역할을 하고 있다고 생각되었다.

다행히 대구는 전쟁의 탄환이나 폭격, 화재를 겪지 않아서 귀한 자료를 더 많이 모았으리라고 여기면서 전시실을 나왔다.

우리는 이웃나라 일본의 앞서가는 문화지킴 현상이 부러운 가운데 세세한 자료수집으로 문학관, 기념관이 잘 되어있는 사실 또한 본받고 싶다. 몇 년 전에 읽은 정진석(한국외국어대 명예교수) 교수의 에세이(〈"우리는 모두 잘 있다"…이 한 마디〉) 내용이 거기서 생각이 났다. 일본 도쿠시마현(德島縣) 나루토(鳴門)시에는, 제1차 세계대전 때 중국의 산둥반도 주둔 독일군 약 5000명을 포로로 잡아 일본 내 여러 수용소에 분산 수용했던 이들의 유품을 전시한 '도이쓰[獨逸]기념관'이 있다. 1972년에 건립된 나루토의 도이쓰 기념관에는 1917년부터 전쟁이 끝난 뒤인 1920년까지 수용되어 있던 독일군 포로 관련 자료가 전시돼 있다. 본국에서 포로들에게 보낸 물건과 포로들이 사용하던 유품들인데, 그중에는 본국인 독일에서 보내온 악기도 있다. 포로들은 당시 이 악기로 오케스트라를 구성해 베토벤 심포니 9번을 연주했다고 한다.

일제 강점기 때 우리 민족에게 만행을 저질렀던데 반해 독일군 포로들에게 인간적인 예우를 해주었던 일본인의 편견은 얄밉지만, 폐기해버려도 좋을 자료들을 존중해서 전시하고 있다는 일을 새삼 생각하는데 건물 옆 정원에서 향긋한 꽃냄새가 풍겨왔다. 향기 나는 꽃을 찾아보려다가 대구가 어렸을 때 사과의 특산지였던 생각이 났다. 간단한 지도에도 대구의 특산물로 빨갛고 윤기

나는 사과가 그려져 있었다.

수성천 주변에 사과밭이 많아서 가을이면 빨간 사과로 향긋한 냄새와 함께 풍요로움을 자랑했던 대구이다. 일제강점기에 뿌리 내렸던 농업 대구의 통념이 사라진 지 오래고, 사과밭은 변두리 다른 도시로 옮겨가서 명성이 사라졌다.

그러나 대구에 문학관이나 도서관이 많고 현재도 더욱 바람직한 문학관 건립을 추진 중이다. 문학 또한 융성하고 많은 수필가들 중에 훌륭한 작품을 쓰거나 열기가 높은 이들이 많아서 밝은 전망이다. 신문학 개화기에도 활발했고, 해방 후에 〈죽순〉 같은 문학지를 발간하며 문학운동을 활발하게 이어온 문학인들. 이들은 어렸을 때 사과 꽃 아름답게 핀 과수원 주변에서 꿈을 키우고 대구의 향긋한 특산품이 전국에서 사랑 받듯이 자신들의 걸작으로 독자들을 사로잡을 야망도 가졌음직하다.

이곳 출신 수필가들의 글에서 읽은 비슬산, 앞산의 그윽함이나 수성천 가의 애환도 어느새 그리움으로 자리 잡고 있는 걸 느끼며 연녹색 가로수를 내다보며 거리를 달릴 수 있었다.

인터넷을 검색해보니 사과농사에 반가운 소식이 있다. "대구농업기술센터에서는 작지만 강한 농업인 육성을 위한 일환으로 2017년 농업인대학 '사과심화과'를 운영한다. 이를 통해 농업인 43명을 고품질 사과 생산을 통한 고소득 창출 능력을 갖춘 농업인력으로 양성할 계획"이라는 기사이다.

새로운 시대에 맞는 원대한 청사진도 많겠지만 옛것에 집착하는 구시대 인물임을 다시 절감하며 '놀이, 잔치와 같은 일로 여러 사람이 모임'의 뜻인 모꼬지, 수필의 날 기념행사에 참여한 기쁨을 누리려고 행사장으로 발길을 서둘렀다. 우리문학 지킴이로 치열한 문학정신을 이어온 대구의 수필 선배님들과 후배들의 자애로운 미소를 생각하는 나의 입가에도 웃음이 피어올랐다.

(2017.)

보이지 않는 유령

# 망각과 진실

40년도 넘게 가까이 지낸 친구를 오랜만에 만났더니 잊었던 기억을 일깨워주었다. 40년 전에 자신의 약점인 굵은 목소리를 내가 좋다고 했다는 것이다. 당시 출중한 미모와 재능의 소유자로 촉망 받는 작가였던 그 친구는 인기를 한 몸에 모았고, 투박하고 평범한 처지인 나로서는 비교가 되어 접근하기 어려웠다.

사람들은 과거의 찬사보다 마음에 상처가 되었던 기억을 잊지 못하는가보다. 그 친구가 워낙 부러웠기에 좋은 얘기만 들려준 것으로 기억하는 내게 친구는 치명적인 약점이어서 잊고 싶은 목소리를 언급했다는 것이다. 내가 '너무 완벽해서 접근하기 어려웠는데 목소리 때문에 오히려 친근감을 갖게 되었'다고 했단다. 외모와 어울리지 않는 굵은 목소리와 소박한 말투가 포용력이 있어서 마음 맞는 친구가 되었던 것은 알겠는데, 선의의 말인 줄 알면서도 드러내놓고 목소리가 나쁘다고 지적해준 것이 상처가 되었던 모양이다. 친구의 목소리가 아주 나쁜 것도 아닌데, 본인은 그 사실을 잊고 있었고 그 약점을 지적 받지 않으려고 방어자세로 살았던가보다.

아무런 상처 없이 지내온 사람이 있을까. 상처를 받아들이는 마음은 모두 다를 것이고 내면에 가라앉은 상처를 극복하거나 망각하고 자신 있게 살고 있다면 성공한 경우일 것이다. 나도 과거를 생각할 때 좋은 것만 기억하려고 했던 모양이다. 혹시 실수로 누구에게 듣기 불편한 말을 했다면 잊으려 노력하고 시간이 흘러감에 따라 잊어버려서 마음이 편해져버린 것이 아닌지.

그런데 이번 친구의 상처 얘기를 계기로 그동안 망각했던 나의 상처를 더듬어 보니 비 맞은 나뭇잎의 푸른 잎맥처럼 선명하게 살아나는 기억이 있었다. 직장 초년생일 때 같은 부서도 아닌 선배가 호감을 보여 왔었다. 자신의 업무와는 관계없는 내가 녹음하는 스튜디오에 와서 커피를 시켜주기도 하고 틈틈이 시사적인 문제와 인문학적인 화제를 들려주었다. 둘만이 마주 앉아 대화를 나누거나 데이트를 해본 일도 없으나, 해박한 지식의 소유자였다. 진전되지 않은 채 끝났기에 마음 아린 일은 없었으나 후일담에 상처를 받았다. 같은 부서의 선배에게 들려준 이유인즉, 내게 끌렸으나 나의 눈이 사시(斜視)여서 포기했다는 것이었다. 과연 예리한 시선의 주인공이구나, 업무상 만나야 하는 처지가 아니어서 다행이었으나 내겐 상처로 남았다. 몇 십 년을 만나는 이들도 내가 사시라는 것을 잘 모를 정도이고, 또 알아차렸더라도 절대로 지적한 일이 없었기 때문이다.

나는 모든 것을 있는 그대로 다 받아들인다면 너무나 힘들고 불편해지기에 내 마음이 편한 쪽으로 세상을 살아가는 사람 중의 하나였나 보다. 그 후로 신체의 약점인 사시와 근시안을 극복하기 위하여, 사물을 보거나 사고하는 것은 온전하게 하려고 애쓰면서 살아오기도 했다.

인간은 망각하는 동물이라고도 하고, M. 프루스트는 ≪잃어버린 시간을 찾아서≫에서 "우리들이 망각해버린 것이야말로, 어떤 존재를 가장 올바르게 우리들에게 상기시키는 것이다." 라고 했다. 나는 잊을 수 있기에 이만큼이라도 편안하게 살고 있다고 여기면서도, 오래 전에 있었던 결코 잊거나 잊어서는 안 될 일이 또 있을 것이라고 생각된다.

지나간 기억 속에 묻혀 있는 자신의 초라한 모습을 기억해내지 못하는 것이 어찌 이것뿐일까. 모든 사물이 밤이 되면 어둠 속에 묻히지만 날이 밝으면 드러나듯 영원한 망각이 없어 진실은 살아 있고 언젠가는 생각날 것이다. 쉽게 생각나는 일들도 지워버리고 싶은 것이 태반이다. 그런데도 주변의 친구나 친지들은 내 눈의 약점이나 말실수를 지적하거나 느끼게 해주지 않아서 모르는 게 약이라고 행복하게 살아왔던 것이다.

많은 전쟁에서 큰 공을 세운 장군이 자신의 용맹과 명예를 후손들이 기억해주기를 바라며 자신의 초상화를 그릴 화가를 불러들였다. 문제는 마지막 전쟁에서 한쪽 눈을 잃어 애꾸눈이 되었는데 완벽한 자신의 모습을 남기고 싶었다. 처음 불려온 화가는 정직하게 한 눈을 애꾸눈으로 그렸고, 두 번째 화가는 양쪽 눈이 멀쩡한 그림을 그렸으니 장군의 마음에 들 리가 없었다. 어느 날 젊은 화가가 찾아와 초상화를 그리게 해달라고 부탁을 했다. 며칠 후 완성한 초상화를 본 장군은 기뻐서 소리를 쳤다고 한다. 그 초상화는 애꾸눈이 보이지 않게 옆얼굴을 그린 것이었다. 내 주변 사람들도 이 젊은 화가처럼 배려해주었던 사실에 새삼 눈물겨워진다.

추억은 아름답다고 한다. 그러나 잊고 싶은 기억이 어찌 추억이라고 할 수 있을까. 그리운 시절, 떠올려도 불편하지 않고 남에게 상처를 주지 않고 자신도 행복했던 기억이 추억일 수 있을 것이고 아름다울 것이다.

또 나이를 한 살 보탠 새 봄이다. 나의 행복감과 남에게 좋은 영향을 끼치는 말이나 일을 하고 싶다. 마음먹은 대로 될지가 의문이지만, 나이 먹으면서 좋은 일도 나쁜 일도 모두 망각이라는 이름으로 지워지기 않기를 바란다. 나는 잊더라도 좋은 진실로 남의 기억 속에라도 남는 일을 하고 싶다면 과욕일까.

(2014.)

# 복숭아 과수원에서

## - 나와 8·15광복

8·15광복이 가까워지던 여름, 하늘에는 반짝이는 날개의 무서운 비행기가 자주 지나갔다. 앞집 가게에는 유리창마다 가는 종이리본을 붙여놓아 안과 밖이 잘 안보여서 답답했다. 폭격을 하면 유리창이 울려서 깨지는 것을 막기 위한 것이라고 했다.

우리 집은 읍내 한복판에 있었는데 폭격을 피해 시내에서 20리쯤 떨어진 시골 친척 댁으로 피난을 갔다. 어머니는 비행기 소리에 잘 놀래던 동생을 업고 나는 고달프게 걸어서 가야 했다. 다리를 두 개나 건너고 신작로 양쪽 논에 진초록으로 자란 벼 포기사이 황새가 서 있는 것이 보기 좋았지만, 어린 내가 걸어서 가기에는 먼 길이었다.

친척 댁에선 우리를 매우 반겨줬고 복숭아 과수원이 있는 집이어서 아주 좋았다. 낮엔 비행기 소리에 가슴을 졸이고 읍내 집에 계신 할머니와 아버지 생각에 눈물도 났지만 그 여름 샘터의 신비롭고 아늑함과 탐스럽게 익어가던 복숭아, 그리고 원두막에서 보던 초저녁 별빛을 잊을 수 없다.

새벽안개가 자욱한 산모롱이를 돌아가면 물이 퐁퐁 솟아나던 옹달샘 터는 호젓한 공간이었다. 어머니는 곡식과 푸성귀를 씻었고 나는 샘물을 떠서 주황색 나리꽃과 풀꽃들에 뿌려주었다. 짙은 안개가 우리를 가려줘서 외부의 위험으로부터 보호해줄 것 같던 샘터. 나라를 빼앗기고 주권을 잃은 식민지의 서글픔 같은 것은 잘 몰랐고 비행기의 폭격만이 두려웠던 처지에서 새벽 샘터에서는 그 공포도 잊을 수 있었다.

그 무렵은 일제말기여서 일본의 혹독한 학정이 극에 달했다고 한다. 만주를 침략한 일본은 많은 군수품이 필요하여 농업이 중점이던 한국의 산업을 군수공업과 광업에 치중하고 집안에 놋수저 하나 남기지 않고 걷어가던 공출의 기억이 있다. 그리고 우리 민족의식과 문화를 없애버리려고 학생들에게 한글을 못 쓰게 하고 일본말만 쓰도록 강요하였다. 우리 집에서 학교에 다니던 친척언니의 이름도 나오꼬로 고쳤었다.

피난 갔을 때는 복숭아가 한창 익던 8월, 파란 하늘 아래서 빨갛게 익어가던 탐스러운 열매는 나의 어린 꿈도 익혀줄 듯 하여 설렜고, 평화는 어느 쪽에서 오는 것인가, 원두막에 올라 먼 하늘을 바라보며 기원하기도 했다. 나의 바람은 막연했지만 그때 온갖 탄압 속에서 조국광복을 위해 지하운동을 한 이들이 있었고, 해외에서는 상해임시정부를 수립했다. 광복군 등도 항일 투쟁을 계속하며 조국광복 염원도 복숭아처럼 익어갔던 것이다. 1943년 카이로에서는 미국, 영국, 중국의 원수가 모여서 일본의 영토 문제를 토의하고 우리나라를 독립시킬 것 등을 포함한 카이로 선언을 하였다. 그리고 1945년의 포츠담 선언은 한국의 독립을 약속한 카이로의 결의안을 재확인하고 일본의 무조건 항복을 요구하였다. 히로시마와 나가사키에 떨어진 원자탄의 위력에 놀란 일본은 포츠담 선언을 받아들여 1945년 8월 15일에 일본왕이 연합군에 항복하는 방송을 했던 것이다.

시골로 피난했던 우리는 방송을 듣지 못했으나, 그날은 우리에게 광복이 온 날이었다. 방송을 들은 아버지가 만세를 부른 다음 서둘러서 자전거를 타고 친척 댁의 우리를 데리러 온 것은 해가 넘어가기 직전이었다. 날이 저물었으니 다음날 가라는 친척의 권유에도 우리는 떠나왔다. 자전거엔 짐 꾸러미를 싣고, 피난 갔던 그 길을 그대로 걸어왔는데 신이 나서 그리 멀지도 않았고 다리도 아프지 않았다. 식민지나 탄압, 광복의 의미도 채 몰랐지만 집에 돌아오는 길이 그렇게 가깝고 신날 수가 없었다.

그렇게 기뻐한 8·15광복이지만 광복 후 2,3년 동안 어수선하고 시끄러웠다. 북위 38도선을 경계로 이북에는 소련군대가 진주하여 군정을 펴려고 하였다. 결국은 남북 두 세력의 대립으로 화해하지 못하고 국토와 민족과 사상이 둘로 갈라져 대립하게 될

줄 누가 짐작이나 했을까. 남한의 민주진영은 유엔의 협조를 얻어 전 국민의 자유의사 대로 남북을 통한 총선거를 실시하여 국토를 통일하고 주권을 회복하려 하였다. 그러나 소련과 북한의 공산주의자들이 반대하였다. 이에 유엔은 1948년 2월 가능한 지역부터 선거를 하기로 결정, 1948년 5월 10일 유엔 한국위원단의 감시 밑에 남한에서 역사적인 총선거가 단행되었다. 그 결과 국회가 소집되고 헌법이 제정되어 초대 대통령으로서 이승만 박사가 취임하여 8월 15일에 대한민국 정부가 수립되었다. 그때가 초등학교 2학년 때였다. 자유민주주의 국가로서 발족한 대한민국은 1948년 12월 파리에서 열린 유엔총회에서 한반도의 유일한 합법 정부로 승인 받았다. 고무줄놀이를 하며 부르던 '조선독립 만만세' 했던 노래가사도 '대한독립 만만세'로 바꿔 부르며 의기양양했다.

아시다시피 광복절은 우리나라가 1945년 8월 15일에 일본에서 벗어나 독립한 날과 1948년 8월 15일에 대한민국 정부가 수립된 날을 축하하고 기념하는 우리나라 4대 국경일의 하나로, 1949년에 제정되었다. 그러나 1950년 북한의 남침으로 시작하여 오늘날엔 핵으로 위협하기까지 그들의 적화통일의 집념은 세계평화까지 위협하고 있다.

그해 8월 원두막에서 무르익은 복숭아의 껍질을 솔솔 벗기며 먹었는데, 세계평화의 열매는 언제나 무르익으려는지 답답하기만 하다.

(2016.)

# 평화통일의 촛불
## ─평화통일을 위한 문학인의 소망

　독일여행 때 라이프치히에 들렀다. 옛 동독지역으로 상업과 금융 중심지이지만 문화예술에 관심 있는 이라면 다른 의미를 두는 도시이다. 바흐가 악장으로 봉직했던 성 토마스 교회와 성 니콜라이교회, 그리고 멘델스존이 지휘자로 활약한 게반트하우스 등을 기억할 것이다. 우리 여행팀도 멘델스존의 방이 있는 구시청사와 성 토마스 교회, 바흐박물관, 게반트하우스 등을 돌아보고 마지막으로 성 니콜라이교회도 방문 예정이었다. 그런데 개방시간마감이 되도록 일행 중 두 사람이 없어져서 기다리느라 못 가고 말았다.

　베를린 장벽을 열게 한 시민운동이 1983년 월요일마다 청년들이 성 니콜라이교회에서의 작은 기도 모임으로 시작, 민주화운동이 되어 독일 통일의 뿌리가 된 곳이기에 분단국가 국민으로서 찾아보려 했었다. 청년들은 나지막하게 '우리는 한 민족입니다'는 구호로 기도를 시작했다. 경찰의 통제와 체포에도 계속되는 시민들의 기도 물결을 타고 통일, 자유를 외치던 이들의 구호가 전국적으로 확산, 1989년 11월 9일, 마침내 베를린 장벽이 무너졌던 것이다.

이런 꿈같은 일을 이루게 했던 그 현장을 못 가본 것이 못내 아쉬웠다. 15분마다 울려대는 가까운 교회의 종소리를 들으며 패잔병처럼 숙소로 향하면서, 아직도 통일로 가는 길이 먼 우리의 현실 때문에 마음이 착잡했다.

이 교회안내문에 적힌 당시 '평화 혁명'을 요약한 내용이 가슴을 울렸다.

"촛불을 들려면 두 손이 필요했다. 촛불이 꺼지지 않도록 한 손으로 가려야 하기 때문이다. 촛불을 쥔 손으로는 돌멩이와 몽둥이를 들 수 없었다."

고귀한 평화시위, 촛불로 하나가 된 그들은 반(反)인민적인 동독 사회주의 정부를 무너뜨렸다. 평화통일을 이뤄냈던 그들의 승리가 부러웠다. 동독정부 중앙위원회의 진더만이라는 사람은 훗날 이렇게 말했다고 한다.

"우리들은 모든 계획을 세웠고 모든 것에 대비했다. 그러나 촛불과 기도에 대해서는 어쩔 수가 없었다."

우리는 어떤 형태의 촛불로 평화통일을 이뤄낼 수 있을까.

베를린 장벽이 허물어졌을 때 독일에서는 문화예술의 각 분야에서 축하행사를 가졌다. 그 중에도 개방 사흘 만에 열린 '베를린 장벽개방콘서트'의 감격적인 실황이 수록된 영상음반을 보았었다. 수천 명이 모인 환희의 도가니, 인터뷰 장면에서 울먹이느라 말을 잇지 못하는 동독시민들을 보며 나도 목이 메었고, 환호하던 국민들의 표정과 마음이 너무 부러웠던 기억이 있다.

상식이 납득되지 않는 북쪽 체제와 정상적인 회담으로 평화통일을 앞당기려면 무엇을 어떻게 해야 할까에 선뜻 정답이 생각나지 않는다. 사회현실을 선도해가는 역할이 작가에게 주어진 사명이라고 할 때, 시대정신을 가감 없이 구체적으로 표출하는 작품을 쓰되 인간의 인간다운 삶의 진실이 드러나고 나보다는 우리, 나은 국가를 지향하여 국민에게 많은 시사점을 줄 수 있어야 하리라. 오늘의 삶을 긍정적으로 받아들이는 것이 현대의 삶을 사는 지혜임도 일깨워 줘야 한다.

지난 5월, 러시아 사할린에서 남북한과 재일동포 학생이 참가하는 공동 미술전람회가 열렸다는 뉴스(연합뉴스)를 보았다. 사할린 한국어신문인 '새고려신문'이 창간 150주년 기념으로 유즈노사할린스크의 '안톤 체홉 미술관'에서 '유라시아−평화의 길'이라는 주제로 열린 이 전시회에 인천예술고 학생작품 30점, 북한 평양학생 소속 27점, 일본 조총련계 조선학교 학생작품 48점이 평화와 화해를 주제로 하는 예술세계는 국경과 이념을 넘어 한 민족, 한 핏줄 동포임을 설명하지 않아도 느끼는 사람의 교시언어가 되었으리라.

정치적인 대화가 불가능한 현실에서 우선 문화교류나 스포츠를 통해서 우리는 하나임을 인식하고 마음으로 가까워져야 할 것이다. 2000년 중반 이후 남북 스포츠 교류의 물꼬를 튼 것은 바로 유소년 축구팀이다. 남북체육교류협회는 남북간 계약서에 따라 2006년부터 2008년까지 유소년팀의 방문 경기를 10차례 치렀는데 금강산 관광객 피격 사망 사건에 이어 2009년 북한의 2차 핵실험으로 남북 관계가 다시 냉각되어 중단되었다가, 2009년부터 올해 초까지 남북 축구 교류전은 중국에서 치러졌다고 한다.

지난 10월 인천에서 열린 아시안게임, 36년 만에 아시안게임 축구 결승에서 만난 남과 북의 대표팀은 그라운드에서는 양보 없는 치열한 경기를 펼쳤지만, 게임 기간 북한 선수들을 응원해온 남북 공동응원단은 승부와 무관한 응원 구호로 화제가 됐다. 남북의 화합과 통일을 기원하는 현수막을 선보였고, 한반도기도 다시 나부꼈다. 거기서 "우리는 하나다!!"고 외치는 소리가 있었다. 그리고 여자 축구 메달 시상식에서 따로 기념사진을 찍는 남·북한 선수들에게 관중들이 같이 사진을 찍으라고 외치자, 선수들이 모두 함께 어깨를 맞대고 화기애애하게 사진 찍는 감동적인 장면을 보였다.

이런 문화와 체육으로 남북이 교류를 하는 행사들이 더 있었으리라. 이런 일들로 이해의 폭을 넓히고 마음으로 가까워지면 평화통일의 날을 당길 수도 있을 것이다.

조선일보에서 기획한 베를린을 출발, 러시아와 몽골을 거쳐 다시 대한민국 서울로 돌아오는 긴 여정을 거치는 자전거 원정 행사로 한반도 통일 기원과 유럽과 아시아를 통합한다는 의미인 '뉴라시아 (New-eurasia)' 번영의 염원을 담은 '원코리아 뉴라시아 자전거 평화 대장정'도 외국사절, 외국인 학생들도 참석하여 1만여 명이 최종 목적지 국회의사당으로 달려왔다. 그 과정에서 통일한국의 기초가 다져진 듯 믿고 싶고, 한반도 통일을 전 세계가 응원하고 있는 것도 확인했다. 이를 계기로 통일의 시기가 앞당겨지기를 염원한다.

남과 북의 모국어는 같지만 그 아름다움은 서로 다르게 훼손되고 있어서 안타깝다. 평화통일이 되면 서로 다듬어 아름답게 가꾼 모국어로 사랑과 화합의 아름다운 작품들을 쓸 수 있을 것이다.

과일도 익으면 떨어질 수밖에 없는 것, 평화통일 무드가 어서 무르익어 합창을 부를 날을 고대한다. 하나가 될 수 있었던 독일 통일의 촛불처럼 우리 모두의 가슴속에도 촛불이 타오르고 있을 것이다.

(2014.)

# 포기의 미덕

"이곳에서 아내를 만나 결혼해서 행복한 가정을 이뤘기에 이 도시를 절대 떠날 수가 없습니다."

내세울 직장도 없이 베를린의 한 광장에서 스케이트 보드로 묘기를 부리며 사는 에디 앤더슨이라는 남자(미국인)의 행복스러워 보이는 인터뷰를 TV에서 보았다. 그의 대답은 간단하게 보여줬지만, 앞 신(scene)에서 보여준 아름다운 숲 발트뷔네에 자주 가볼 수 있는 것도 베를린에 사는 매력중 하나라는 대답이 이어졌을 것으로 짐작해보았다.

동네 뒷산, 신록의 나무들이 초록으로 짙어지면서 스케이트 보드를 타고 산등성을 내려온 것처럼 아파트에서 가까워졌다. 그 산을 뒤로 하고 집에서 멀지 않은 안양천 둑길로 산책을 나섰다. 여린 풀이 하늘거리고 작년에 시들었던 풀더미 사이로 꽃향기도

끼쳐온다. 오래전 이사 왔을 때는 멀고 길던 둑길이 가까워진 듯하다. 거리(距離)야 그대로이겠지만, 길 양쪽에 심은 크게 자란 벚나무들과 그 아래 심어놓은 키 작은 철쭉과 산당화, 박태기나무와 여러 가지 꽃나무들, 그 옆을 비집고 올라온 민들레, 질경이 등이 더욱 풋풋하다. 그리고 중간 중간에 세워놓은 운동기구들과 둔치의 자전거도로를 신나게 달리는 이들, 그들을 배웅해주는 듯 버드나무 낭창한 가지들이 흔들리는 것을 내려다보며 걸으니 먼 줄을 모르겠다. 도심에서 이만큼 걸으면 발걸음이 무거워지는데 풀냄새와 나무, 맑아진 안양천의 정취에 취해선지 가볍기만 하다. 뻐근하던 어깨의 통증도 잊어버렸다.

오른쪽 건너편의 E병원을 보니 환경심리학자 로저 울리히(Roger Ulich)가 자연이 인간에게 끼치는 심리적인 영향에 대해 연구한 것 중 병원 입원환자를 대상으로 실험한 것이 생각난다. 병원 환경에 따라 환자들의 진통정도와 회복속도를 비교해봤는데 창 너머로 나무들이 보이는 병실의 환자들이 벽돌담이 보이는 병실의 환자들보다 통증을 덜 느끼고, 회복속도가 훨씬 빨랐다고 한다.

실험결과가 아니더라도 자연이 사람의 마음을 안정시켜 평온하게 하는 것을 실감하고 있다. 몇 년 전 전원으로 귀향한 친지도 이따금 서울에 오는데 또래들보다 훨씬 건강하고 젊어진 것을 볼 수 있다. 어느 케이블TV에서는 절망적인 암 환자가 자연 속에 들어가 생활하여 회복된 경우를 보여준다. 성공한 사람들의 경우를 방송 소재로 삼기에 그것을 믿게 된다. 그 사람들이야말로 깊은 산속으로 들어갈 때부터 '나는 꼭 나을 것이다' '병을 이겨내고야 말 것이다'란 각오로 자연 속에서 순응하며 살았을 것이다. 욕심 부리지 않고 채소를 가꾸며 자연열매와 뿌리들, 오염되지 않은 신선한 식품을 취하고 사람들과 어울려서 갖게 되는 스트레스나 집착이 없이 천진하게 산 결과가 아니겠는가.

자연과의 교감, 있는 그대로의 자연을 좋아하여 병이 나은 경우 외에 사람의 훌륭한 덕행이 자연을 감동시켜 이적(異籍)이 이뤄져 서 사람에게 도움이 된 옛이야기도 있다.

충남 홍성군 금마면 신곡리 입구에 조선 초 구암 복한 선생의 효성을 기리는 '성효각'이 있다. 이 마을 복한 선생의 집 마당 아래 길가 '모쟁이샘'에는 학문과 덕행이 뛰어난 복한 선생의 전설이 전해 온다. 복한 선생은 조정의 부름에 사양하고 고향에서 부모 님을 모시며 살겠다고 하다가, 할 수 없이 몇 년 동안 부모님을 모시고 상경, 사헌부 장령을 지냈다. 하향 후에는 병석의 아버지 를 위해 하늘에 기도하면서 뒷동네 샘물을 길어다가 약을 달여 드렸다. 어느 날 아침에 일어나보니 집 앞에서 물이 용솟음쳐 올라와 그 물로 약을 달여 드려 아버지의 병환이 나았다. 그 샘 을 '효자샘'이라 했는데, 아버지가 돌아간 뒤 편찮은 어머니가 '모 쟁이'(숭어의 새끼)가 먹고 싶다 하여 모쟁이를 구하려고 애쓰던 선생은 태성산에 가서 기도하던 중, 꿈에 나타난 노인이 '효자샘에 가면 모쟁이가 있을 것'이라고 하여 가보니 모쟁이가 헤엄치며 놀고 있는 것을 구할 수 있었다. 이적은 부모님이 돌아간 후에도 이어졌다. 선생이 성묘 길에 나서면 폭우나 대설이 멈추고 묘 앞의 잡초를 뽑을 때에는 까마귀와 까치가 떼를 지어 날아와 풀을 쪼아 뽑았다. 저절로 샘물이 솟아오른 일, 바다에 사는 모쟁이가 효자샘에 떠 있던 일, 성묘 길에 폭우나 대설이 멈춘 것 등은 효에 최고의 가치를 둔 효 지상주의적 사고에서 비롯된 전설이리라. 효는 천지만물을 감동시킬 수 있다고 믿었던 선인들.

목동교 다리 밑 둑길까지 이르러, 더 이상 멀리 가기를 포기하고 돌아오며 생각해보니, 베를린의 앤더슨이나 전원에서 암을 고친 이들, 또 효성으로 하늘의 도움을 받았던 이들은 자신만의 욕심이나 야망을 포기한 이들이었다. 앤더슨은 자신의 고향, 미국에 가면 더 좋은 직업을 구해서 유복한 삶을 누릴 수도 있었지 않았을까. 어쩌면 아내가 태어나고 자란 독일을 떠나지 않으려고 해서 자신의 마음을 비우고 사는지도 모른다. 말기 암 환자는 사회에서 누리던 지위와 경쟁을 포기하고 욕심 없이 순수한 자연인으로 살았기에 병이 나았을 것이다. 옛날의 효자는 자신의 출세와 영달은 아예 포기하고 오로지 부모님을 위해 살았기에 하늘도 감동시켰을 것이라는 생각이 든다.

나는 그동안 형제 등 가족과 이웃, 친지를 위해서 양보하고 포

기한 적이 있었던가, 멀리 아련하게 보이는 북한산의 하얀 오봉
(五峰)에게 물어보고 싶다. 나의 능력이 모자라서 포기한 일은 여
러 번 있었던 것을 기억하고, 이기적인 포기는 미덕이 되지 않을
것이라고 생각하며 멀리 북한산을 바라보니 하얀 오봉(五峰)들도
구름에 가려져 드러나지 않고 있다.

(2017.)

# 용기와 객기

지하철 역 에스컬레이터에서 지상으로 나오자 기다렸다는 듯이 누군가 명함을 건네준다. 전단지를 나눠주는 이에게는 얼른 받아 줘야 도움이 될 것이기에 선뜻 받아들었다. '노화 재생 평생 늙지 않는 연구소'라는 고딕체 글씨 밑에 대표 이름과 전화번호가 적혀 있다. "한 번 들르십쇼." 하는 굵은 목소리를 뒤로하고 약속장소 를 향해 발걸음을 재촉했다.

상상하지도 못했던 일들이 현실이 되고 급변하는 세태여서 오 관(五官)을 긴장하고 있지 않으면 황당한 일을 겪게 된다. 사람 이름은 물론 긴한 약속 날짜나 장소를 잊기 일쑤이고, 영화구경을 갔다가 상영이 끝나 불 켜지고 나서 보면 나 같은 연장자들이 없 어서 내가 못 올 자리라 여긴 지도 오래.

몇 십 년 전, 낙원동 일대에서 벗어나 더 넓은 세계로 나왔으나 삶에 대한 인식이 얼마나 넓어지고 의미를 새롭게 발견했는지 의

문이다. 멀리 여행 가서 자신의 위상이나 실체를 발견하듯이, 몇 십 년 동안 밋밋한 생활에만 익숙했던 내게 가라앉아 있던 내면의 일부를 발견할 수 있을까 하여 낙원동에 나올 기회를 만든다.

오래 전부터 노인들의 집합지가 되어버린 낙원동 일대는 내게 는 젊음의 멀티미디어 지역이었다. 까마득한 세월 너머 낙원동에 서 받은 문화적 자극도 컸고 상상이나 환상이 자유로운 공간이었 다. 원서동에 살았기에 길 건너 운니동 골목길을 지나 인사동에 있는 직장에 출근하노라면 운니동 낮은 기와집에서 울려나오는 가야금소리와 고수의 추임새 소리가 발목을 붙들곤 했다. 경운동, 낙원동 길로 나오면 문화극장이 있었다. 개봉극장이 아니어서 만 만한 가격으로 명화를 볼 수 있었고, 어렸을 때 즐겨본 여성국극 단의 공연도 즐길 수 있었다.

예부터 관심 있던 악기상가를 지나노라니 악기점 유리창에 붙 은 포스터가 눈길을 끈다. '드럼으로 대학 갈 수 있다.'는 문구를 보며 입시지망생처럼 가슴을 두근거리게 된다. 직장 일에 쩔쩔 매면서 한때 용기 내어 가야금 수업을 받았던 일이 생각난다.

국악감상실 육중한 문을 밀고 들어갔을 때 무대 위 병풍 앞에는 어깨가 조붓한 여인이 다소곳이 앉아 있었다. 이내 시작한 진양조 연주가 단조로운 듯했지만 중모리를 지나 중중모리, 휘몰이로 굽 이쳐가는 동안 유동적이고 극적인 리듬에 따라 내 가슴울림의 진 폭도 달라졌다. 가슴속 깊은 곳에서 나직한 울음을 토해내는 것 같던 산조. 용케도 힘자랑하듯 고수가 북을 내리치며 추임새를 넣어서 가라앉으려는 기분을 추스르게 했다. 나뭇가지를 휘게 하는 바람처럼 내달리던 휘몰이에 새가슴처럼 파닥거리고 있을 때 연주는 끝나버렸다. 청중의 뜨거운 박수가 쏟아졌다. 작은 몸매로 청중을 압도하는 연주자의 열정에 청중의 눈길과 가슴도 뜨거웠었다.

나도 그 연주자의 열정에 전염된 것처럼 당장 국악원 저녁반에 등록, 열심히 하여 민요와 정악과정을 마쳤다. 다음 단계로 국악원에서 여럿이 받는 강습보다 밀도 있게 산조를 배우려고 돈을 빌려 거금의 가야금을 구입, 개인교습을 받으려고 유능한 선생님을 섭외하는 용기도 부렸다. 한 달쯤 산조의 농현(弄絃)을 익히고 있었을 때, 포기해야 할 일이 닥쳐올 줄이야. 우리 집에 경제적인 지원을 해준 친척이 찾아와 엄한 질책과 함께 가야금까지 내던져버리고 말았던 것이다. 뇌졸중으로 쉰넷에 갑자기 돌아간 아버지 대신 가족을 부양해야 할 처지에 웬 객기를 부리냐는 것이었다.

특별한 소질이나 재능, 끈기도 없었던지라 그런 반대가 없었더라도 얼마쯤 지나면 중단했을지도 모른다. 문 밖에서 진열장의 악기들을 들여다보고 연주자의 뜨거운 연주에 감동하며 나도 할 수 있겠다고 여겼던 것이 건실한 의욕이 아닌 객기였을지도 모른다. 그러나 지금 생각해보면 젊었기에 가질 수 있는 용기였다. 그때 불가능한 환상보다 창조적인 상상력이 풍부했더라면 오늘의 무능한 나를 위로하지 않아도 되었을 텐데. 다른 분야에서 시련을 통한 비약과 발전을 준비했더라면 하는 아쉬움도 갖게 된다. 그러나 회한과 허탈함이 밀려오는 거리라고 피하지는 말자고 다짐하는데 큰소리로 떠드는 노인들의 대화가 발길을 붙든다.

"비 온다고 예보해서 나올 용기가 안 났는데 나오길 잘했어. 날씨도 화창하고 영화가 옛날에 본 것보다 더 재미있어."

노인들의 전용극장인 할리우드극장에서 나온 이들이다. 노인들은 목소리가 커서 비밀이 없다. 내가 한때 가야금에 몰두하다가 그만둔 비밀이 주변에 알려지는 것도 시간문제이다. 좀 전에 받았던 '노화 재생 평생 늙지 않는 연구소' 명함을 확 버릴 용기도 없다. 언젠가는 그곳에 찾아가 늙지 않기 위한 상담이라도 받아볼까, 하는 객기가 발동할지도 모르니까.

(2014.)

# 명화의 거리를 찾아

20대에 읽은 잡지에 영화의 인상적인 마지막 장면에 대해 묻는 기사가 있었다. 영국 출신 캬롤 리드(Carol Reed, 1906-1976) 감독의 ≪제3의 사나이≫(The Third Man, 1949)가 압도적으로 많았던 기억이 있다. 나도 감명 깊게 본 영화여서 오랜 세월 후에 빈에 갔을 때 중앙묘지 유명 음악가들의 묘지를 먼저 둘러보고, ≪제3의 사나이≫ 마지막 장면 촬영지인 공동묘지 가로수 길을 찾아보았다. 늦가을, 영화에서처럼 떡갈나무 가로수 아래 낙엽이 바람에 불려 다녔으나 오래 전 영화를 보던 때의 감동과는 또 다른 감흥이었다.

미국의 대중 작가 홀리 마틴스(조셉 코튼 분)는 친구인 해리 라임(오손 웰스 분)에게서 일자리를 소개한다는 연락을 받고 오스트리아의 빈에 도착한다. 그러나 친구가 교통사고로 죽었다는 것. 홀리는 해리의 연인 안나 슈미트(알리다 발리 분)를 만나고 해리가 가짜 페니실린을 밀매했다는 혐의로 연합군의 추적을 받아왔음을 알게 된다. 친구의 죽음을 의심하던 홀리 앞에 홀연히 나타나는 해리. 홀리는 불량 페니실린으로 고통 받는 이들을 위해 범법행위를 그만 두라고 설득하지만 해리는 포기하지 않는다. 홀리는 해리를 체포하려는 칼로웨이 소령에게 협조하기로 결심한다. 추격을 피해 도망치다가 궁지에 몰리게 된 해리는 결국 홀리의 총에 맞아 죽는다.

장례식을 마치고 잎새를 떨군 가로수가 늘어서 있는 길을 멀리서부터 걸어오는 싸늘하고 당당한 안나의 표정, 화면 앞쪽에는 해리의 친구 홀리가 기다리고 서 있으나 연인을 죽게 한 그를 스쳐 지나가며 걸어가는 여인의 발밑에 깔리는 낙엽과 치타 연주의 주제음악으로 인해 가장 멋진 라스트 신으로 꼽혔었다.

전후에 성장기를 지낸 우리 세대들은 문화예술 분야의 접촉이 쉽지 않은 때여서 책과 영화로만 문화예술 욕구를 충족해야 했다. 당시는 문예작품을 영화로 제작한 것이 많았다. 영화는 우리가 사는 현실의 단면이며 어느 인생의 축도를 그려놓았다. 진지한 영화를 통해서 다른 인생을 간접 경험하기도 하고 인간의 아픔이 묻어나는 현실감각을 익히기도 했다. 수준 높은 명화들에서 공감을 얻는 폭도 컸을 뿐만 아니라 암울한 시기에 어둔 바다를 비추는 등대와 같은 희망을 얻을 수도 있었다. 지금도 영혼을 풍요롭고 행복하게 하는 좋은 영화를 만나고 싶지만 오락성과 기술면에서는 발전했지만 그때만큼 서정적이고 진지한 영화를 만나기는 어렵다.

　영국의 소설가 그레이엄 그린이 자작소설을 각색하여 영화제작에 참여했던 ≪제3의 사나이≫는 불법을 행하는 친구에 대한 연민, 우정이냐 정의냐의 갈등을 생각하게 하는 주제여서 함께 관람했던 친구와 토론(?)을 벌이기도 했었다. 친구를 배신한 남자에게 도움을 얻지 않겠다는 여주인공의 비장한 오기와 당당함이 젊은 날의 우리에게는 멋져 보였었다. 홀리의 친구 애인에 대한 미묘한 연모의 감정, 내면의 갈등과 함께 스릴과 서스펜스도 있었고, 명감독의 뛰어난 표현 기법과 영상미, 명배우들의 열연으로 대중의 인기를 얻었던 것 같다. 실제로 1949년 칸영화제의 그랑프리를 받았다.

　하늘로 향한 높은 가지들을 전지(剪枝)한 듯한 나무들이 서있는 것 같았던 묘지의 가로수 길도, 실제로 보니 별로 넓은 길도 아니고 영화 같은 긴장감이 없는 평범한 거리에 지나지 않았다. 안나를 기다리던 홀리도 안나의 발자국 소리도 몇 십 년 전에 사라진 과거, 그것도 허구의 세계라는 것을 실감케 할 뿐이었다. 그러나 종합예술의 감흥까지는 기대하지 않아서인지 실망은 하지 않았다. 극적 스토리가 없는 기록영화를 찍은 현지를 가보더라도 촬영자의 시선과 노력으로 작품속의 경치만 못한 것을 느끼는데 인물들과 극적 스토리가 끝난 거리에 어떤 의미를 붙일 수 있을까.

　오히려 영화의 여운이 되살아나고 그 시절에 가졌던 꿈과 상황이 기억되어 기뻤다. '지나가버린 생활을 즐기는 것은 인생을 두 번 사는 것'이란 말도 있듯이 여고 졸업반 때 친구와 대학생활을 설계하고 희망에 부풀었던 시절의 추억에도 젖게 되었다. 열광적으로 영화를 좋아했던 친구는 인쇄 상태도 좋지 않은 신문에 난 영화광고의 스틸사진을 스크랩하며 후일 세계여행을 하게 되면 영화의 본거지인 할리우드와 유럽의 명화의 거리를 거닐고 싶다고 했었다.

불법을 저지른 친구를 눈감아주는 우정이 옳은가, 불량 페니실린으로 시민들의 건강과 생명을 해치는 범법자를 벌 받게 하는 것이 정의인가로 의견을 굽히지 않던 친구도 세상 떠난 지 오래이다. 그 친구가 걷고 싶던 명화의 거리가 어디를 두고 한 말인지.

모차르트, 베토벤, 슈베르트 등 유명 음악가가 멀지 않은 곳 중앙묘지에 묻혀 있다. 아름다운 선율과 박수 소리도 뒤로 하고 잠든 영혼들, 세상의 인기와 명망을 한 몸에 받으려던 이들이나 영화의 라스트 신을 찍었던 가로수 길의 뒤로 줄지어 있는 묘의 주인공들이 무슨 꿈을 꾸었는지조차 잊은 채 잠들어 있었다.

새로운 역사는 계속 이어지겠지만 영원한 삶의 주인공이 어디 있는가 의문이 들었다. 머리 위로 낙엽을 떨구는 떡갈나무는 내년 봄이면 새잎이 돋아 한 해의 삶을 다시 시작하겠지만.

나는 영화의 주인공과는 다른 갈등을 안고 발자국 소리를 내며 가로수 길을 서둘러 떠나왔었다.

(2013.)

# 제비꽃과 함성

들판에 나가보면 연둣빛으로 번져오는 먼 지평선. 지난밤 봄비의 속살거림은 언 땅을 촉촉하게 녹이고 빗방울 하나하나가 버들강아지 눈들을 틔웠다. '어서 깨어나라'는 빗방울 소리에 잠깨어 솟아난 새싹들. 강가에서 울려오던 힘찬 빨랫방망이 소리는 누구의 긴 잠을 깨웠을까.

도회지 봄의 소리는 다르게 울려온다. 우리 동네 봄의 소리는 야구방망이 끝에서 울려왔다. 푸석한 아파트의 화단 양지바른 곳에 제비꽃이 피어나도 눈길 한번 주지 않고 지나치는 사람들. 간밤의 비바람에 떨어져 내린 목련꽃잎을 내려다보는데, 머지않은 야구장(서울 목동)에서 와 하고 울려오는 환호성에 어깨를 활짝 폈다. 아, 고대하던 홈런을 쳤나보다. 그것은 운동장에서 관전하지 않은 우리에게도 희망을 주는 소리였다.

제비꽃도 꽃 터지는 소리를 냈으련만, 들꽃이나 이름 없는 작은 꽃들의 오묘함에는 관심 없이 크고 화려한 것에만 관심을 쏟으며 세월을 보냈다. 이맘때 쫓겨 간 이웃집 새댁의 슬픔도 어려선 짐작을 못했다. 가난한 살림에 시부모 공경 잘하고 손끝이 야무지다고 어른들의 칭찬이 자자했었다. 도회지에서 다니러간 내게 수놓는 법도 가르쳐주고 뒷동산에 올라가 한 움큼 쥐어주던 제비꽃, 이따금 먼 고개를 올려다보곤 하던 새댁이 어느 날부터 보이지 않았다. 대처에서 공부하던 남편이 돌아오지 않아 기다림에 지쳤는가. 시어른들이 어느 새벽에 친정으로 떠나보냈다는 것이었다. 떠난 남편을 기다리기엔 원줄기가 없는 제비꽃처럼 든든한 믿음이 없었나보다. 원줄기 없이 뿌리에서 긴 자루가 있는 잎이 여러 장 모여 나는 제비꽃. 바람을 피해 납작 엎드려서 땅속에서 묵묵히 소리 내지 않고 있다가 봄이면 햇살 아래 환히 웃고 나타나지만, 나약하고 속절없는 운명이다.

양지 바른 곳이나 후미진 곳에서라도 스스로 피어나고 열매 맺는 것처럼 소임을 다하는 제비꽃의 존재. 나 자신도 직장에 다닐 때는 우리 아파트 단지에 제비꽃이 피어 있는 줄도 몰랐다. 퇴직 후 산책길에서 한 무더기 제비꽃을 발견했을 때, 어릴 적 새댁을 만난 듯했다. 시간에 쫓기고 책임에 휘둘려 보낸 세월동안 운명의 다양함도 새댁의 슬픔도 잊었던 것 같아 꽃무더기 옆에 주저앉아 보았다. 겨울나러 갔던 제비가 돌아오는 무렵에 꽃이 핀다고 제비꽃이라 부른다는데, 기다리던 제비가 돌아온 것처럼 반가웠다. 햇살 받은 작은 꽃을 들여다보며 작은 재주로 큰것만을 추구했던 자신 안의 욕망이 부끄러웠다. 그래도 별 탈 없이 30여 년을 지내온 것이 따스한 햇살 같은 은총이었다고 겸허의 메시지를 일러주는 것 같았다.

제비꽃은 이름이 많다. 고려시대 춘궁기에 국경을 넘어와 식량을 약탈해간 오랑캐의 머리채가 꽃모양 같아 오랑캐꽃이라고도 붙였다던가. 또 앉은뱅이꽃, 반지꽃이라는 이름도 있다.

양지바른 곳에 있는 빛깔 고운 제비꽃 무더기를 찾노라니 건너편 야구장에서는 함성이 울려 퍼진다. 또 홈런을 쳤나보다. 기세 좋게 달려가는 야구선수처럼 봄은 저만치 달려가는데, 제비꽃은 환호성을 듣고 있을까.

(2014.)

# 어머니

"아 목동들의 피리소리들은 산골짝마다 울려 나오고…"

초등학교 시절, 재숙이네 집 앞을 지나칠 때면 손풍금 소리와 함께 아저씨의 노래가 흘러나왔다. 소리만 들릴 뿐 밖에 나오지 않는 재숙이 아저씨의 모습을 궁금해 하노라면 펄럭이는 하얀 것이 유리창 너머로 보일 때가 많았다.

그 아저씨의 내력을 알게 된 것은 몇 년 후였다. 뒷산에 학(鶴)이 산다는 산골에서 태어난 아저씨는 숲길 50리를 걸어 읍내 중학교에 입학을 했다. 입학식 날 촌로인 아버지를 창피해하는 아들의 속도 모르고 사자새끼들 틈에 강아지 두고 오듯 아버지의 발걸음은 무겁기만 했다.

"야 센징아, 이 썩은 걸 누가 먹으라고 내놓았냐?"

보퉁이에 넣어온 인절미를 기숙사의 일본인 선배에게 내밀었을 때 걷어 차버린 녀석의 발길 앞에 굽은 아버지의 허리와 주름진 어머니의 얼굴이 어른거렸다. 남모르는 외로움과 일본인들의 불공평한 대우에 불평 대신 성공해서 그들의 무릎을 꿇게 하리라고 공부하노라면 도시의 골목에서 차갑게 울려오던 호루라기 소리.

높은 산봉우리에서 고함을 지르고 벌판을 내달리며 가슴속에 서려있던 원망을 풀어버리던 여름방학, 산을 넘어가는 흰 구름을 보며 날개라도 단 기분으로 솟구치던 청운의 꿈.

기러기 떼 높이 날 때 언 손을 불며 흐린 등불 밑에서 공부할지라도 마음은 또렷했다. 풋풋한 솔 이파리 위로 산새들이 빛을 물고 내려오는 청명한 고향의 아침공기를 상기하며 순간순간 흐린 혼을 일깨웠다.

운동회 날이면 유도부원으로 멋진 메어치기 솜씨로 일본학생들을 내던져 아버지를 후련하게 했고, 번쩍이는 나팔 부는 밴드부원으로 운동장을 돌며 여학생들의 인기를 독점하기도 했다. 학년이 높아질수록 학과에나 운동, 예능 분야에도 뛰어났고 친화력으로 주변 사람들과도 좋은 관계를 유지했다. 널따란 꿈의 경지를 그리며 모든 것에 도전할 수 있는 기대로 고향집에 돌아와서였다. 아버지가 어머니와 가만 가만 나누는 대화를 엿듣게 되었다.

"저애 에미가 죽기만 했어도 쟤를 집에 두고 당신을 돕게 할텐데, 도대체 무슨 돈으로 동경유학을 보낸단 말유?"

전에 없이 어머니가 아버지께 따지는 것이 '나를 낳은 어머니가 멀지 않은 곳에 있구나 여긴 그는 집안사람 모르게 개울에 나가 밤새껏 돌팔매질을 해도 설움과 분노가 풀리지 않았다.

배를 타고 동경유학길에 오른 아저씨의 가슴엔 어릴 적 청운의 꿈 대신 바다에 부서지는 파도처럼 휘젓고 지나는 괴로움이 있었다. 다정한 유리꼬와 만나며 생모의 얼굴을 상상하기도 했고, 밤안개가 밀려오면 아버지의 노한 얼굴을 떠올렸다.

방학 때 고향에 돌아와 청년들에게 "우린 어머니가 없습니다. 우릴 낳아준 모국이 30여 년 동안 짓밟혀 어둠 속에서 살고 있습니다. 우린 열심히 공부해야만 어둠에서 벗어나 밝은 광복의 세계로 나갈 수 있습니다."고 글을 가르치며 심상치 않은 말을 해대는 아들이 과로로 쓰러지자 아버지는 출생에 얽힌 비밀을 일러주었고, 공부 시키지 말고 농사꾼의 자식으로 그냥 살게 할 것을 하고 후회를 했다.

다시 동경으로 떠난 아들이 광복이 되어 금의환향할 날을 기다리던 부모 앞에 아들은 친구에게 업혀왔다. 온전한 정신이 아니고 횡설수설하는 아들은 갖고 온 아코디언만을 아꼈다. 어렸을 때 자주 오르던 산이나 담 밑에서 신식 노래나 흥얼대는 아들을 애달파하던 노부모도 돌아가 버리고 나서였다. 홀연히 나타난 생모의 눈물 앞에서 노래를 부르며 어머니를 따라 고향을 떠났다는 재숙이네 아저씨.

"저 목장에는 여름철이 가고 산골짝마다 눈이 덮여도 나 항상 오래 여기 살리라. 아 목동, 아 목동 아 내 사랑아."

이국땅에서, 잃어버린 어머니와 빼앗긴 조국에 대한 울분을 달래며, 고향에 가면 생모의 품에 안겨 앞 논에 모심고 송아지나 기르며 살려는 소박한 꿈으로 〈아 목동아〉를 불렀었나보다. 잠덧하는 어린애처럼 흥얼대는 나이든 재숙이 아저씨를 어머니는 다독거려 잠재우곤 했다고 한다.

우리 동네 친척집 2층에 살며 아들을 보살피던 어머니. 부채질 해주는 어머니의 하얀 적삼 소매가 너울거리는 것을 보며 잠든 재숙이 아저씨는 꿈속에서 학이 날던 고향을 보았을까.

(1980.)

# 색깔 있는 그림자

30여 년 전 해외여행 때, 한밤중에 잠이 깨어 일어났다가 내 그림자에 놀란 일이 있었다. 흐릿한 수면등 뒤에서 시커먼 그림자는 방안을 꽉 채우고 있었다. 나는 놀란 가슴을 진정시키며 생각했다. 마음속에 숨겨둔 어두운 비밀이라도 있는 것일까. 나는 태연한 척 하면서도 마음의 그림자를 지니고 있었던 것 같다.

인간의 성숙이 완성되는 것과 해가 가장 높이 뜨는 정오에 같은 의미를 둘 수가 있을까. 행복으로 말하자면 좋아하는 대상에 도취될 때 너와 내가 하나가 될 때 행복할 것이다. 그때 그림자는 존재하지 않는다. 사랑하는 사람은 가슴속에 간직하게 되기 때문에 그 그림자가 따르지 않을 것이다. 그가 행복할 때 나도 행복하고 그가 불행하면 나도 서글프다. 그가 가는 곳에 나도 동행하게 되면 행복할 것이다.

정오의 해 아래서는 그림자가 없다. 인간도 고뇌와 시련을 이겨내고 나면 평화로워져서 어두운 그림자가 자취를 감추게 될까.

그림자는 다양한 각도에서 빛이 비칠 때에 여러 형태나 길이로 달라지지만, 부정적인 어두움으로서의 그림자는 짧을수록 아니 아예 없어지는 정오를 생각하게 된다.

욕심이 많아 자신의 처지도 모른 채 집착으로 그림자처럼 일이나 사람을 따라다녀 괴로움을 낳는 것을 보게 된다. 집착의 굴레에서 마음속으로 끈질기게 따라다니면서 아파하고 파멸하는 것을 많이 보아왔다.

실제로 내가 아는 지인은 지독한 열애 끝에 헤어진 사랑의 그림자가 따라다녀서 자신을 알아보는 사람이 없는 섬으로 떠났다. 자기 사랑이 아니라고 등을 돌리고 떠났던 여인에게서 멀어져서 섬에 가면 어느 정도 평온해질 것으로 알았다. 바라다 보이는 건 아득한 수평선, 손을 들어 올리면 금세 잡아질 것 같은 수평선은 눈길 줄 때마다 조금씩 더 멀어지고 마음으로 붙잡지 않으면 모든 것은 자꾸만 달아날 것만 같던 섬. 문제는 자신의 마음이었지 섬에서의 은둔과 고독은 더욱 외로운 존재임을 확인시켜주는 것 같아 다시 돌아왔다고 했다.

언젠가 내가 너를 잃게 되어도
그래도 너는 잠들 수가 있을까.
보리수의 수관처럼 네 머리 뒤에서
언제까지나 사랑을 속삭이는 내가 없이도

릴케의 시구 같은 애련함이 존재하는 사랑이야말로 영원할 것이다.

그림자는 마음 안에 잠재해 있던 무엇에 대한 지극한 열망이 생명을 얻어 태어난 나의 분신(分身)이 아닐까. 애지중지할 수는 없지만 그 그림자의 존재를 소중하게 받아들이려고 한다. 스스로 타오를 수가 없어 불빛 곁에서 피어나는 허상(虛像)이라고 비웃지는 말아야겠다. 날개 안에 아름다운 빛깔을 숨기고 있는 예쁜 새처럼 춤을 출 수도 있으리라. 그러나 어디엔가 환상과 노래까지 함께하며 살 수 있는 집에 안주할 수 없는 외로운 존재이다. 그림자는 집을 꿈꾸지만 끝없이 어리석게 삶의 뒤통수나 바라보는 공허한 존재인 것이다.

나는 한때 이름 모를 병에 시달려야 했다. 양의에게 진찰을 받았는데 이렇다 할 병명이 나오지 않았다. 연세 높은 한의를 찾아갔을 때 오랫동안 맥을 짚어본 노 의원은 내 병이 마음에서 비롯된 것 같다는 의미심장한 말씀을 들려주었다. 나는 명사를 섭외할 능력도 없으면서 유명프로그램에 샘을 냈고, 막상 닥쳐도 감당하지 못할 텐데 어려운 것에 대한 무모한 욕심을 내지 않았던가. 그리움의 사슬을 끊을 수 없어 애태웠고, 용서해도 될 만한 잘못을 저지른 이에 대한 미운 마음으로 괴롭지 않았던가, 원수를 사랑하라는 기독교 진리에 익숙하면서 빛을 향하는 마음을 지니지 않은 채 살아온 것을 뉘우쳐야 했다. 한동안 마음속에 어두운 그림자가 드리워서 몸까지 괴롭혔음을 깨달았다.

진짜 그림자는 덧없는 거품과 같이 무게도 없이 허무하지만, 마음속의 그림자는 격렬한 몸짓이 없어도 괴롭게 흔들리게 하고, 고뇌, 풀무질까지 서슴지 않았다. 크고 작은 파도가 물러난 뒤의 넓고 평온한 가슴을 지닌 바다. 고요한 일몰을 아무렇지도 않은 듯 황홀한 빛으로 물들이고 있는 바다에서 오래 머무르고 싶다.

최근 친구들의 모임에서 무서운 것에 대한 얘기가 나왔는데, 어떤 친구는 치매가, 또 고독이라는 친구도 있었다. 젊은 날 해외여행 때 내 그림자가 무서웠다는 나의 고백에, 한 친구는 그림자의 색깔이 시꺼먼 것이라 그랬을 거라면서 웃는다. 다른 친구는 함께 갔더라면 그림자에 색깔을 칠해줬을 텐데, 하고 아쉬운 표정까지 지었다. 어쩌면 무미건조해서 외롭게 빛깔 없이 사는 내겐 검은 그림자가 어울린다고 대꾸하는 마음속이 편안치가 않았다. 넉넉한 나이에 이른 지금도 마음속의 그림자가 걷히지 않아서였을까.

딸들에게 왕국을 나누어준 후 황량한 광야로 쫓겨난 리어왕은 비로소 묻는다. "여기 누구 나를 아는 사람이 없는가? 이건 리어가 아니야.… 네가 누구라고 말할 수 있는 자, 누구인가?" 옆을 지키던 광대가 대답한다. "그건 당신의 그림자요."

셰익스피어의 비극 ≪리어왕≫의 마지막에 나오는 장면이다. 그림자가 보이든 안 보이든 우리 인생은 그림자를 쌓아가는 일이다.

(2015.)

# 보이지 않는 유령

어릴 적의 친구들이 어느덧 노년이 되어 한정식 집에서 모임을 가졌다.

몇 사람이 무가 푹 무른 갈치조림이 맛있다고 추가로 더 시킨다. 나는 무를 싫어했던 어렸을 적 생각이 났다. 달거나 시지도 않고 익으면 물컹물컹한 그야말로 무맛의 진가를 몰랐다. 어른들이 생선조림을 할 때 냄비에 무를 두툼하게 깔아서 불만이었다. 조림그릇에 맛있는 생선토막이 많구나 하고 좋아하다보면 '네 안에 내가 있다'는 듯이 나오는 무 토막에 짜증이 나곤 했다. 무야말로 주체성이 없이 남의 맛을 옮겨 받아 알짜의 맛을 희석시키는 존재로 여겼었다.

어느 해 가을, 무청이 푸른 숲 같던 무 밭에서 뽑아 먹은 생무의 시원하고 달며 알싸한 맛에 침몰했었다. 그해 겨울 양식이 없어서 무를 썰어서 삶은 것을 끼니로 때우던 친구도 한 쪽에 앉아 있는데 본인은 잊어버렸을 것이다. 김장을 담글 때면 배추라는 주재료만큼 무도 많이 사서 채를 썰었다. 땅 속 항아리에 묻었다가 맛있게 숙성된 김장김치를 썰어먹을 때 배추와 무채, 양념, 젓갈이 잘 어우러져 발효된 것임을 깨달았다.

세상은 저 잘난 맛에 사는 것인데 무맛이 어쩌니 음식궁합이 어쩌니 하며 소화를 돕는 성분이 있어서 이롭다는 평을 들으며 무는 자존심이 상했을까. 무 자신은 주재료에 기가 눌려 자신은 도움을 주는 것에 불과하다고 자책하지도 않았을 것이다. 어쩌면 자신은 강물 속에 섞여 가는 물줄기이면서도 청신한 계곡물이었던 본분을 고집하는 것처럼 무만의 독특한 세계를 지향하는 혼이 있다고 외쳤는지도 모른다.

음식뿐만 아니라 세상일, 예술에 이르기까지 조화와 균형이 성공을 좌우한다는 것은 자명한 이치이다. 주일학교 성극에서 내 앞에 앉은 S가 여자 주인공이었고 나는 그 언니로 중요하지 않은 배역을 맡아 자존심이 상했지만, 신도들의 좋은 반응에 우쭐하면서 주인공이 아니더라도 중요한 존재였음을 깨닫기도 했다. 합창에서도 소리 좋은 솔로가 부러우면서 많은 숫자의 합창대원의 뒷받침이 없으면 합창이 될 수 없다고 자신을 위로했다.

옆 자리의 B와는 함께 한동안 문인화를 배웠다. 문인화에서 바위와 난초는 난초 잎의 곡선과 산의 몇 만 년 침묵과 명상이 다듬어 낸 바위와 잘 어울리는 것을 보았다. 조화와 균형을 이루는

두 가지의 배합, 가녀린 선과 바위의 의지를 담아 그린 난초화의 우아함. 가장 고요하고 편안하고 자유로운 선이 바위와 어울려서, 우리 마음속으로 뻗어 나와 영원의 세계로 이어지는 조합이라고 생각했다.

살아오면서 주연만 중요한 것이 아니고 조연의 뒷받침이 있어야 주연이 더 빛나게 되고 단역에 이르기까지 모든 구성원의 중요함을 깨달았다. 그리고 콤비를 이루어 빚어내는 아름다움도. 그후 생선조림의 무는 생선의 비린내도 가져주어 담백하면서도 구수하게 한다는 것도 알게 되었다. 맛을 희석시키는 것이 아니라 중화하여 오히려 맛의 밀도를 높여주는 것이라는 발견 아닌 발견도 하게 되었다.

떠올리기도 싫은 선박의 사고에 대한 배상문제를 누군가 꺼냈다. 그 사고도 화물의 무게가 균형을 잡아주지 못해서 일어나지 않았던가. 선장은 배의 안정과 균형을 위해 배 밑바닥에 무거운 짐을 골고루 실어서 수평상황을 먼저 알아본다고 한다. 그래야 파도가 치면 배의 쏠림이 있다가도 정상으로 회복할 수 있다는 것이다.

주연과 조연의 조화와 균형이 서로 다른 것들이 어우러져 섞이고 스며서 서로의 맛을 보완하며 제3의 극치의 맛을 낸다는 사실을, 함께 자리한 친구들도 일찍이 터득했을 것이다. 그런데 선박 사고 배상에 대해 양쪽이 대립하여 다른 이론을 펼치느라 목소리가 커진 친구들도 있다. 이럴 때 유연하게 중화시킬 수 있는 무 같은 역할을 내가 맡을 수 있을까 고민하는데, 아파서 못 온다던 친구가 들이닥쳐서 언쟁은 다행히 끝나버렸다. 젊어서는 상처 받기 쉬워서 갑각류처럼 단단한 껍질로 무장했던 친구들도 이제는 삶은 무처럼 마음의 속살을 드러내서 푸근하다.

여고 시절 함께 읽은 세르반테스의 ≪돈키호테≫에서도 돈키호테와 산초가 다르기 때문에 부딪치는 것을 보았었다. 우스꽝스럽고 열성적이며 이상적인 돈키호테와 세속적이며 현실적인 성격의 산초가 대립한다고만 생각했었다. 하지만 알고 보면 그들은 성격의 대척적인 측면은 교묘히 상호 보완적인 결과가 되고 우여곡절의 과정을 거쳐 서로 친근한 우정을 가지기에 이른다. 사실 우리 오랜 친구들도 언제부턴가 누구 하나 튀려는 사람이 없이 원만해져서 어려운 일 당한 친구에게 어깨를 빌려주어 기대게 하는 따뜻한 우정이 넘친다.

얼마 전에는 오랜만에 직장동료들을 만났더니 분위기가 좀 달랐다. 이젠 어디를 가도 유령취급을 당한다고 푸념들을 했다. 왕년에 오피니언 리더로 이름을 날리고, 예리한 비판에 앞장서서 당당했던 주역이었는데, 이제는 자신들의 모습이나 목소리의 존재를 느끼지 않으니 유령이 아니냐고들 했다.

인간은 어떤 일에 종사하든 미완성의 존재로 끝없이 자신을 완성시키려고 노력해야 하리라. 지적인 면에서 미완성을 깨달으면서도 부족하고 세련되지 못한 존재인가는 의식하지 못한다. 나이 들었으니 이제는 남과 자기를 비교하여 뛰어나려고만 하지 말아야 하지 않을까. 남의 것을 탐하지 않고 분수껏 살고자 성심껏 주위의 사물과 화합하여 최고의 선을 이뤄야 한다고 마음먹을 수밖에 없는 노년이다. 어쩌면 자신을 완전한 존재로 끌어올리기보다 무의 역할을 담당해야 한다는 것을 아직도 억울해하는 눈치였다.

아직도 불쑥불쑥 되살아나는 개성 때문에 부딪치면서 다른 삶들과 균형 잡힌 관계를 벗어나 독자적인 자유만을 추구한데도 누가 존중해줄까. 아무리 뛰어난 척해도 젊은이들에게는 유령일 수밖에 없는 처지를 인정해야 하니 씁쓸하다.

'합력하여 선을 이루나니⋯'의 성경말씀을 이해하며, 자신이 무 같은 존재가 될 때 화평한 세상이 되리라는 생각은 젊었을 때는 못했던 것 같다.

집으로 돌아오는 길에 강변을 지나쳤다. 강가에서 너와 나의 경계가 허물어질까봐 노심초사하며 사는 삶에서 벗어나, 냇물도 빗물도 상류의 흐름도 모두 받아들여 강물이 힘차게 흘러가는 것임을 또 한 번 깨달아야 했다.

(2015.)

# 시간이 약

그림을 좋아해서, 화가의 표현이 무엇을 말하려 했고 아름다움을 응축시켰는지 화집 들여다보기를 좋아한 때가 있었다. 그런데 라디오 PD시절, 슈베르트의 ≪방랑자환상곡≫ CD(그라모폰 발행) 표지에서 카스피르 다비드 프리드리히(1774-1840)의 〈안개바다 위의 방랑자〉를 처음 보았을 때는 가슴이 섬뜩했었다. 위태롭게 보이는 바위에서 한쪽 발을 내밀고 서 있는 뒷모습의 신사가 안개 속으로 곧 뛰어내릴 것 같았다. 르노와르의 그림들처럼 삶의 환희와 행복을 느끼게 하거나 반 고흐의 〈별이 빛나는 밤〉처럼 생동감과 신비감을 주는 그림을 좋아했기에 그 CD는 선곡도 하지 않았다.

1972년, 돈 맥클린(Don Mclean)이 "Starly starly night······"로 시작되는 빈센츠(Vincents 빈센트에게)를 발표했는데, 반 고흐에게 바치는 노래였다. 광인(狂人)으로 취급받은 빈센트 반 고흐

(1853~1890년)의 그림을 앞에 놓고 위대한 반 고흐의 정신을 회상하며 현대의 부조리, 불합리성을 반영시켰다. 노래가 좋아서 막연히 보았던 〈별이 빛나는 밤〉 그림도 좋아졌었다.

〈별이 빛나는 밤〉은 "별을 보는 것은 언제나 나를 꿈꾸게 한다."던 반 고흐가 죽기 얼마 전에 그렸다. 밤하늘을 진한 남색, 별과 달은 노란색으로 칠했다. 굵은 붓놀림의 동적인 터치로 하늘을 그리고, 그 아래 평온하고 고요한 마을을 그렸으나 움직이는 밤의 운행도 느껴졌다.

명화는 예술적 안목이 없는 이에게도 말로 표현하기 힘든 것까지 느끼게 해준다. 그리고 세상이나 우주를 보는 새로운 시각을 제시하기도 한다.

수필가 K씨가 수필집을 보내왔는데 뜻밖에도 프리드리히의 〈안개바다 위의 방랑자〉그림이 표지였다. 그 그림의 첫인상을 수정하려고 해설을 찾아보고 찬찬히 그림을 들여다보았다. 돌아선 신사의 뒷모습에서, K씨가 나처럼 세상을 등지는 절망감을 가졌다면 귀한 책에 표지로 쓰지 않았을 것이다.

나는 프리드리히가 일찍이 어머니를 잃고, 동생이 물에 빠져죽는 모습(혹자는 형이 물에 빠진 자신을 구하려다 죽었다고 함)을 무기력하게 바라봤던 트라우마로 우울증에 걸려 수차례 자살을 기도했었다는 것을 알았다. 그러나 뒷모습이어서 신사의 표정은 알 수 없지만 절망적으로 본 것은 나의 편견이었다. 화가는 자연에 대한 경외, 거대한 산악과 광활한 바다에 대한 열정을 지닌 낭만파 예술가 중의 하나였다. 늘 산책용 지팡이와 스케치 도구를 들고 혼자 숲으로 다니며 자연과의 밀회를 즐겼다는 프리드리히. 위태해 보이는 바위 끝에 뒷모습을 보이고 서 있는 이는 화가 자신으로 골짜기에서 피어오른 안개의 바다, 거기서 드러난 바위기둥들과 먼 산맥을 바라보고 있다. 그의 풍경화들은 직접 풍경을 보며 그렸지만 자연을 충실히 담아내지 않고 오히려 극적이고 인상적인 효과를 연출하고자 의도했다고 한다.

평범한 처지의 사람들도 뜻밖의 사고나 중병을 앓고 나서 세상이나 우주를 보는 새로운 시각이 생긴다. 위기에서 벗어난 기쁨으로 매일 맞던 아침이 더욱 눈부시게 느껴지고, 무심코 보던 앞산도 더욱 짙푸르게 느껴질 것이다. 화가들은 프리드리히와 반 고흐뿐만 아니라 칼로, 뭉크, 로트레크 등 많은 이들이 역경이나 트라우마를 극복하고 명작을 탄생시켰다.

프리드리히가 어릴 적 동생(혹은 형)의 죽음을 보고 트라우마를 겪었다면 반 고흐는 형의 죽음으로 색다른 트라우마를 겪었다. 부모가 한 살 먼저 태어나서 죽은 형의 이름을 그대로 물려주어서 형의 이름으로 일생을 살았던 반 고흐. 어릴 때 부모를 따라 똑같은 이름의 형의 무덤을 찾았던 그의 트라우마는 한 생애를 지배했다. 그가 광적 정신착란 상태가 심해져서 정신병원에 입원했을 때 〈별이 빛나는 밤〉이 나왔다고 한다. 그런 그는 결국 자살로

생을 마쳤다.

　나이든 요즈음에 〈별이 빛나는 밤〉을 보면 몽환적이면서 화가가 죽음을 예감한 듯 느껴진다. 현실이 고단했던 그에게 죽음은 별을 보러 갈 수 있는 유일한 수단이라 생각하지 않았을까. 반면 요즈음 〈안개바다 위의 방랑자〉를 보면 영원하고 무한한 자연현상을 고독하게 바라보는 인간존재의 위대함을 느끼고 희망을 갖게 된다. 헤르베르트 폰 아이넴이라는 예술사학자가 "프리드리히는 풍경을 그린 것이 아니라 우리 독일인들이 풍경과 더불어 조용히 묵상하는 그 순간의 영혼을 그린 것"이라고 했다는 말도 공감된다. 신비스러운 자연 앞에서 세계에 대한 성찰과 자기 존재에 대한 반성을 통해 새로운 삶을 꿈 꿀 수 있는 가능성도 볼 수 있다.

　현대를 살아가는 사람들은 불안과 회의를 느낄 때 위대한 자연을 관조하며 깨달은 선인들의 지혜를 생각하게 된다.

　〈안개바다 위의 방랑자〉를 처음 보고 절망적으로 느꼈던 때, 나는 어떤 회의에 빠졌었던가. 경쟁사회의 살벌한 현장인 직장에서 태생적인 열등감과 상처에서 헤어나지 못하고 절망적인 상태였던 것 같다. 그야말로 안개바다에서 방향을 못 찾아 헤매고 있었나보다.

　최근엔 트라우마를 극복케 하는 그림치료도 있다. "그림치료에서는 작품에 대한 기본 정보, 심리학적 설명이 이뤄진 뒤 '나에게 보내는 편지' 등을 직접 쓰거나 그리는 방식으로 구성돼 있고, 편지의 내용에 따른 피드백도 함께 담아내면서 상태를 점검하고, 치유하도록 돕는다.''(김선현 ≪누구나 상처를 안고 살아간다≫)고 한 다.

그림치료 같은 것을 받지 않고도 〈안개바다 위의 방랑자〉 그림 을 긍정적으로 보게 된 지금 '시간이 약이었음을 되돌아보게 된 다.

(2017.)

다리를 건너며

# 다시 태어나는 나무

　도스토예프스키는 28살 때 비밀결사에 연루되어 사형언도를 받고, 사형장에서 집행 전 5분 동안의 시간을 받았다. 소중한 5분, 그는 자신을 알고 있는 이들에게 작별기도에 2분을 쓰고, 옆에 있는 사형수들에게 작별인사를 나누는데 2분, 나머지 1분은 자연의 아름다움과 최후의 순간까지 서 있는 땅에 감사하기로 작정하였다. 그는 작별인사와 기도에 벌써 2분이 지나버려서 28년 세월을 허투루 쓴 것을 후회하며 회한의 눈물을 흘리는데, 주위가 소란해졌다. 황제의 특사명령을 갖고 온 병사가 도착해서 그는 시베리아 유형생활 4년을 끝내고, 평생 그때의 5분간을 생각하며 시간을 마지막 순간처럼 소중하게 여기고 살았다. 세계적 문호가 되기 전의 도스토옙스키처럼 마지막 순간의 5분을 절감하지는 않더라도, 잃어버린 시간이 돌아오지 않음이 안타까운 계절이다.

　오래된 과거는 아쉬운 생각에 감미로운 추억으로 미화되기도 한다. 나는 늦가을이면 40년 전에 살던 행촌동의 은행나무를 찾고 싶어진다. 큰 은행나무가 있어서 이름 붙인 행촌동(杏村洞)에 살 때는 그 나무를 좋아했다. 몇 년 전 찾아가보니, 그 나무 곁에 전에는 없었던 〈권율 도원수(權慄 都元帥) 집터〉 '임진왜란 때 행주대첩을 거둔 도원수 권율 집을 짓다.'라는 표지판이 붙어 있었다. 서성거리는 내게 주민이 다가와 권율 장군이 집 지을 때 심은 나무여서 나이가 420살이라는 나무, 이파리가 몇 개 남지 않은 나무 곁에 서보았다.

나보다도 훨씬 먼저 그 나무에 반해서 곁에 집을 짓고 산 미국인의 정체가 9년 전(2006년)에 세상에 알려졌다. 우리 가족이 그 동네 살던 당시엔 선교사네 집이었다고 알려진 붉은 벽돌집에 무주택자인 넝마주이들이 살았었다. 2006년, 기업인이자 언론인 앨버트 테일러(Albert Wilder Taylor, 1875~1948) 부부의 아들 브루스가 한국에 와서 그 집의 내력을 밝혀주고 관련 사진들을 서울시에 기증하면서 방송과 신문에 보도되었다. 서울의 자연을 사랑한 테일러 부부가 성곽 길 순례 중 북악산에서 인왕산 쪽 성벽을 내려오다가 아름다운 큰 은행나무에 반해서 1923년, 딜쿠샤(Dilkusha, 힌두어로 이상향, 기쁜 마음의 궁전, 행복한 마음)라는 2층 벽돌집을 짓고 1941년까지 살았다. 앨버트는 UPI통신사의 프리랜서 특파원이어서 3·1운동을 세계에 알리고, 독립운동을 도운 이유로 왜경에게 체포되어 6개월의 옥살이 후 1941년에 추방되어 그 집은 방치되었던 것이다. [최근엔 딜쿠샤의 이야기를 담은 메리 린리 테일러의 자서전 《호박목걸이》 (송영달 번역 )가 출간되었다.]

비장하고 진지한 도전 등 밀도 있는 삶을 산 사람의 행적을 아쉬워하던 차에 딜쿠샤의 주인공들이 뒤늦게 알려져 기쁨을 누리게 해주었다. 그 사실을 알면서도 이파리를 떨구고 겨울을 나기 위해 무거운 침묵을 지키는 은행나무 옆에서 지난 시간의 회한과 자책에 빠져보았다.

지나온 한 해가 긴 인생으로 볼 때 무척 짧은 세월이지만, 돌이켜보면 잘못 판단하고 틀린 결정을 하여 위기는 없었는가, 무엇보다 주변의 부정적인 일을 보고도 방관하며 시간을 허송하지는 않았는지. 외롭게 몸을 던져 싸운 일은 없지만 뚝심과 정공법으로 이겨내는 승리에는 박수치며 기뻐했다. 다방면에서 소중하고 귀한 것을 발견하는데 타이밍을 놓치고 살지는 않았는지 생각하며 은행나무의 둥치를 바라보니, 단풍들어 떨어진 자리에 작은 이파리가 다시 피어나고 있다. 내년 봄의 소생을 서두르는 걸까.

현재 속의 과거인 은행나무는 임진왜란 때 '해전에서는 이순신, 육지전에서는 권율'이라는 공을 생각나게 하고, 20세기 전반 식민지였던 우리의 독립을 도왔던 테일러를 생각하게 한다. 다시 새잎이 피어나고 굳센 생명을 이어가는 은행나무가 좋은 목표와 계획을 세워 실천해 가는데 원동력이 될 수 있을 것 같다.

은행잎이 떨어질 때마다 가졌던 떨어진다는 부정적인 생각들을 하나씩 하나씩 지워갈 때이다.

시베리아 유형생활에서 절박한 시간 틈틈이 한 권의 책, 성경을 읽은 도스토옙스키는 후일 다시 태어나는 나무처럼 ≪카라마조프 가의 형제들≫을 비롯한 걸작을 쓰게 했던 것을 기억해내며 은행나무 곁을 떠나왔다.

(2015.)

# 다리를 건너며

　가로수 사이로 보이는 강물도 초록빛을 머금었다. 강변대로를 벗어나 마포대교에 이르니 너른 강폭의 물결이 햇살에 반짝인다. 봄 강물은 망각의 대지에 새움을 틔우듯 기억을 소생케 하는 생명의 소리로 다가온다. 서울 사람이라면 하루에 한강을 건너지 않는 사람이 얼마나 될까. 치렁한 강물을 보며 메마른 가슴을 축이고 비상을 꿈꾸며, 반목과 오해에서 화합과 화해의 흐름을 기원할 것이다.

　한때는 마포대고를 건너며 출퇴근했었다. 강물이 안개에 덮여 있는 새벽 출근 때면 아련히 뱃고동 소리가 울려올 것 같았고, 맑은 날 서강 쪽에 피어난 짙은 노을은 역동적으로 다가왔었다. 그날이 그날처럼 자아를 잊고 사는 나이든 일상에도 강물은 아직도 생동감을 부추기며 진하게 살라고 함성을 내는 것 같다.

　물결을 내다보니 레마르크의 ≪개선문≫에서 라비크가 지친 조앙을 처음 만났을 때의 장면이 생각난다. 센 강의 퐁 드 랄마교(橋) 근처였던가. 센 강의 회색 물결이 다리 그림자 밑으로 끊임없이 흘러가고 있었다. 그 장면은 밤이었고 지금은 한낮이다. 지금 건너는 마포대교에는 잘 알려지지 않은 개통 때의 일화가 있다. 1970년 5월, 개통식이 있던 날 새벽의 일이다. 1968년 불도저로 불리던 김현옥 시장이 한강개발의 핵심사업으로 마포와 황무지였던 여의도를 잇는 공사를 시작해서 준공이 끝난 것은 1970년 5월이었다. 그런데 김 시장은 그해 4월에 와우아파트 붕괴사건으로 마포대교 개통식 며칠 전에 시장직에서 물러났었다.

개통식 날 새벽 취재를 나갔던 기자는 이른 시간에 뚜벅뚜벅 다리를 걷고 있는 김현옥 시장을 만났다. 비록 자신은 시장직에서 물러났지만 성공적으로 공사가 이뤄졌는지 직접 눈으로 확인하고 싶었고, 후임 양택식 시장에게 완전한 다리를 물려주려고 와보았다고 한다. 그분이 다리를 다 건너서 차에 오르려는데 신임 양택식 시장이 나타났었다. 행사 전에 미리 소중한 다리를 밟아보려고 왔던 양 시장과 김 시장이 힘껏 악수를 나누면서 떠나는 분은 잘 부탁한다고 하고, 양 시장은 선임자에게 그동안 너무 애쓰셨다고 하는 모습이 참 보기 좋았다고 한다.

이제는 책임과 최선을 다하고 신뢰감을 주던 옛이야기가 되었고, 마포대교는 2천년에 시작했던 보수 확장공사로 2005년에 10차선 도로가 되었다. 작년엔 미국영화 ≪어벤져스 2≫의 촬영지로 세계적으로 알려지기도 했다. 마포대교가 여의도를 금융 중심 한국의 맨해튼으로 비약시키는 발판이 되고 한강의 기적을 이루는데 크게 이바지한 것처럼, 우리에게도 희망이나 미래를 이어주는 마음의 다리를 놓아야 한다는 생각이 든다. 다리를 만들어서 건너편과 소통하고 협력하여 화목하고 다른 이의 의사를 존중하면 좋은 사회가 되지 않을까.

순조롭게 다리 위를 지나지만 도회인들이 떠돌이 생활의 주인공으로 여겨지는 것은 그때나 지금도 마찬가지. 다리를 지나며 도약을 꿈꾸던 사람들은 좌절을 겪지 않고 뜻을 잘 이뤘을까. 바쁘고 고달프게 떠도는 이들의 마음속에 아름다운 꿈을 꾸는 물줄기가 힘차게 흐르면 좋겠다.

시원하게 넓은 한강, 저마다 읊조려 보는 애환의 노래를 싣고 강물은 힘차고 도도하게 흘러가고 있다.

(2015.)

# 신명나는 환상여행

오페라 연출가 로버트 카슨(Robert Carsen)이 공간배치와 예술 감독을 맡은 전시회가 국내에서 열리고 있다기에 몹시 반가웠다. 카슨이 국내신문 인터뷰에서 "오페라를 연출할 때 옆방에 작곡가와 극작가가 커피를 마시며 담소를 나누고 있을 거라 상상해요. 그러면 마치 어제 일어난 일처럼 작품을 생생하게 그려낼 수 있죠." 했던 말이 생각났다. 이런 비결을 읽고 오페라의 한 장면이라도 전시되어 있을 것으로 예상하며 전시장을 찾았다. 서울 DDP(동대문디자인플라자 6월 8일–8월 27일)에서 열린 패션 브랜드 루이비통(Louis Vuitton)의 전시 '비행하라 항해하라 여행하라(VOLEZ VOGUEZ VOYAGEZ)' 가 신문기사에도 나온 제목인데 나는 당황했다. 뜻하지 않게 명품가방이나 구경하려고 한 것은 아닌데.

이번 전시는 루이비통의 앤티크 트렁크를 시작으로 다양한 오브제와 문서를 비롯해 파리 의상장식박물관 팔레 갈리에라 소장품 및 개인 컬렉션 등이 선보였다. 1854년 루이비통의 창립 초부터 현재와 미래에 이르는 160여 년의 메종의 여정을 조명한다는 안내책자를 들여다보다가 인파에 떠밀려 전시장으로 들어갔다. 1906년도 트렁크가 놓여 있는 첫 번 방. 현재의 미끈한 핸드백이 큰 여행 가방에서 비롯되었음을 짐작케 했다.

전시회에서 제품홍보의 상술에 현혹되지 않으려고 무장했던 마음이 잘 고안된 전시 칸에서 경이로운 느낌도 들고 테마도 조금씩 달라져서 점점 흥미를 갖게 되었다. 전시실 내부 디자인은 명 연출가 로버트 카슨이 담당한 성과가 느껴졌다. 특히 항해(航海) 전시관에서는 실제 너른 바다에 와 있는 느낌이 들었다. 한 폭의 회화 같은 무대 디자인으로 화제를 일으켜 온 카슨은 루이비통 전시장에도 곳곳에서 실감을 높여주었다. 크루즈선을 타고 여행할 때 썼던 트렁크를 전시하는 공간에 벽면 가득 물결치는 바다 사진을 붙이고 그 앞에 30도 정도 기울인 뱃머리를 놓아 보는 이들에게 실제 항해하는 듯한 느낌을 갖게 한 것도 그중 하나다. 같은 방의 아름다운 사막을 배경으로 전시된 트렁크들은 광야에 선 인간의 존재를 생각나게 했다.

항해한 뒤 비행기 타는 방으로 넘어 가는 길, 숲속 느낌의 길이 멋스러웠다. 끝부분은 짙푸른 나무 사이로 걸어 나가고 싶게 원근법을 살린 길이 실감났다. 모형 비행기가 진열된 방부터 핸드백들이 놓여 있고, 특히 기차 전시관에서는 실제 옛날 기차에 오른 것 같은 느낌이 들었다. 차창처럼 만든 화면에선 설원과 나무들의 자연영상이 흘러 마치 그 시절 기차에 올라탄 듯한 착각을 불러일으켰다. 과연 카슨의 아이디어가 남다름을 실감하면서 나도 어디론가 여행을 떠나고 싶은 생각이 솟구쳤다.

〈비행하라 항해하라 여행하라〉는 제목의 전시회에서 여행하고 싶은 생각이 들게 했다면 전시회의 홍보성과는 큰 것이라고 여기며 남은 전시 칸 둘러보기를 포기하고 인파를 헤치고 나오다가 생각나는 책이 있었다.

꾸뻬라는 정신과 의사가 성공한 정신과 의사임에도 불구하고 불행한 사람들에게 행복하도록 돕기 위한 해결책을 찾으러 여행을 떠나는 ≪꾸뻬 씨의 행복 여행≫(프랑수아 를로르 지음). 중국 프랑스, 흑인의 나라, 모든 것이 많고 큰 나라 등을 돌아다니면서 다양한 이야기를 가진 사람들을 만나 행복에 관해 느낀 것들을 적어간다. 꾸뻬 씨는 삶에 만족하며 행복하게 사는 사람이 있는 반면 일에만 열중하며 행복하게 살지 않는 사람도 있는 것을 느낀다. 그리고 대부분의 사람들은 행복을 미래의 목표로 생각하고 있었다. 현재에 성실하면 미래에 행복하게 될 거라고 미래의 일로만 미루고 있다. 하지만 행복은 목표가 아니라, 진정한 행복은 지금 이 순간 존재하는 것으로 현재의 선택이라고 할 수 있다. "지금 이 순간 당신이 행복하기로 선택한다면 당신은 얼마든지 행복할 수 있습니다."가 인상에 남았다.

행복은 때때로 뜻밖에 찾아온다. 행복은 자신이 좋아하는 일을 하는 것이라는 말이 생각났다. 처음엔 카슨의 예술적인 오페라 연출의 한 장면을 기대하며 왔지만 행복은 미래에, 먼 훗날에 존재하는 것이 아니라 지금 이 순간에도 존재하는 것이라고 느꼈다. 트렁크가 점점 작고 가벼워져 21세기 도시 여성에게 어울리는 핸드백으로 진화하는 과정을 알게 한 전시이지만 예술적으로 꾸며져서 미감 이상의 감동을 주었기 때문이었다.

《꾸뻬 씨의 행복 여행》에는 목표를 정하는 것이 꼭 나쁜 것만은 아니지만 행복을 위한 목표가 우선시되어 오히려 행복을 놓치는 경우가 있기 때문에 현재의 행복을 경시해서는 안 된다는 내용이 있다. 이 책의 마지막에 나오는 배움들이 행복에 관한 명쾌하고 구체적인 해답을 원하는 사람들에게는 따분하고 당연한 말들로 느껴질 수 있다. 하지만 행복은 누군가가 가르쳐 주어서 깨달을 수 있는 것이 아니라 스스로에게 질문을 던지고 무언가 느낄 수 있을 때 진정으로 느낄 수 있는 것이라 생각한다. 꾸뻬 씨가 언급한 배움 23가지 중에서 가장 나에게 와 닿은 것은 '행복의 첫 번째 비밀은 자신을 다른 사람과 비교하지 않는 것이다.'는 배움1과 '행복은 자신이 좋아하는 일을 하는 것이다.'는 배움 10, 그리고 '행복은 사물을 바라보는 방식에 달려 있다.'는 배움 20이다.

진정한 행복은 존재할지 의문이지만 나름 행복에 대해 생각하고 여행해본 일이 있는가 돌아보게 된다.

"삶에 대한 것들을 얌전히 기다리라고 배워온 나 같은 사람에겐 무언가를 스스로 찾아나서는 여행이야말로 삶을 매력적으로 만드는 일이다. 꾸뻬 씨의 여행은 나 프랑수아 를로르의 여행이나 마찬가지다."고 한 저자 서문에 나온 말이 잊히지 않는다.

"어려서부터 오페라, 발레, 클래식 공연, 전시를 두루 섭렵해 모든 예술은 하나로 통한다는 생각이 확고했다."는 카슨이 꾸며 놓은 환상여행. 전시장 밖으로 나오니 굵은 장맛비가 쏟아졌다. 가뭄 끝 비는 창조주의 위대한 연출에 신명을 더한 것, 로버트 카슨의 연출도 신명을 더한 것이었다.

(2017.)

# 바나나 가정법

친구 C는 바나나를 먹지 않는다. 30년 전, 입원했던 노모(老母)가 다른 음식을 못 들고 얼마동안 바나나로 연명했는데, 당시엔 바나나가 너무 비싸서 다른 형제들처럼 자주 못 사드려서 한이 맺혀 있다. 가난한 집 맏며느리로 툭하면 남편의 월급을 가불해 쓰는 처지여서 모처럼 듬뿍 사서 병원에 갔을 땐 어머니가 운명한 뒤였다는 것이다.

동전을 공중으로 던진 다음, 손으로 받았을 때 앞면이 나왔다면 그 앞면은 실제 일어난 사실이 되고 뒷면은 일어나지 않은 사실이지만, 일어날 수도 있었던 사실이다. 미국의 사회심리학자 닐 로즈(Neal Roese)는 일어날 수도 있었지만 일어나지 않은 사실을 '사후 가정적 사건'이라고 한다. 친구도 "만약 내가 좀 더 일찍 바나나를 사 갔더라면 더 사실 수 있었을 텐데…" 하고 후회를 한다. 나는 애초에 불가능한 일을 가정하는 일을 부질없다고 생각해왔다. 그런데 닐 로즈는 ≪If 심리학≫에서 일어나지 않은 일을 가정해보는 '사후 가정적(事候假定的)' 사고 자체가 창조적이고 생산적인 통찰과 자기향상의 과정이라고 했다.

나는 친구처럼 바나나에 맺힌 한은 없지만 바나나를 좋아하지 않았다. 대학병원에 입원했던 멋진 선배를 급우들과 문병 간 일이 있었다. 나와 세 친구는 용돈을 모아 사과 몇 개를 사갔을 뿐인데 평소 오만해 보이는 친구가 사온 야구장갑 같은 바나나가 우리를 초라하게 했었다.

그것 때문에 바나나를 좋아하지 않은 것은 아니다. 바나나는 동그랗고 예쁜 사과나 복숭아 같은 과일처럼 설렘을 주지 않았다. 새콤한 맛이나 매혹적인 향이 없고, 껍질을 쉽게 벗길 수 있어서 신비함도 느껴지지 않았다. 토실토실하고 푸근한 과육으로 누구나 감싸주고 싶어 손을 벌리고 있지만, 노란 레몬처럼 신맛으로 긴장감을 불러일으키지도 않았고 꼭 먹고 싶다는 매력이 느껴지지 않았다는 단순한 이유이다.

그런데 최근 바나나가 좋아지기 시작했다.

애써 가꾸지 않아도 수확할 수 있는 아프리카에선 쉽게 먹을 수 있는 양식이기도 했으나 수입해 먹는 나라에선 사치스러운 가격이기도 했던 바나나가 근년엔 고구마 값보다 싼 것이 믿기지 않을 정도이다.

열대지방에서 세계 곳곳으로 팔려나가는 바나나. 대학 시절 라디오에서 해리 벨라폰테(Harry Belafonte 1927–)의 히트곡 '바나나 보트(Bannana Boat)'송으로 알려진 〈데이 오(Day–O)〉를 자주 들었다. 걸쭉한 목청으로 '데에이오'를 길게 뽑으며 시작하는 그 인상적인 노래가 고달픈 노동 속에서 흥을 내고자 하는 노동요에서 비롯된 것이었다.

'데이 오'는 'Day dahlight', 즉 '날이 밝아온다'는 뜻의 자메이카 방언으로, 노동자들이 밤중에 부두에서 수출하는 바나나를 배에 실을 때 부른 노래이다. 자메이카 섬은 이 힘든 노동으로 불과 몇 년 만에 인구가 격감될 정도였다고 한다. 무거운 바나나를 배에 실을 때 그 힘겨움을 덜기 위해 럼주를 마시고 '데이 오'를 불렀다고 한다. 우리네 강강술래처럼 흥겨운 놀이에 부른 노래가 아니었다. 무거운 바나나를 어깨에 멘 리더가 "데이 오!" 하고 선창하면 무리들이 따라 불렀다. 리더가 빠르게 이 "데이 오"를 하면 무리도 빠르게 불렀고 느리면 느리게 불러서 리더가 작업 자체의 속도를 결정했다.

> 아아 날이 밝아온다
> 우리는 집으로 돌아가고 싶네
> 우리들이 옮긴 바나나 뭉치를
> 계산해주오
> ······

힘든 작업이 어서 끝나기를 바라며 노래하는 〈데이 오〉는 벨라 폰테의 허스키한 목소리로 토속적이며 일종의 애수를 유발하는 매력으로 팝송 팬들의 오랜 사랑을 받았다. 카리브해 이민자의 아들로 뉴욕 빈민가에서 태어난 그는 흑인 음악가 최초로 카네기 홀 공연을 했고 아프리카 난민 돕기와 인종차별철폐운동 등 용기 있는 언행으로 많은 사람에 힘을 주기도 했다. 이 노래도 힘들게 노동하는 이들의 고달픔을 아프게 노래해서 더욱 공감하게 했었다.

자메이카 노동자들은 힘든 일을 하며 '내가 여기서 태어나지 않았으면 이 일을 안 해도 되었을 텐데' 혹은 이와 반대로 '바나나가 없었더라면 무슨 일로 가족들 입에 풀칠을 했을까'하고 가정한 이도 있었을 것이다.

그런데 최근에 "바나나 전염병으로 알려진 '파나마병' 일종인 TR4가 전 세계적으로 빠르게 퍼지고 있다며 이대로라면 10년 후 바나나가 지구상에서 사라질 가능성도 있다."고 보도되었다. TR4는 전 세계 바나나 수출의 95%를 차지하는 케번디시 품종에 치명적인 것이라니 '바나나가 사라진다면…'의 가정도 해볼 수 있겠다.

나는 최근 칼륨이 많은 알칼리성 식품인 잘 익은 바나나가 변비에 도움이 되고 눈 건강에 좋다고 해서 즐겨 먹고 있다. 그보다도 바나나를 먹으면 기쁨을 준다니 더욱 반가워서 애호식품으로 바꿰었다. 수험생도 아니니 껍질을 밟으면 미끄러지듯이 '낙방'을 불러온다는 속신이 두려울 리도 없다.

지구온난화로 빙하가 녹는 현상을 보며 '빙하가 다 사라진다면 …' 하는 불가항력적인 심각한 문제가 아닌 것이 다행이다. 많은 식품 중의 하나인 바나나가 사라진다면 다른 식품으로 대체할 수도 있다. 그러나 바나나를 수출선에 운반하는 일에 종사하던 이들이 어떤 일을 대신 생업으로 삼을까, 하는 노파심도 생긴다.

치열하게 연구하여 TR4를 퇴치하거나, 다른 품종 개발로 바나나 멸종 염려를 하지 않아도 될 것이다.

나는 멸종 예언 보도 이전부터 바나나가 더욱 사랑스러워졌다. 젊은이 위주인 세태에, 시들어서 껍질에 갈색 반점이 하나 둘 나타났을 때 맛과 영양이 좋다는 바나나처럼 나이 든 처지에서도 긍정적이고 충만한 삶을 살 수 있을까, 하는 억지 바람도 얹어 보는 것이다.

(2014.)

# 도우미

**- 가슴에 품은 우리말**

오래 전, 방송사에 근무할 때 대외적인 방송 시상식에 참석해서였다. 무대 위아래를 오르내리며 수상자를 안내하고, 트로피와 상장을 시상자(施賞者)에게 건네주는 등 미스코리아처럼 예쁘고 늘씬한 여성들이 새까만 정장차림으로 돕고 있었다. 옆에 앉은 동료에게 신인 탤런트들이냐고 물었더니 이벤트회사에서 나온 도우미라고 했다. 도우미라니 그때만 해도 생소한 낱말이었다.

나는 어렸을 때 병약했고, 성장해서도 시력이 나빠 주변 사람들의 도움으로 지내왔다. 남을 '돕다'라는 베푸는 동사의 낱말보다 '도움'이라는 명사에 익숙했었기에 '도우미'라는 말이 아름답게 생각되었다. 아니 도우미는 한글 단어이기에 '미'자가 아름다울 미 자는 아닐 텐데도, 그날 도우미들의 아름다운 자태와 웃음 띤 미소 등이 인상적이어서 그런 생각을 오래 간직하고 있는지도 모르겠다.

어렸을 때 홍역을 심하게 앓아 오랜 결석 끝에 유치원에 갔었다. 선생님께선 운동장 수업 때 그늘에 앉아 있게 하고, 집에 갈 때는 친구에게 손을 꼭 잡고 데려다 주라고 당부하셨다. 졸업 사진 찍을 때는 '혜자는 내 옆자리에 서라'고 하셔서 제일 가장자리에 선 사진을 지금도 갖고 있다. 초등학교에 들어가서는 짙은 근시로 키가 큰데도 맨 앞자리에 앉았다. 그래도 칠판에서 잘 안 보이는 글자가 있을 때 물으면 잘 가르쳐주던 친구의 도움이 없었더라면 수업도 잘못 받았을 것이다. 여고 시절에는 내리 3년 동안이나 옆자리에 앉아서 잘 안 보이던 글씨를 일깨워줬을 뿐만 아니라 문화예술 방면에 눈을 뜨게 해준 친구가 있었다. 그 친구의 도움이 아니었더라면 후일 방송사에서 일할 수 있는 소양과 지식을 갖추지 못했을 것이다. 이후에도 위기에 도움을 받아 다시 일어서기도 하고 좌절했던 일에서 도움으로 완성해 냈던 일이며, 슬픈 일에서 위로 받아 강건해지는 등 가족과 친구, 이웃들에게서 얼마나 많은 도움을 받아왔던가.

국가적으로는 우리나라 국민 1인 소득이 2만4천 달러(2014년)로 180여 개국 중 33위를 기록하게 되었다. 하지만 6·25전쟁을 겪은 우리 세대는 한동안 극빈국으로 미국을 비롯한 여러 나라에서 도움을 받아 살아왔다. 털투성이 손이 작은 손을 잡아주는 그림의 자루를 기억할 것이다. 거기서 나온 밀가루 수제비로 연명하고, 거기 들어 있던 물자로 생활하던 학용품과 일상용품에 대한 기억도 이젠 아물아물하다. 몇 년 전부터 이제는 우리나라에서도 어려운 나라를 돕자는 움직임으로 어려운 몇 나라에 학교도 지어주고 우물을 파주며 경제적인 지원을 지속하고 있어 금석지감을 느끼게 된다.

도우미라는 낱말은 국립국어원 우리말다듬기에서 다듬은 말이라고 한다. 처음엔 어떤 단체나 행사 등에서 안내를 맡거나 남에게 봉사하는 사람을 가리켰다. 시간이 지나면서 결혼에서 신랑 신부의 일정과 절차 예산 등을 기획, 대행해주는 웨딩플래너(wedding planner)인 결혼도우미, 어떤 기관에 대해 일반인들의 불만이나 불평을 처리해주는 옴부즈맨(ombudsman) 격인 민원도우미, 피팅 모델인 맵시도우미까지 있는가 하면, 기존의 비하 느낌이 드는 낱말인 가정부를 가사도우미로 격상시켜 주기도 했다.

줄곧 남의 도움으로 내 삶을 향상시키려 했고 도우미라는 낱말을 좋아하면서도 정작 누구에게 도우미가 되지 못하고 살아온 세월이 부끄러운 나이이다.

남을 돕는 직업의 낱말을 존중하는 의미로 도우미라고 하듯이, 한 나라의 언어를 다듬어간다면 국민들의 사기에도 도움을 주고 문화의 발전도 기대할 수 있을 것이다.

(2013.)

# 이근배 님의 〈간찰〉

## - 내가 좋아하는 시조 한 수

가을 들녘에서 빛바랜 묏버들을 보며 쑥부쟁이 한 가지를 꺾어 가슴에 안아본다. 기생 홍랑(洪娘)의 시조 "묏버들 가려 꺾어 보내노라 임의 손에/ 자시는 창 밖에 심어두고 보소서/ 밤비에 새잎 곧 나거든 나인가도 여기소서."가 생각났기 때문이다.

이토록 애틋한 마음을 담은 시조를 만났을 때 경이로웠다. 옛 시조라면 애국이나 효도 등 교훈적인 것이라는 선입견을 가졌었다. 대학 1학년 때 만난 이 사랑 시조는 홍랑처럼 '사랑해선 안 될 사람'을 좋아하는 처지는 아니었어도 아픈 사랑에 눈물겨웠다. 첫 연의 '보내노라 임의 손에'라고 도치법을 쓴 멋진 표현, 꺾꽂이 나무인 묏버들 가지를 보내어, 가꾸면서 새잎 곧 나거든 나인가도 여기라는 뛰어난 발상이 놀라웠다. 홍랑은 찬 이슬 써늘한 바람을 견뎌내며 다가올 겨울에 두려워하지 않는 가을꽃처럼 향기와 기품을 지녔었나보다. 그의 삶은 행복과 신분을 떠나, 곡진한 마음을 아름답게 담은 시조가 오래도록 사랑 받는 것만으로도 헛되지 않은 것 같다.

　문인들은 오래도록 사랑 받는 작품을 쓰고 싶은 염원을 가졌을 것이다. 현대시인 이근배 님의 시조 〈간찰(簡札)〉은 뜨거운 창작 의지를 담고 있어 나이든 지금까지도 소중하게 여기고 있다. 문학의 끝자리에 있으면서 영원히 먹 냄새 마르지 않는 글귀가 뿌리 내리기를 바라는 마음은 시인의 소망보다 더 뜨거운 처지이다. 압축된 빛나는 언어로 간결한 시행을 잘 운용하는 것은 모든 시조 시인의 바람일 것이다. 탁월한 역량으로 자신의 장르에서 문학적 성취를 이루고픈 염원으로 나는 이 시조를 간절하게 읽고 또 읽게 된다.


　　간찰(簡札) / 이근배


　　먹 냄새 마르지 않는
　　간찰 한쪽 쓰고 싶다


　　자획(字劃)이 틀어지고
　　글귀마저 어둑해도


　　속뜻은 뿌리로 뻗어

물소리에 귀를 여는.

책갈피에 좀 먹히다
어느 밝은 눈에 띄어

허튼 붓장난이라
콧바람을 쐴지라도

목숨의 불티 같은 것
한 자라도 적고 싶다.

(2013.)

# 그대는 별인가

## – 내가 즐겨 읊는 시

누구나 가슴에 별 하나쯤은 품고 살 것이다. 그것은 꿈이고 이상이고, 혹은 위안이며 깨우침도 주리라. 어렸을 때는 아득한 곳에서 그리움의 존재로 남아 있는 별이 소중했으나 이제는 나를 성찰하게 해줄 별이 필요하다.

　　하늘의 별처럼 많은 별

　　바닷가의 모래처럼 많은 모래

　　반짝이는 건 고독한 거지만

　　그대 별의 반짝이는 살 속으로 걸어 들어가

　　'나는 반짝인다'고 노래할 수 있을 때까지

　　기다려야지

　　그대의 육체가 사막 위에 떠 있는

　　거대한 밤이 되고 모래가 되고

모래의 살에 부는 바람이 될 때까지
자기의 거짓을 사랑하는 법을 연습해야지
자기의 거짓이 안 보일 때까지.

　정현종(鄭玄宗) 시인의 〈그대는 별인가〉에는 '시인을 위하여'라는 부제가 붙어 있다. 나는 시인 대신 '수필가를 위하여'로 생각해 본다. "자기의 거짓을 사랑하는 법을 연습해야지/ 자기의 거짓이 안 보일 때까지"로 끝맺는 것이 보통 시와는 다르나 의외의 것을 끌어냄으로써 참신함을 보인다. 거짓, 의혹, 번뇌의 바람이 그치지 않느니만큼 "자기의 거짓이 안 보일 때까지"라는 결구는 수필가를 위한 훈련으로 받아들여도 좋겠다.

　나는 글이 잘 써지지 않을 때면 "그대 별의 반짝이는 살 속으로 걸어 들어가/ '나는 반짝인다'고 노래할 수 있을 때까지" 이 구절을 읊조리며, 나의 글이 누군가의 가슴에서 반짝이기를 꿈꾸어본다.

(2012.)

# '아직도'의 희망으로

### – 정유년을 맞이하며

"세월이 흘러가면 어디로 가는지 나는 아직 모르잖아요.…"

80년대 명가요 이문세의 〈난 아직 모르잖아요〉(이영훈 작사, 작곡)를 후배 가수 하동균이 부르는 것을 TV로 보며 씁쓸한 기분이 든다. 라디오 PD였던 80년대 후반, 퇴근 무렵이면 기타를 둘러메고 사무실에 오던 청년 이문세가 반가웠다. 밤 10시 청소년대상의 〈별이 빛나는 밤에〉 DJ로 방송준비 차 온 그가 "세월이 흘러가면 어디로 가는지.…"를 흥얼거려도 씁쓸함을 느끼지는 않았었다.

나이가 많아진 이제는, 새해를 맞으면 울적한 마음에 다른 이의 희망찬 모습을 보려고 TV를 켠다. 남산에 새해 첫 일출을 보려고 첫 버스를 타고 왔다는 시민의 밝은 표정을 보며 희망을 옮겨 받는다. "올해에는 부모님도 건강하고, 경제가 좀 좋아져 회사도 잘 되고 나도 돈을 많이 벌었으면 한다."고 힘 있게 말할 때 나도 그 소망이 이뤄지기를 바랐다.

해가 바뀌면 선택의 길을 묻고 싶은 사람이 아쉬워진다. 정유 (丁酉)년에도 같은 기분일 것이다. 영화 ≪쉰들러 리스트≫의 주인공은 유태인 학살을 종용하는 상부 명령에 따르지 않고 양심의 소리를 듣는다. 죽음의 수용소에 그들을 보내는 대신 체코의 공장으로 데리고 가서 죽음에서 구하려는 쉰들러처럼 중요한 선택은 아닐지라도 개인적인 사소한 갈림길에 놓이게 될 것이다. 어떤 일을 계획할 때 도움도 받고 의논상대가 되어줄 좋은 만남도 꼭 있어야 되는데 귀띔이나 충고를 해주시던 스승, 선배들이 너무 많이 세상을 떠나서서 안타깝다.

"동서남북도 모르는 어린 것을 맡겨놓고……" 부모님이 선생님께 말씀하던 시절부터 이 나이가 되도록 옳은 방향을 가르쳐주고 나쁜 쪽에 빠지지 않도록 이끌어주고 도와주던 이들이 얼마나 많았던가. 이제는 그런 도움이나 충고를 듣고 받던 처지에서 도움을 줘야 하는 나이에 이르렀는데도 그런 것이 실감이 나지 않는다.

무엇보다 개인적인 소망보다 세계, 국가, 사회적인 개선과 발전을 기원해야 할 것이다. 이를테면 '웰빙'이라든가 인류의 나아지는 삶이다. 미국의 내추럴 마케팅연구소가 2000년 처음 사용한 '로하스'(LOHAS)도 우리나라에서 널리 실천되어야 할 것이다. 공동체 전체의 더 나은 삶을 위해 소비생활을 건강하고 지속가능한 친환경 중심으로 전개하자는 생활양식·행동양식·사고방식 ('Lifestyles of Health and Sustainability')인 로하스. 우리나라에도 웰빙의 기본적인 취지가 공동체적 삶과 유리돼 지나치게 개인적인 행복취지로 변질되고 있다는 비판이 일면서 이 개념이 친환경적인 소비중심으로 확산되고 있다니 다행이다. 자신뿐 아니라 타인의 삶을 살피고 당대뿐 아니라 후대에게 물려줄 미래의 지속성까지 생각하는 라이프스타일을 실천하는 이들이 많아지면 우리나라, 아니 지구의 미래가 밝아지리라.

아무래도 세계나 인류의 발전은 열망하는 바이지만, 앞서서 일하는 전문가들의 역할로 밀어두고 개인적인 소망이 절실한 이기주의가 되어버려서 안타깝다. 남에게 영향을 미칠 자리나 일이 없는 나이 든 처지이기 때문이다.

젊은 세대들이 나이든 이들이 옆에 있어도 보이지 않는 존재처럼 무시하기 일쑤이다. 해야 할 일이 많아서 그런 것이라고 이해하며 소외감 느끼지 않고 노력을 지속해야 한다. 흔한 말로 소통이라든가 이해를 위한 노력이 필요하다. 문단의 끝자락에 속해 있지만, 급변하는 세태에 발맞춰 따라가려고 힘써야 한다. 변화에 적응하며 창조적 역량을 발휘해야 한다고 다짐도 한다. 문학인으로서 세월이 흘러 시대가 바뀌어도 공감이 가고 감동 주는 명작을 남기고 싶은 의욕은 정유년에도 계속될 것이다.

그러나 정유년엔 개인적인 포부나 희망보다도 몸담고 있는 우리나라의 발전을 기대한다. 정유년의 역사 속에는 정유재란 때 이순신이 "임진년(1592년)부터 5~6년 동안, 적이 감히 양호(兩湖,

전라도와 충청도)로 곧바로 돌격하지 못했던 것은 수군이 그 길목을 누르고 있었기 때문입니다. 신에게 아직도 전선이 12척 있습니다. 죽을힘을 내어 항거해 싸운다면 오히려 해낼 수 있습니다."
'상유십이(尙有十二)'로 상징되는 그 유명한 장계를 올리고 12척의 배로 왜군을 물리친 명량해전의 쾌거가 있었다.

북에서는 핵으로 위협하고 경제도 어려워지고 민심도 불신이 팽배하고 있는데, '아직도' 남아있다는 그 전선 12척으로 명량대첩의 신화를 이룩한 과거를 잊지 않아야 한다. 이순신은 건강악화와 물리적인 한계의 고통이 극에 달했으나 좌절하지 않았다.

다시 이문세의 힘찬 전주로 시작되는 〈난 아직 모르잖아요〉를 듣노라니 "그대 내 곁에 있어요 떠나가지 말아요. 나는 아직 그대를 사랑해요."의 가사가 푸근하게 가슴 깊이 다가온다. 정유년에는 떠나가는 것에 연연해하지 않고 이웃, 나라, 세계를 소중하게 생각하고 사랑하고 싶다. 그리고 믿고 싶다. 아직도 사랑이 있는 마음들을 모두 믿고 싶다.

(2016.)

# 아름다운 원경

대전에서 유성으로 가는 대로변에 지금은 빈터 없이 건물이 들어찼지만, 중학 3년 때 그 길은 거의 양쪽에 들판이 이어진 신작로였다. 6교시와 종례를 마치고 버스 정류장에 서둘러 나와도 유성행 마지막 버스를 놓치는 경우가 더러 있었다.

만추의 써늘한 날, 차를 놓친 나는 선배 언니와 걷기 시작하여 거의 세 시간이나 걸려서 집에 도착했다. 서대전을 지나서 걸어가는 길은 신작로였지만 고운 단풍이 불타던 먼 산을 바라보며 걷노라면 플라타너스 낙엽이 어깨 위로 떨어져서 놀라기도 했다. 길가에서 좀 떨어진 공동묘지가 있어서 눈길도 안 주고 뒤도 한 번 돌아보지 않고 걸었다. 어느새 떠오른 하현달만이 말 없는 친구로 쓸쓸한 길을 안내했다. 멀리 불 켠 외딴집에 사는 이들은 둘러앉아 뜨거운 김나는 국을 마시고 있을 행복한 사람들로 생각되었다. 그때는 쓸쓸하고 무서웠지만 지금 생각해보면 〈메밀 꽃 필 무렵〉

의 허생원과 동이처럼 애틋한 대화는 나누지 않았지만 시적(詩的)인 풍경으로 여겨진다.

　거리나 시간이 지금과 먼 것은 아름답게 생각된다. 세상은 이기는 자가 모든 걸 가지고 나도 저들처럼 될 수 있다 하고 기를 쓰고 노력하며 불만을 갖고 불평할지라도 제3자가 보면 긍정적일 수 있고 당사자의 경우에도 후일엔 아름다운 추억이 될 수 있으리라.

　나는 방송사에 근무하던 시절 외국여행에서 나 자신을 멀리서 바라볼 수 있었다. 실력이 미약함을 인정하면서도 마법의 주문에 의지하고 싶어 하며 남에게 뒤떨어지지 않으려고 전전긍긍하던 현실적인 모습이 보였다. 멀리서 나의 모습을 보아도 결코 아름답지 않았다. 우리를 둘러싼 삶의 조건과 위치를 냉철하게 바라보아야 했다. 여행 가기 2년 전, 마침 신문사와 합병했던 회사였기에 활자매체 부서에서 일해 달라는 요청이 왔다. 나와 동떨어진 줄 알았던 새로운 일을 해본다는 호기심, 전파로 흩어져버리면 기록으로 남지 않는 방송에 비해 활자는 영원히 남는다는 매력도 있었다. 어쩌면 멀리 보이는 남의 일이 좋게 보여서 신중하게 생각하지 않고 근무부서를 바꿔버리고 말았었다.

　누구나 공감하는 일상의 소소한 이야기, 색다른 그 누군가의 이야기를 취재하여 기사를 쓰는 일이 생각보다 쉽지 않았다. 성격이 활달하지 못하여 남에게 쉽게 다가가지 못하니 상대편에서도 쉽게 마음을 열지 않아 섭외에 대한 부담이 몹시 컸다. 4년 동안

이나 책임을 다하려던 스트레스에 시달리다 돌아온 방송(라디오)은 아늑한 고향 같았다.

아득히 바라보이는 풍경이 아름다워 보이고 지나간 시간이나 공간이 또한 좋게 추측되는 것은 막연한 가운데 꿈과 희망의 추구가 있었기에 그렇지 않은가. 그것은 외형적 아름다움과 내면적 아름다움이 어우러지는 아름다움이다.

어려서 걷던 빈 들판이 현대식 건물로 채워지듯이, 내 인생의 여정도 새로운 가치의 공간이나 시간으로 재탄생시켜 남들에게 아름다운 원경(遠景)으로 비쳐보이게 할 수 있을까.

(2013.)

# 외로운 친밀감

어렸을 때 본 노아의 홍수 후의 그림이 기억 속에 남아 있다. 활짝 갠 하늘 밑에 생생한 초록빛 나무들과 방주(方舟)에서 생동적인 걸음걸이로 한 쌍씩 걸어 나오던 동물들. 명화도 아니고 미국구호물자였던 어린이성경책에 삽화로 곁들여진 그림이었다. 책이 귀하던 시절이어서 영어책의 그림도 서로 다투어 보았었다.

근년에 본 그림으로 겸재 정선(謙齋 鄭敾 1676-1759)이 그린 〈인왕제색도(仁王霽色圖)〉는 여러 가지 의미로 잊지 못할 그림이다. 이레 동안 내린 비가 갠 후, 물기 젖은 인왕산이 생생하게 묘사되었다. 윗부분에는 육중한 암벽이 위풍을 드러내고 나무 사이에 걸려 있던 안개가 산허리를 향해 내려오는 듯하다. 안개에 반쯤 잠긴 산 아래 나무에서는 아직도 빗물이 뚝뚝 떨어질 듯한데, 아래 부분 오른쪽과 중앙에 집이 그려져 있다. 이 그림은 미술적으로도 탁월하지만 그린 동기에 감동하게 된다. 겸재가 친구 사천

이병연(槎川 李秉淵 1671–1751)의 병이 깊어지자, 인왕산의 어두운 구름이 개듯 친구의 병이 낫기를 바라고 그렸기에 의미가 깊다.

의미가 있고 탁월한 그림이지만 나는 다른 친밀감도 있어서 더욱 좋아한다. 그림의 인왕산과는 방향이 좀 다르지만, 한동안 인왕산이 보이는 동네에 살았었고, 지금은 정선이 현감을 지냈던 양천구(陽川區)에 산다는 것만으로 친근감이 든다면 유치해서 남에게 자랑할 수는 없으리라. 한때 동갑인 사람이 유명한 인물이거나 일가를 이룬 사람이면 자신의 왜소함을 절감하면서도 친밀감을 가지기도 했었다. 친척아저씨는 도널드 레이건이 미국대통령으로 당선되었을 때 동갑이라고 자랑 아닌 기쁨을 표시했었고, 내가 영국의 팝가수 클리프 리차드나 비틀즈의 멤버 중 존 레논을 좋아했던 것이 동갑의 친밀감이 컸다면 부끄러운 고백일까. 그뿐인가. 나보다 10년이나 아래 연배인 동명이인 번역가가 내놓은 소설을 읽다가 우쭐해질 뻔한 기억도 있다.

비옥한 땅에 굳건하게 뿌리 내리고 튼실한 둥치와 윤기 있는 이파리를 너울거리는 나무가 못 되는 처지에서 늘 결핍을 느끼고 살았기에 부러운 사람이 많았다. 유복한 가정에서 태어난 이와 넉넉한 환경, 우수한 재능을 가진 이를 부러워하고 외로움을 느꼈다. 내 자신을 성찰하는 기회로 삼는 대신 내가 못 가진 것을 누리는 이에게 위축되어 동갑이라든가, 동질성이 조금이라도 발견되면 친밀감을 갖고 의지를 해보려고 했던 것이 아닌가 뒤돌아보게 된다.

나이가 들어도 그 버릇은 변함이 없다고 생각하는 요즈음, 겸재가 〈인왕제색도〉를 그린 나이가 76세라는 것을 알게 되었다. 자신이 태어나고 자랐던 인왕산 자락에서 여유로운 만년을 보내면서 산수와 계곡을 배경으로 거암과 노송이 많은 석파정 골짜기를 수묵담채(水墨淡彩)로 그렸다는 것이다. 그런데 헤아리기도 싫을 만큼 나이가 많아진 나와 동갑나이에 그런 걸작을 그렸다는 사실이 얼마나 부러운지.

글을 쓰면서 남이 읽어서 좋은 반응을 보이는 글, 남을 위한 좋은 글을 쓰고 싶지만, 글을 쓰는 자체가 자기완성을 위한 것이라고 생각하기도 한다. 즐겨 듣는 음악만 해도 그렇다. 아름답고 감미로운 멜로디의 음악 안에도 많은 고통과 환희가 들어 있다. 작곡가의 고통을 통해서 아픔을 극복하려는 의지가 생길 수 있다. 열악한 여건에서 고통을 참아내며 감동을 주려고 애쓴 작곡가의 성숙에 고개를 숙이게 된다. 나도 글로 잘 표현해낼 만한 사색의 깊이나 철학이 빈곤하지만 드러내지 못한 깊이를 느끼게 해 줄 글을 쓰고 싶은 때도 있다.

특별한 사명감이나 재능도 없으면서 소멸되지 않은 의욕의 흔적만 화석처럼 굳어버리지 않을까. 사막에서 척박한 삶을 누리거나 남들과 외떨어져 사는 것도 아닌데도 세월이 흘러가는데 나만 뒤떨어진 존재감을 느끼게 된다.

〈인왕제색도〉 하단에는 '신미(辛未) 윤월(閏月) 하완(下浣)'이라 하여 바로 친구 사천이 돌아간 그 시기에 그린 것으로 제작시기를 밝혀놓았다고 한다. 위중한 친구의 쾌유를 바라고 그리기 시작했지만, 착수 후 사흘 만에 친구가 돌아간 것으로 추정한다. 아래 부분의 오른쪽에 겸재 집을 그려놓고 멀지 않은 곳 중앙에 친구 사천의 집을 그려놓아 떠난 친구에의 그리움을 담은 듯하다.

미술적으로 겸재의 진경화법이 최고로 무르익은 시기에 그린 걸작으로, 우리네 국보인 이 그림의 배경이었던 석파정 근처에 가면 그때 암봉 주변에 있던 소나무 중 몇 그루라도 남아 있을까.

280일 동안 내린 비로 홍수의 방주에서 살아야 했던 노아시대의 동물들 그림을 보며 새 생명의 탄생 같은 기쁨을 누렸다면, 〈인왕제색도〉는 죽음에 대한 그림이지만 어둠에서 희망을 건지게 해준다. 친구의 병이 비가 개듯 쾌유되기를 원하며 그리기 시작했고, 겸재의 나이 76세에 완성된 노익장이 희망을 준다.

동갑이라는 것과 그림 배경의 근처에 살았다는 것, 그가 현감으로 있던 동네에 산다는 것만으로 나는 감히 친밀감을 느꼈다. 그것이 초라한 처지에서 느껴본 외로운 친밀감일까 하며 인쇄된 〈인왕제색도〉를 다시 들여다본다.

(2015.)

# 어두운 방안과 푸른 하늘

찰스 램의 수필들은 현란한 언어로 폭풍 같은 희열을 주지는 않는다. 일상적인 소재로 묘한 공상, 상상과 해학, 인생에 대한 깊은 이해가 담겨 있다.

〈돼지구이에 관한 이야기〉를 오랜만에 다시 읽노라니 앞부분의 충격적인 인용문보다 후반부의 잔잔한 마음을 나타낸 것이 마음에 다가왔다. 처음 읽었을 때는 소년 보보가 불장난으로 집까지 태우게 되는데 집에서 키우던 새끼돼지가 불탄 것이 너무 맛있어서, 그 아버지도 동네사람까지도 자주 불을 내게 된다는 전반부의 이야기가 충격적이었던 것만 기억하고 있었다.

다시 읽으며 숙모님이 구워준 과자이야기가 친밀하게 느껴진 것은 내게 비슷한 경험이 있기 때문일까. 램은 어렸을 때 숙모님이 구워주신 맛있는 과자를 늙은 걸인에게 주고 나서 정신이 들었다. 내가 맛있게 먹을 것을 상상하며 즐겁게 과자를 구우시던 숙모의 모습, 남에게 전부 주어버린 것을 알고 실망하실 모습이 떠올라 주제넘은 자선정신, 격에 맞지 않는 위선을 반성한다.

어릴 적은 아니지만 나도 비슷한 경험이 있다. 나는 화초에 대해 말할 자격이 없는 사람이다. 더욱이 난(蘭)에 대해서는 똑바로 바라볼 자격도 없을 만큼 많이 상하게 했다. 얼마 전 문학상 수상 축하로 후배가 춘란보다 고급스러운 난이 싱싱하게 심겨 있는 화분을 보내왔다. 이파리만으로도 완상의 가치가 있는데 은은한 향기를 머금은 꽃봉오리가 맺혀 있어서 집안에 들고 날 때마다 기분이 좋았다. 정이 들어갈 무렵 화초를 좋아하는 분이 찾아왔다. 그때가 꽃이 개화할 시기인데 꽃봉오리로만 있는 것이 안타까웠던지라, 제대로 가꿀 분에게 선물하는 게 나을 것 같아 덜렁 들려 보냈다.

그런데 어쩌다 살짝 물주고 살랑 바람이 통하는 창가에 놓아둔 남은 춘란의 잎이 생기를 잃어가는 것을 보며, 고급 난을 보내준 후배를 생각했다. 화초를 못 가꾸는 내게 섭생이 덜 까다롭고 비교적 잘 자라는 난을 보내면서, 내가 고가구 옆에서 풋풋한 이파리에 미소 짓고 꽃망울이 맺히면 기뻐할 모습을 상상했으리라. 외출에서 돌아오면 은은하게 반겨주는 난의 향기에 외로움 따위는 잊기를 기대했을 것이다.

〈돼지구이에 관한 이야기〉는 길지 않은 한 편의 수필인데 앞의 돼지구이와 숙모님 얘기 중 어느 것에 의미를 둬야 할지 모르지만, 무라카미 하루키의 말을 생각하게 된다. "글을 쓸 때에 가장 신경을 쓰는 것은 몇 번 읽어도 독자의 느낌이 달라지는 글을 쓰고 싶다."고 했다. 그는 자신의 글이 매번 읽을 때마다 새로운 감흥을 줄 수 있는 글이 되도록 욕심을 가진 것이다. 찰스 램도 그런 것을 노렸을까.

풍부한 감수성과 아기자기한 상상으로 매혹시키는 〈꿈속의 아이들〉은 읽을 때마다 새로운 감흥을 갖게 된다. 램은 현실에서 못 이룬 연인 시몬스와의 결혼, 결혼했으면 태어났을 아이들과의 단란함을 그리고 있다. 작자는 꿈속에서, 태어났을 법한 존과 앨리스에게 할머니 얘기를 들려주고 쓸쓸히 깨어난다. 유서 깊은 큰 저택에서의 할머니의 멋진 삶과 자신의 유년시절, 형과 지낸 일화들을 흥미진진하게 듣는 아이들의 반응까지 담고 있다.

문학작품은 작자가 처한 정신적 상황의 절실한 표현이 성공적일 때 문학성이 높아진다. 램은 광기를 부리는 누나 메리를 돌보려고 결혼도 하지 않았다. 발작하는 누나에게 정신병자용 구속복을 입히고, 자신의 팔에 묶어 병원을 드나드는 처절한 생활 속에서도 심성이 쾌활하고 장난기나 유머가 풍부했다고 한다. 현실의 처참함도 고결한 영혼을 파멸시킬 수는 없었나보다. 진실되고 순수한 사랑을 추구했기에 실연과 체념의 고통과 비애에서 벗어나 이를 아름다운 작품으로 승화시켰다.

"마음자리가 밝으면 어두운 방안에도 푸른 하늘이 있고, 생각머리가 어두우면 백일 아래도 도깨비가 나타난다(心體光明暗室中 有靑天 念頭暗昧 白日下 生厲鬼)."는 채근담 구절이 생각난다. 시련 속에서도 마음 바탕이 밝았던 램은 풍요한 영혼의 넓이를 확장하고 삶의 환상과 신비를 포착했다. 고통 속에서 아름다운 생명의 숨소리를 듣는 귀가 열려 형상화하는 재능을 받았나보다.

내게 난을 보낸 후배도 어두운 판잣집에서 지붕 한쪽에 붙인 유리창으로 푸른 하늘을 보며 즐겁게 노래하고 작가의 꿈을 키워서 성공했다.

나를 둘러싸고 있는 선한 사람들과 어두운 현실에 있는 이들에게도 푸른 하늘을 보게 하는 글을 써서 빚을 갚을 수 있으면 좋겠다.

(2013.)